梦醒时分总是情

MENGXINGSHIFEN ZONGSHIQING

唐国强◎著

团结出版社

图书在版编目（CIP）数据

梦醒时分总是情 / 唐国强著. -- 北京 ：团结出版社，2017.9（2020.2重印）

ISBN 978-7-5126-5566-9

Ⅰ. ①梦… Ⅱ. ①唐… Ⅲ. ①长篇小说－中国－当代 Ⅳ. ①I247.5

中国版本图书馆CIP数据核字(2017)第223171号

出　　版　团结出版社
（北京市东城区东皇城根南街84号　邮编：100006）
电　　话　（010）65228880 65244790
网　　址　http://www.tjpress.com
E-mail　65244790@163.com
经　　销　全国新华书店
印　　刷　北京佳信达欣艺术印刷有限公司
装帧设计　成都天恒仁文化传播有限责任公司

开　　本　170mm×240mm　1/16
印　　张　16
字　　数　200千字
版　　次　2017年9月第1版
印　　次　2020年2月第2次印刷

书　　号　978-7-5126-5566-9
定　　价　56.00元

凝眸社会风云，纵笔生命嬗变

——读唐国强小说《梦醒时分总是情》

何希凡

唐国强先生并非专业作家，但他已多年笔耕心织于文学的圣地，先后在各级各类报刊发表文学作品多篇，出版小说多部。由于他脚踏在生活的热土上，所写作品都绕开了高大上的技术追求而散发着浓郁的生活地气。我认为，他的这种低调务实的创作是契合他的人生阅历定位的。过去，专业作家和业余作家有严格的身份区别，显得有些泾渭分明，业余作者面对专业作家难免因仰视而自卑；而在大众文化勃兴的今天，二者界限越来越模糊浑融：有的专业作家也实在不过是业余水准，而有的业余作者因直逼专业水准而表现出高度的创作自信。这正如京剧中的各种流派一样，有些流派是声名显赫的专业演员开创的，而有些流派则是用生命热爱京剧且艺术造诣极高的票友开创的。当文学创作早已不是专业作家专利的时候，业余作者实际上已成为一支不可小觑的力量，他们和专业作家队伍一起改善了当代人的精神生活，把文学生活真正由庙堂之高拓展到了江湖之远。如果着眼于民族文学标杆的观照，我们无疑应该更多瞩目于专业创作；如果放眼文学的生活视野，关注文学对大众精神生活的覆盖，我们就不能忽视对业余作者及其创作文本的研究。

《梦醒时分总是情》着力塑造的主人公林雪梅是一位即将毕业的大学生，这就意味着小说已将校园生活纳入了书写范畴。虽然现当代已有作家关注到校园生活，但与其他诸领域相比，作家对校园生活的文学表达还是偏少了点。我曾说过，今天的大、中学校园，特别是大学校园，再也不是过去人们眼中的“清水象牙塔”了。如果设身处地去体察，一个大学校园有可能就是一个应有尽有的小社会。我认为，这里是写作者最能找到文学感觉的地方之一。作为在大学从事文学教学和研究的“教书匠”，我深感大学校园有着丰富多彩的文学风景，而且这些风景也会给文学创作者提供新鲜而有价值的审美刺激。唐国强并不熟悉大学校园生活，但为了给读者提供新鲜的审美视界，他一定花费了不少精力熟悉大学校园的人生景观。不然，《梦醒时分总是情》怎么能够把一个女大学生的人生嬗变写得如此峰回路转、起伏跌宕呢？不过，主人公林雪梅虽然置身校园，但推动她生命嬗变的力量却不主要来自校园生活本身，而是更多缘于社会因素的合力，因此，小说把校园人生和社会风雨交织在一起，让我们真切领略到世道人心对校园的冲击。

世道人心对校园的冲击力究竟有多大？我们是很难在那些面对诱惑而缺乏足够定力的大学生中获得准确的判断的。当同室相处的王金钱、李艳梅等人都不同程度地被社会流行风尚所浸染，主人公林雪梅却能独守清誉，泰然处之。同学的不轨行为不仅没有收编她的精神取向，而且她始终奉行着循规蹈矩的好女儿、好学生价值标准，对同室至友的时髦潇洒嗤之以鼻，反感有加。林雪梅并非没有心有所系的男朋友，但即便如此，她也没有染上社会的流行风习。她的男朋友赵东海并非是一度为社会所热捧的“高富帅”，不过就是林雪梅偶然际遇的一个餐厅业主，而且学历不高还离过婚。她欣赏他的至诚、勤劳，更心动于他含金量很高的真情。作为一个学业优秀且容貌出众的大学生，林雪梅超越社会流行的择偶标准，不但为同学们感到不可思议，更为在生活的煎熬中臣服于流俗的父亲林东升所难以接受。面对异议与阻力，林雪梅不仅坚守着认定的选择，而且在学业上不放弃对读研深造的追求。然而，就是这样一朵清水芙蓉也难逃世风流俗的污染乃至摧残！如果仅仅是父亲的反对，还不足以撼动她的人生信念，但父亲的穿针引线却引来了社会流俗的更大冲击。原来林雪梅并不看好的高中同学李天海在其叔父李秋天势头正旺的房地产公司得到重用，可谓如鱼得水，自以为优胜的李天海读书时本来就对林雪梅印象不错，此时正苦于无法联系。事情就是这么凑巧，李天海因开车擦刮了林东升的三轮车，因此找到了联系林雪梅的途径，致使她的生命遭际发生了重大转折。在争取读研深造和与赵东海的情感深化交织之间，李天海热情邀请林雪梅到叔叔的公司就职的电话，无疑平添了林雪梅的心底波澜。不过，想拥有一个待遇不错的职业，也无可厚非，林雪梅到底还是接受了李天海的邀请，但她有做人的底线，她心中只有对赵东海的真爱，而与李天海只是昔日的同学，如今的同事。只是一旦进入了李天海可以主导的场景，他的邀请动机就不再是那么单纯了，他所谓的仅仅帮助老同学找到更好的职业，还要成全老同学的业绩，其实暗藏着要得到林雪梅身心的妄想，而妄想的恶性发展导致了走向反方向的疯狂。为了自己的私欲，他丝毫不顾林雪梅已有未婚夫的事实，也根本不顾及赵东海的感受，不惜从中强行介入要将林雪梅据为己有。自然，他的疯狂并未在林雪梅的坚守中得逞。孰料风云变幻，林雪梅的母亲心脏病伴胃癌急性发作，情势危急。倘要挽救林母生命，必须立即手术，但高额的手术治疗费用是横亘在林家难以逾越的障碍，这就给经济实力远胜赵东海的李天海提供了可乘之机。他主动筹足了十万元巨款相借，约林雪梅歌舞厅见面取款。如此的大手笔令林雪梅感动不已，而人在感动之中是难以彻底坚守底线的。于是，林雪梅就按照李天海的预设走进了歌舞厅唱歌、跳舞、喝酒，并且在感激之中有了亲密的表示，这一切都为李天海的得寸进尺提供了多种可能。他先是背着林雪梅在酒中下了迷魂散，继而在林雪梅失去知觉时发泄了他的兽性，从而将身心纯洁善良的林雪梅推向了难以自拔的精神苦海之中。如果说至此为止，改变林雪梅精神情感命运的主要因素还更多是李天海的个人行为。那么，当事件演变为多方关注并引起多重矛盾纠缠的时候，就必然体现为丰富复杂的社会因素对林雪梅命运走向的干预：赵东海丧失理智的复仇，李天海将错就错欲将伤害演绎为与林雪梅事实上的情人乃至婚姻关系，尤其是李秋天以金钱和强大的社会关系网为侄儿李天海的妄想推波助澜。这一切，都把林雪梅及其亲人、恋人的有限命运抗争置于巨大的力量悬殊对比之中。李秋天终于凭借雄厚的经济实力，乘林母病危之际，或由李秋天亲自出马，或调动其情人也是林雪梅的同学王金钱出面周旋，终于迫使本来更看重实惠的林东升就范。在诸种因素的合力之下，林雪梅虽然并未放弃自己的坚守，但也不得不对父母做了事实上的妥协。但她并未因妥协而得到精神解脱：已经找到的理想工作不得不断然放弃，已收入囊中的读研际遇也化作泡影，更重要的是，在无颜以对赵东海，无颜以对社会和家庭的强大心理压力下，她感到自己是这座城市的多余人。于是，顾不得赵东海一如既往地爱她，也顾不得病重的母亲和劳累奔波的父亲，毅然离开了她有着无限依恋也有着巨大伤痛的钱江市。此后，历经重庆的创业打拼、辗转深圳、香港的一夜美梦，最终又回到了重庆和钱江市。她的生命已从一个单纯的大学生嬗变为一个饱经人世沧桑的成熟女人。事业的顺风顺水已在很大程度上改变了她的最初坚守，但她并未泯灭对赵东海的情感牵挂，也没有尽失对钱江这座她生于斯长于斯的城市的依恋。当林雪梅的生命轨迹在嬗变中走了一圈之后，并未因此躲开命运的狙击。小说的最后，李天海又来到她的面前，她该何去何从，作者留待我们去想象，用想象去补白，使得小说的未尽空间富有弹性和张力。我由此读出了唐国强的良苦用心，他是借大学校园这个特殊的窗口窥探社会风云，也从林雪梅这个有着自己精神坚守的大学生来彰显社会流俗对大学生精神人性的冲击，从而让我们真切地感受到社会的律动和世道人心的变化。自然，一个大学生的坚守是难以与社会的强大力量抗衡的，但社会的流俗可以改变一个人的生命状态乃至人生道路，却改变不了一个人的生命底色，改变不了高贵的精神人性原本丰厚坚实的社会土壤。

我很赞赏作者对主人公命运的深入思考，更赞赏他的艺术处理，他并未把林雪梅的命运写成大团圆的结局，也没有写成确定不移的悲剧。主人公林雪梅的遭遇让我想起了老舍先生的小说《月牙儿》，老舍笔下的主人公两代人都是被侮辱被损害者，也最容易被浅薄的读者视为堕落者。但老舍先生所精心营构的“月牙儿”意象寄托了作家的人性评判和审美判断。月牙儿是残缺的，是冷凝的，这或许就是主人公悲凉凄苦命运的象征；但月牙儿就是月牙儿，她不是垃圾的堆砌，也不是残花败絮的拼凑，月牙儿无论怎样残缺凄苦，她都是能释放圣洁澄澈光辉的月牙儿，也是不容玷污的月牙儿。主人公的悲剧命运虽不可避免，但她绝不是自甘堕落，而是命运的摧残所致，所以主人公在灵魂上最终并未被污染，仍然顽强的放射出圣洁的光辉。自然，唐国强的小说还无法与大师的创造相提并论，但或许唐国强早就在对大师作品的阅读中得到了艺术的启示，所以林雪梅的生命嬗变也有与《月牙儿》有同构之处。林雪梅也不是自甘堕落或自愿与社会浊流相随，她的命运起伏都是由于社会恶浪的冲击，而不是她自身的坚守和抗争能够抵御的，但大起大落之后的她依然有自己的精神守望，即使在行为上并没有完全守住，但她在精神灵魂上也没有被玷污，她并没有认同那些流行的价值观念。她的生命状态完全可以改变，但精神坚守仍然是那样顽强不屈。小说的名字《梦醒时分总是情》就蕴含着这样的精神指向。唐国强的可贵在于，他不是刻意张扬这种精神指向，而是将这些题旨都熔铸在小说人物的命运起伏跌宕之中。尽管我个人觉得这些跌宕起伏巧合得有些露骨，但事件的发展充分体现内在的必然链接，唐国强有着清醒的情节意识乃至戏剧化意识，因此，小说给人的感觉是有看点，而且还极能吊住读者的阅读兴味。除此之外，他写小说是有明确的表达意图的，他不是为写校园而写校园，而是从校园看社会的律动和变化，又从社会反观校园，从而艺术地传达了看法和想法。

作为一个阅读者和评论者，我不是作家作品的冷面阎王判官，但我也不愿意做为作家抬轿吹号的苦力。我理应努力感受到作者的写作苦心乃至匠心，从而争取对作者的劳动有知音般的理解；但与此同时，出于对作者的真正爱护和尊重，我也应该能够感受并适当指出作者自己并未明确意识到的些许弱点。因为再优秀的作家都难免有不尽如人意之处，而且真正想把作品写好的作家也并不想评论者尽说好听的话，评论者不符合实际的赞扬是会误导作家的，清醒而自觉的作者也不愿意听那些廉价的赞扬，相反，他们会把评论者推心置腹的真知灼见看做是对自己的深切关爱。我个人认为，作为一个小说作家，唐国强已经具有了较高的语言表达水准，在今后的语言方面多加历练应该能够达到更高的境地。我认为，任何一种文学体裁的写作，语言的质感和美感决定着作品的质量，诗圣杜甫对“语不惊人死不休”的期许，仍然是今人写作的金科玉律。正因为唐国强有自己的语言表达潜力，我才提出了这样的期许。此外，他还可以在思考中使小说的构思和命意发挥足够想象，超越一般性的生活感知层面。因为只有对作品所要表现的生活领域有独特的观察，才会对生活有独到的发现，才能避免给人似曾相识的感觉。

以唐国强多年的文学历练和不断提升的创作能力，他是完全可以做得更好的，我有充分的理由对他寄予更高的期待。希望他在创造性的劳动中不断给读者呈现新的惊喜，写出更多求证自己创作实力的精彩作品。

2017年7月28日写毕于嘉陵江畔之寂寥斋

何希凡，男，四川省南部县人，西华师范大学文学院教授，硕士生导师，四川省中国现当代文学研究会副会长，四川省文艺评论家协会理事。担任《中国现代文学》《中国现当代文学心理研究》《现代作家与传统人文资源》《中国现当代文学批评史》等本科和研究生课程教学，四川省省级重点课程、四川省省级精品课程、西华师范大学校级精品课程《中国现代文学史及作品选讲》负责人，西华师范大学教指委成员。在《中国现代文学研究丛刊》《文艺争鸣》《江汉论坛》《当代文坛》等著名学术期刊发表学术论文近100篇。获四川省人民政府第十一届哲学社会科学优秀成果三等奖。先后被评为四川师范学院优秀教师、西华师范大学2004—2005师德标兵、西华师范大学优秀共产党员、全省高校优秀共产党员、四川省优秀教师。

一

脸蛋红润、皮肤白净、身材窈窕的林雪梅，在钱江市师范学院读书到三年级时，二十一岁，身体部分该突出的地方已经突出，该保持身材的地方没长赘肉，一对杏仁眼，令人过眼不忘。她喜欢穿花色服装，经常将头发挽成马尾巴，显示青春的活力。她生活很有规律，课余不是到校园的后山去晒太阳就是到树木多的地方去写生，特别喜欢到教学楼后面的樱花长廊、鲜花盛开的草丛里，体会樱花降落肩头的欣喜，感叹那些植被中散发的空气，成为她的营养大餐；无以计数的花瓣，伴随着思绪，成为她脑际无穷的海洋。每当呼吸那些空气的时候，她总会深深地吸气，之后头脑里便会有很好的创意出现。她常常在那些植被与花丛里，聆听心灵的静音，聆听课堂之外的天籁之声。她常常静坐于草坪，要么几小时要么一下午，专心致志地看书或者沉浸于思想爆发的构思里。她的每门课程都非常优秀，希望读研，已经申请到导师提名。她是一个开朗的女子，善于与人交往，喜欢说笑。她的父母是老实巴交的农民，她家的房屋在城市化进程里被征用，父母为了支持她的学业，在学院附近租了住房，方便她回家，享受家庭的温馨。

林雪梅家的拆迁还房，需要等待三年时间才能建成。征用土地的开发商，是钱江市宏建房地产开发公司，法人代表李秋天。拆迁房屋期间，李秋天鼓动林雪梅的父亲林东升率先拆迁，许诺给林东升好处，原因是林东升的房屋，占据了重要地理位置。

拆迁房屋之后，林东升到城里买了辆机动三轮车，勤奋地在大街小巷载客，赚取微薄的收入。林雪梅的母亲，由于身体有病，选择在超市上班。

林雪梅有个弟弟，年龄小她三岁，正在读高中，各科成绩都优秀。她在父母眼里是掌上明珠。周末只要她回家，她的父母定会为她煮好吃的，嘱咐她平时养成良好的饮食习惯，说读书不能亏待身体，如果亏了身体，一切都不能很好地实现。

林雪梅读书的院校，地处钱江市郊区，离市中心约八里路程，占地大约四千亩，分为一期、二期。一期校园旁边是高速收费站，交通发达、环境优美；二期校园是别致新颖的师生住宿建筑群，到处林立，草坪遍地、鲜花盛开。二期旁边有专业服装市场、小吃摊区，休闲场所；不远处有曲径通幽的森林公园，树木郁郁葱葱，叶片与叶片含情脉脉地对望与缠绵，令人思维无限宽广；学院里的教学楼、图书馆、篮球场、体育馆、教师宿舍与学生宿舍呈一字形排列，构成恢宏的气派；平坦的水泥路面，延伸到每处会有人影之地；学院里汇集了全国各地的学子，数万朝气蓬勃的青年男女，增添了浓厚的学习氛围。

周末，只要是周末，林雪梅定会回家与父母聚餐，她经常回味母亲手艺之下的菜品，那些令她垂涎的味道，就会想到母亲的好。她弟弟正处高三冲刺阶段，只有星期天下午才回家，傍晚要上晚自习。因此，她与弟弟没多见面时间。恰恰因为这点，姐弟间的感情深厚。林雪梅吃饭后，去到校园外宽阔、平坦、商业气息浓厚的大街，欣赏那些琳琅满目的商品，心情舒畅之余，向往在附近区域拥有一套住房该有多好，但想归想，一时还不能实现（尽管父母会有还房，但不能与商品房相提并论），目前她还是学生，只能安心地读书。

与林雪梅一同考进师范院校的还有几位高中同学，她们属于同一个村，一起进入中学、高中，然后踏进大学的门槛，惊喜的是居然分在同一个班里读书，兴奋之余一同上网查资料、商讨写论文，属于两小无猜的发小。但有一点令林雪梅心生不快，与她同一宿舍的同学，下课之后争先恐后地进入卫生间时，如果想洗澡或者办理例假之事，定会耽误一定时间，后进入卫生间之人，必须得等待。可是，往往在等待途中，会有人憋不住，难免高声呼叫，如此反复多次之后，导致同学之间心生怨气。更有令人不快的事情，林雪梅将苹果之类的吃食放进共用的冰箱里，待她想吃时，却发现早已不见踪影。这样的事情数次之后，她便不再买，即使想吃，就去校园外吃过才回寝室。

读书到大三下学期时，少数几位同学申请到读研的资格，其中包括林雪梅。林雪梅的各科成绩都非常理想，导师欣赏她的求学态度，其中一位叫贺天成的资深教授，有意培养她读研，找来书籍让她预习，希望她尽快熟悉必备的教学程序。

班里的同学，有的已经在联系就业单位，为半年后踏入社会作准备工作，甚至有的同学已经找到了“实习”接收单位，嘻嘻哈哈地嬉笑颜开。林雪梅没去联系用人单位，忙啥呢，浪费那些奔来跑去的时间，还不如多啃几本书，多学些知识。况且准备读研，就得专心地预习功课。

林雪梅喜欢参加各种课余活动，喜欢和同学开俗气的玩笑。但她不喜欢过白天，尤其不愿意一人呆在宿舍里。没功课可做时，有要好的同学邀约去校外溜达、购买生活必需品，有时也品尝小吃，体会闲情逸致的感觉。不过，林雪梅去过几次就不去了。不去的原因是，她家里的经济条件拮据，父母是农民，没固定职业，目前还租屋居住，她不想增加父母的经济负担。深一层的担忧是读研会花费一大笔钱，她必须精打细算。

林雪梅与李艳梅合住本是为了节约，但因李艳梅有男朋友，所以林雪梅常常撞见一些令人尴尬的场面……

李艳梅的男朋友叫周斌，是班里女生公认的帅男，高鼻子蓝眼睛，块头大，像外国人似的，听说家底殷实。李艳梅就是被那双眼睛所迷惑。周斌常来宿舍，来时不是给李艳梅送礼品就是请她吃饭，近段时间给她买了服装，接下来的事就水到渠成。他来时开一辆颜色鲜艳的保时捷，耀武扬威地在校园里拉风，惹得不少女子眼热心跳、大声惊呼。

林雪梅站在教学楼后的花丛里，伤心地直流泪。可哭有啥用，李艳梅才不会想到她在花丛里憋气、难受哩。

二

坐在宿舍里的写字台前，林雪梅打开电脑，上网查阅资料，毕业论文方面、社会知识方面都不放过，特别是读研的相关资料，更是必不可少。感觉疲倦，想睡觉时，把帷幔一拉，马上营造了一个忘我的个人世界，任由同学们吵闹，都与自己无关。但宿舍属于公用空间，同学们的吵嚷声，有时难免影响情绪、分散精力和影响睡眠。往往这种时候，林雪梅会到门外散心一会，待头脑冷静，再坐到电脑前梳理。唯独李艳梅与周斌在宿舍里寻开心的事，令她特别反感和揪心、讨厌，怎么梳理都梳理不清楚、理不清头绪，想冷静都无法冷静。女生宿舍一般不允许男生进入，她不明白周斌为何能够大摇大摆随心所欲地进入。

自从林雪梅碰到李艳梅与周斌的尴尬事后，她再回宿舍时，首先会敲一敲门，做贼似地听听房间里有没有动静，然后瞅李艳梅床下有没有那双大号男性皮鞋、帷幔拉没拉上。如果这一切都正常，她才进入，如果帷幔已经拉上，男性皮鞋也在，她则悄悄地退出去。人嘛，理解别人的所作所为，睁只眼闭只眼，没人会嗔怪你多嘴。

可是，往往这种愿望，会被一些不可想象的事情搅乱心情。那天，李艳梅床上的一个胶质用品掉下来，落在林雪梅脚边，她突然恶心地呕吐起来，那胶质用品里居然还有黏乎乎的黏稠物，她捂着嘴跑向门外，在门口干呕。

李艳梅赶紧走到她身边说，对不起，对不起，以后一定注意。

林雪梅呕吐后说，以后做事收敛些，宿舍不是你随便扔垃圾的场所！

李艳梅的脸唰地红了起来，赶忙从包里掏出张纸将那个胶质用品拾起来。稍后不慌不忙地说，就这么一个玩意儿，值得大惊小怪吗，亏你和赵东海交往了不少时间，真是可惜！

你说啥呀你？林雪梅气哼哼地恨不得咬李艳梅几口或者扇她几嘴巴。但她不是泼辣人，不愿意伤和气，气不过的她走向一边去，胸口仍在七上八下地怦怦跳动。

谁知李艳梅来到她身后，意味深长地讲了一句：雪梅呀雪梅，你到今天还是处女？你都二十出头的人了，你说我是该恭贺你哩还是同情你！

林雪梅气得脸变形，话不择语地说：你说啥哦你，不要以为人人都像你，垃圾！往后把那些东西收拾妥当，免得看见恶心！

那天出门之后，林雪梅没有回宿舍，她在校外溜达一阵，尔后直接回到父母的租屋里。回到家里时，脸上还有些臊红。她母亲韩淑芬问她感冒了吗，要不要看医生。林雪梅回答没有感冒，不用看医生。她母亲再问她的脸憋得通红，与同学吵架了？

林雪梅老实地讲了李艳梅与周斌的事情。当时她母亲就非常气愤地说，学校是求学的地方，怎么会发生这种龌龊事情？问她报告老师没有。林雪梅说学校里恋爱的人多着呢，谁都不愿意得罪人，往后尽量避开就是。她母亲说，如果你交往朋友，得注意方式，注意影响。林雪梅腼腆地回答：妈，你还不了解自己的女儿？

韩淑芬叮嘱说：我和你爸指望你学有所成，你可不能给我们丢脸。

林雪梅使劲点头，以示回答。

林雪梅的母亲韩淑芬，年龄虽然四十出头，但身材好，懂得打扮，从背影看顶多三十多一点，遗憾的是犯有心脏病、心率跳动频繁，每天走路往返上班的超市，感觉上气不接下气。

一个阳光明媚的周末，林雪梅回到母亲身边，她母亲正在厨房炸酥肉，她拿起一块在嘴里嚼起来，边吃边说好香，好吃好吃。她母亲关心她交往朋友的事情，问她与朋友见面时间多不多。林雪梅敷衍说没有朋友。

韩淑芬说：你快二十一岁，书读了不少，自己的婚姻大事要想好，这年头，找个会赚钱的男朋友最重要。听你爸讲，你交往了一个朋友，你可不能哄我！

林雪梅听出了母亲责备的语气，反问她妈说，爸爸说我交往了朋友，我怎么不知道？

韩淑芬正在切一个西红柿，说：你爸让我问问你对学业以后的打算，他不希望你在读书期间交朋友，至少不要在读书时定婚姻，况且你还想读研。

林雪梅撒娇地说，我已经是成年人，我没忙着联系就业单位，为的是想读研，可读书与谈朋友两者不相冲突，有何不妥……妈，我倒担心你的身体。

韩淑芬说，别打岔，我的身体状况我清楚，不用你操心。可你的事情，我们能不操心吗？

妈，我的事你们别插手，我知道怎么做。

妈相信你的眼光，可现今社会，漂浮的男人、假象的男人不少，你思想不够成熟，要多听我们的意见。

林雪梅鼓起勇气说：赵东海尊重我、理解我。我会把握与他相处的尺度。我与他的事情，我得试着交往才行，人嘛，要试着交往才知道适合不适合自己，妈妈你说对不对？

韩淑芬说，你爸反对你交朋友。

林雪梅想隐瞒却无心讲出心中的秘密，只好说：爸爸不顾及我的感受，还是你们老一套。

韩淑芬又切了一个番茄，说，你爸脾气犟得很，有时我都不能劝动他，可你找朋友，应该让我和你爸知晓才对。俗话说，校有校风，家有家规，如果你不尊重我们的意见，往后你们吵架、闹脾气，我们可不想听。

林雪梅说，东海性格温和很有主见，头脑灵活，他的餐厅生意红火，他值得我信任。

韩淑芬语气随和了些，问：你们交往了多长时间，你对他有足够了解吗？餐厅老板态度肯定温和，和为贵，和气生财嘛。你挑个时间让他过来，我帮你参考参考，如何？

林雪梅高兴得手舞足蹈地说，妈妈，你是我的好妈妈呀。爸爸要是和你一样，我定会很开心。

韩淑芬说，你爸担心你不懂得操持油盐酱醋的辛苦，担心你眼光不准。他的话虽然刺耳，过后细想很有道理。我的建议是，你交往男朋友我们不反对，但成与不成得尊重我们的意见。

妈，你不能阻挠我，交往朋友是我一生的大事，我得自己做主，由不得你们。

长见识了？你思想成熟了？！未见得嘛。我和你爸替你把关，你不领情不说，脾气也见长了。如果你不尊重你爸的意见，除非你和你朋友不来见我们！韩淑芬很生气。

话讲到如此地步，林雪梅再努力争取也白搭，毕竟，男朋友以后总会见丈母娘、老丈人的。如果一味地“冒犯”父母，往后伤心的事情肯定有。

恰在这时，在街上跑三轮车的林东升，驾驶着那辆红色的三轮车回到家，听见屋里的谈话，推开门说，闺女，你读书我们已经够操心，你不能再让我们为你的婚事焦虑好不好。男大当婚，女大当嫁没有错，可你得顾及我们的感受，我们还有一张脸呢。

林雪梅斗气地回答：我没有做出格的事，哪里给你丢脸了！

林东升说：读书就读书，读书期间交朋友，吃饱了没事干！

韩淑芬盯着林东升说：我正劝雪梅呢，你真不会讲话。

林东升“恨铁不成钢”，说：她读书读呆了，已经听不进我们的劝，翅膀硬了，要飞啰。

韩淑芬帮着林东升把三轮车里的东西搬进屋，说：你讲话委婉些，女儿很听话的。

林东升说：让她把精力放在学习上，她听不进去，居然交往了男朋友。寒窗苦读十多年，为的啥，为的不就是能有个好工作、好环境嘛，她倒好，还没毕业就交朋友，把我们的话当耳边风！

韩淑芬把林东升拉到一边去，小声说：她爹，你就让她自己去处理得了。处对象，要通过了解才知道适合不适合，对吧。

林东升嘴一撇，说：她交往的那个男朋友，听说是开餐厅、掌勺子的，我看呀，没发展前途。

韩淑芬说：她爹，雪梅和她朋友相处还可以，你就不要阻拦，噢？

他们相处得很好？原来你早知道她的事情，怪不得她听不进我的劝！林东升没好气地说：你咋不动动脑子想想，东海年龄比雪梅大几岁，而且结过婚，我们不能看着她走错路呀。

韩淑芬生气地说：我们谈恋爱那阵，你给了我何样的感觉和承诺？我照样跟着你走到了今天。如今闺女大了，我不希望她像我一样，被父母操心婚事，过没有阳光的日子。

你不满意我是吧？不满意就找好人家去。林东升脖子一歪：没人拦着你！一副癞皮狗的样子。

你本事大，就知道欺负我。今天你终于讲出了那句话，你想过我的感受吗……可你不能伤女儿的心呀。雪梅已经成年，她交往东海，不见得是坏事嘛。

林东升赶紧赔不是：我没惹你不开心，我这是为闺女着想。你猜猜，我今天遇着谁了？

韩淑芬满不在乎、慢条斯理地说：你遇着谁，跟我没关系。

跟你是没关系。林东升的脸色马上“和颜悦色”地灿烂起来：可这事跟闺女有关系，或许能给女儿带来好运。

韩淑芬终于有了点兴趣：怎么回事？

我今天遇见了李秋天的侄儿，你知道李秋天是谁吗，就是鼓动我们第一个签字拆房的那个建筑老板，听说很有钱。他侄儿人长得牛高马大，潇洒，五官端正，目前已经是建筑监理，要是他能和女儿处朋友，那才叫般配，嘿嘿。

原来你在给女儿物色对象，操心过度，头脑发热了吧。韩淑芬伸手想摸林东升的额头。

林东升拿手挡开韩淑芬的手，说：那小伙子人长得帅，只是皮肤有点黑，年龄跟雪梅不相上下，目前已是宏建房地产开发公司项目部监理，深得李秋天的器重，人家虽然与闺女是高中同学，可目前开的是宝马车。宝马车，知道是啥样的车吗？

管他宝马车、奔驰车、保时捷，跟女儿没有关系，不沾亲不带故的。

你跑三轮车照样生活，他借的别人的车都有可能，不稀罕！

人家年纪轻轻就开宝马车，一百多万哩，管他借的还是怎么来的。总之，能开宝马车的人，说明人家人缘好、社交层次不低，两样都不错的人，今后的发展肯定有前途。要是让闺女与他认识，今后的发展，嘿嘿，不知怎么个阳光灿烂哩。

韩淑芬讥讽说：原来你给雪梅拉郎配，怪不得反对她交往赵东海。可你想过没有，雪梅会听我们的吗。俗话说，女大不由娘。

林东升认真地说，你以为我想管她的事？我是看不惯她交往东海，太没眼光。李天海年纪轻轻就已经是项目部监理，深得他叔叔信任，往后再成熟些，发展无可估量。反正我觉得，闺女和他很般配。

韩淑芬奚落林东升：我以为是别人给你引荐的，想不到你主动问别人，脸皮太厚，我们家闺女嫁不出去还是有残疾？说完再次试探他的额头。

林东升再次将韩淑芬的手挡开，说：我才没心情问别人，是那小子自己问上门来的。于是讲他驾驶三轮车经过市场时，那位驾驶宝马车的小子擦刮了他的三轮车。他说那小伙子怎样给他道歉，又怎样给他修车费，后来突然问：你是林叔叔吧？

林东升问：你认识我？

那小伙子说，林叔叔，你不记得我了？我与雪梅是高中同学，我前几年去过你们家。

林东升突然想起：哦，你是小李，你叔叔征用我们村的土地，搞开发，对吧？

那位被叫小李的小伙子说：真不好意思擦刮了您的三轮车，说着掏出钱来要赔维修费。

林东升的话终于撩起了韩淑芬的好奇，问：你收了人家钱？

林东升说：他叫我叔叔，又说和闺女是同学，我只好说，小伙子，我把三轮车简单修理一下就行，往后开车小心些。可，你猜小伙子怎么做？

韩淑芬问：他怎么做，跑了？

小伙子掏出钱来硬要我收下，边说边往我包里塞。整整五百块钱哩。当时我就想，他撞了我的车，赔我的损失在情在理。谁知他是真心道歉还是碍于面子，反正给钱后开车就走。

我心想那点损失值五百块钱，心里欣喜着呢。

韩淑芬说：多收人家钱，就该退给人家，不是自己的钱，坚决不要。

你以为我想要？问题是，那小伙子把钱塞给我转身就走。谁曾想他一会儿就开车跟上我。将车停在我前面，下来问我：林叔叔，雪梅大学快毕业了吧？

我赶忙应承是，是，是的，心里真不是滋味，他问闺女电话干啥？！

韩淑芬接话说：对不认识、了解的人，应该多提防。

林东升说：那小子一个劲地问我要闺女的电话号码，还说他们公司除了建造还房，还有几处商业楼盘，目前正在招聘房屋促销员，如果闺女想有份工作，可以到他公司上班。还说房地产业销售工资，按业绩计算，只要口才好，售楼工作应该有不菲的收入。当时我犹豫该不该给他电话号码。李天海赶紧说不会骗我，也不会骗林雪梅，还说雪梅大学毕业是要进入社会的，应该早些联系就业接收单位。我好奇地问：你们单位？你叔叔的建筑单位，属于什么性质？

李天海说建筑单位属于什么性质不重要，市场经济有钱赚就行，于是讲了他们单位目前的状况。

林东升问真的假的？

李天海让林东升叫林雪梅到公司实地考察，想好之后再作决定。这时要做的是，把林雪梅的电话号码告诉他。

林东升说：我见他态度诚恳，就把女儿的电话号码告诉了他。

恰恰这时，林雪梅从里屋出来，听见父母对话，问：爸，你把我的电话号码告诉别人，也不问问我同意不同意，你肯定那人是我的同学？

理亏的林东升撮合说：那小子态度诚恳，他叔叔与我有过交往，他应该不会骗人。往后他可能会给你打电话，到时不要冷淡人家。

林雪梅不屑地说：对不认识的人，以后少把我的电话号码告诉给别人！

林东升感到委屈，说：你，你这孩子，你咋不懂我的意思哩，我都是为了你好，为了你好知道不？

林雪梅反感地说：你不要对我灌输这些没用的，我有能力处理自己的事情。

林东升摆出一家之主的威望：人家是你同学，主动请你去他公司考察，成与不成去看看再定夺，没人强求你。你读书，不就为有个工作吗，如今机会就在眼前，你不抓住？

林雪梅说，实习不实习、想不想工作是我的事，我有分寸。

韩淑芬认为林雪梅讲话太任性，劝说：你爸一番好意，你咋不理解哩。即使不去上班，也不该以这种口气对待你父亲！

林雪梅知道如果冒犯父母，后面的话题会很难继续，于是缓和语气说：我知道爸是为我好，可他不问我同意不同意就答应别人，万一别人怀有歹意咋办。对不了解的人，谨慎交往才是，这些都是你们教我的呀。

是，是，是！就你知道好好把握！林东升脑袋一扬，腰板一挺，提高了话的音量：麻烦，什么麻烦，现在是太平社会。你不工作就是给我们添麻烦，大学没毕业就交朋友，还那个，那个看好他，我看呐！那个……东……东什么海才令人讨厌！

林雪梅烦躁地说，爸，你不讲理，我有恋爱的权利！你不能阻止我与谁恋爱。

林东升说，别跟我讲权利，你与谁结婚得征求我同意，家里我说了算！

见父女吵嘴，韩淑芬当和事佬，劝她爸，跟孩子计较没水平，换个说话的方式不行吗？尔后转向林雪梅，说，雪梅不要任性，多听你爸的建议，有好处。

……林雪梅没吭声。

心里不爽的林东升起身去倒水，边走边自言自语：舀勺子的小子就想当我的女婿，没门！雪梅要文化有文化，要身材有身材，要脸蛋有脸蛋，我就要给她找个好人家！

韩淑芬见林雪梅的脸色不悦，待林东升倒水回来，拉他到一边去，说：你对孩子灌输这种思想，她不反感你才怪。看不惯，出门去跑你的三轮车！

林东升“冒火”了：她不听劝就算了，你也跟着反对我，这个家还有没有我的地位！她大学快毕业还不找工作，让我供她一辈子，我不当那样的傻瓜！

林雪梅听后伤心地说：爸，你是忙着赶我出嫁呢还是关心我！你讲的李天海，我与他面都没见，也不了解他，你就肯定他能给我理想的工作？万不得已如你说，他是建筑队项目监理，建筑监理多大的官？建筑监理哪里不能找个年轻女子，好事就轮着我了？

林东升被问哑了口，好一阵才反应过来，阿Q精神似的，说：我只相信有钱赚才是硬道理，有钱能买到想要的东西。李天海的话即使不真，你去试试也无妨，即使不去工作，也应该把精力放在学业上，现在谈朋友，为时过早！

爸，你关心我，就应该让我有独立思考的环境。男女交往朋友是法律所允许，法律没规定大学生不能谈恋爱。如果等有了工作才交朋友，到时候后悔、哭鼻子都找不到地方。

三

林雪梅在宿舍里撞见李艳梅与周斌的事情，本想得到父母的关心和开导，没想到话刚讲一半，父亲就对她交往东海持反感态度，反感之余还给她拉郎配，居然不问她意愿就把她的电话告诉给李天海，还让她到李天海公司的售楼部去上班，想想都觉得荒唐。

林雪梅想有工作是真，但还没有毕业，想也没用，最终决定，得等毕业之后，希望找个疼她爱她的人就行，不图每月有丰厚的收入，只图有饭吃，能够保证平时花销就成。问题是，目前考研对她来说是最大的理想，但又不愿意放弃恋爱的机会。东海文化虽然没她高，但脑子聪明，人也勤奋好动，经营的餐厅生意兴隆，每天收益不断，如果与他失之交臂，定会后悔莫及。人说，书读得虽多，思想境界再高，没有好的婚姻和归宿，一辈子都会郁闷、寡欢。能够在读书时喜结良缘，还能谋到理想的工作，是多么爽意的事；能够锻炼社交能力、口语水平，还能拿到不菲的薪水，固然是件好事。可林雪梅没接到李天海的电话，不好意思主动提及。她想到东海的餐厅去帮助料理事务，以便减少东海的操劳，可与东海事先有约定，遂打消了那念头。

林雪梅不想与东海的恋情过于快速发展，考虑的是处于学业阶段，只想与他保持联系，也不想让东海影响她。但想归想，现实逼迫得她不能不作打算。与东海虽然有君子约定，但他毕竟是自己的恋爱对象，很多事情还需要征求他意见。

林雪梅正在犹豫该不该给东海打电话时，包里的手机铃声响起，她发现号码陌生，接听之后知道对方是李天海，只好诺诺地向对方问好。

关了电话的林雪梅，兴奋地眼放光芒，她的脑海里回旋着关于李天海的记忆。

读高中时的李天海，成绩不理想，常常是大红灯笼高高挂，多门功课不及格，尤喜欢和同学打架，常搞些小动作，老师说他正果无收获爱好倒不少，为这话，李天海与老师吵过嘴；林雪梅与李天海是邻桌，李天海经常把她的作业拿去抄；李天海高中肄业就走出了校门，听说去了叔父的建筑公司，几年不见，居然成了房地产公司项目部监理。

李天海项目部监理的身份，林雪梅怀疑过，后来想想与自己没利益冲突，故没深究。她关心的是李天海让她去售楼部工作，会不会有企图。愣神间，不远处传来轿车的鸣叫声，东海来接林雪梅，东海每周星期六下午都会到校门口接林雪梅回家，顺便参加些活动，轿车的鸣叫声是她们约会的信号，她听惯了东海轿车的鸣叫声。于是理了理衣服，修正一番表情，动作夸张地迎了上去。

东海将车停在林雪梅身边，另一只手为她拉开车门。

林雪梅马上让娇小的身子钻进了车里。

东海取笑说，今天来迟到了，不会责备我吧？

林雪梅对他莞尔一笑，说：只要你心里有我，等你一万年我都心甘情愿。

东海听着心里受用，驾驶着轿车，很快融入到滚滚车流里。

快到她家门外，东海把为林雪梅妈买的药品拿出来，解释说：这是给你妈买的专治心脏病、冠心病的药，呆会儿你解释一下用药常识。

东海关心林雪梅母亲的病，已经有段时间。林雪梅感动地说，谢谢你对我妈这么好，我爸我妈一定会喜欢你。然后把脸贴上去，给了他一个吻。吻后问，这时我爸可能在家，要不要进去？

东海说，进去，为何不进去。只要老丈人不把我往外撵，我就一万个开心。

林雪梅笑着拍打东海的手，说，我爸个性犟得很，你让着他些，噢？

东海提着那些药品和礼品，神采飞扬地跟在她身后，边走边说：只要你爸不轰我出门，我怎么让他都行。

林雪梅噗哧笑出声，说：油腔滑调！前几天我爸还冲我发脾气，他不同意我交往你。

是吗，你怎么回答的？

你猜我会怎么回答？

怎么回答猜不着，你没有说服你父母，说明你的工作做得不够好。

林雪梅停顿一会，说，我爸让我去工作。

你爸让你去工作？你爸让你去哪里工作？

林雪梅幽幽地回答了是怎么一个情况。

东海问：你有何打算？

林雪梅回答：我还没有想好，你说去还是不去？

东海歪着脑袋瞅林雪梅，不认识似的，说：你去售楼部促销房屋，以后长期在那里上班吗。

这个没考虑，还没往那方面想。

来我的餐厅吧，我餐厅里正缺少人手，你来之后，也算提前上岗。

林雪梅撒娇地用拳头擂他：你啥意思？咱们事先的约定，不算数了？

这不算违约，往后你是餐厅的老板娘，现在只不过提前上岗而已。东海调皮地说：你不提说去售楼部当楼盘促销员，我还不便下决心哩。

林雪梅的一只手搂着东海的腰，说：想得美，八字还没一撇。

东海表示出惊讶，问：不同意，我没希望了？

快到林雪梅家的转角处时，她说：如果你欺负我，咱们就散伙。你有你的事业，我有我的想法。然后咯咯地笑起来，向家的方向跑去。

东海追上她，抓住她的胳膊，紧接着瘙痒她的腋窝，她经受不住瘙痒，求饶说：东海，真让我到你的餐厅去？

东海点头回答：当然啦，你到餐厅后，我们的关系就明朗多了。

林雪梅忽略了东海话的意思，说：我爸让我找到接收单位，然后再议咱们的事。无可否认，目前房地产业正处转型期，但发展依然迅猛。我想挣钱，减少爸妈的操劳。

东海想想后说，我尊重你的决定，我支持你。不过，如果你愿意到我的餐厅来，我随时欢迎。

谢谢你东海，未来的老公。林雪梅做了一个吻东海的手势。

东海酸溜溜地说，还未来的老公哩，去了之后，不忘记我就成。

林雪梅想到很快就会有工作，一脸灿烂地说，我会努力工作，证明我决定的正确。

东海想到李天海与雪梅年龄相当，提醒说去之后见机行事，如果他为难你，你就给我打电话。

俩人嘻嘻哈哈一路说笑，很快进了家门，东海把药品和礼品放于桌子上，见韩淑芬在厨房，进厨房去叫了声韩姨，关心地问韩淑芬的病情。

当天没出门跑三轮车的林东升，在家里摆弄物件，听见东海讲话，便出来问：买的些啥玩意，真能治病吗？

韩淑芬赶忙说，她爹，东海是为我送药才过来，你收拾收拾桌子，马上就可以吃饭。

林东升没听见似的，走到一边去，他才没心情与东海同桌吃饭哩。

林雪梅走近东海，拽了拽东海的衣服，示意他对父亲讲话委婉些，说，说不定我爸要给你出难题。

东海向她眨眼，表示理解她的担心，说：只要你爸不对我发难，我不会介意。

林东升在屋里转过一圈，开始收拾桌子上的东西，一边收物件一边示意雪梅到一边去。

林雪梅不愿意违背父亲的意愿，只好去到另一间屋。待林雪梅去了另一间屋，林东升开始发难东海：你买来的这些药，能起作用吗？

听得一头雾水的东海，不理解林东升话的意思，想过后回答：为韩姨买药是我的责任，希望伯父理解。

小子你叫我啥，伯父？不，不，不，别这样叫，还是叫我叔叔。林东升怪腔怪调地：你没责任为雪梅妈买药，她的病是顽固病，一时半会治不痊愈，你以后不要再买药了，也不要再过来。

韩淑芬打断林东升的话，嗔怪地说：她爸，你真不会讲话，东海是为了给我送药才过来的。他与女儿处朋友，能不过来吗？

东海感激地对韩淑芬说：韩姨，我不在意伯父对我的态度，相信他以后会改变对我的看法。

韩淑芬接话说：他不单对你有成见，对我们一家都有意见！

东海接话说：只怪我和伯父没多沟通，相信伯父慢慢地会接受我。俗话说，日久见人心。

林东升诚心赶走东海，说：你说啥呀你，叫你改称呼你咋不听，还日久见人心，要不要路遥知马力？！反正我不接受你，你走吧。

如果不把情绪控制在温和状态，不定会闹出乱子，韩淑芬赶紧把林东升叫到里间屋，小声说：她爹，你不能总拉着一张脸，东海虽然文化不高，可他开餐厅已经几年时间，积累了不少经验，以后发展无可估量。他喜欢雪梅，雪梅也喜欢他，有何不好？你不要从中作梗好不好？

自有打算的林东升说，你说我作梗？我哪里是作梗。我是担心他不会真心喜欢咱们闺女，他只想把闺女骗到手而已！

你！你这是啥观点！韩淑芬很生气：女大始终要出嫁是吧，出嫁之后经过磨合期，一切都会好起来。可你不能一直阻拦他们，即使不让他和闺女来往，也不能这种态度评人家。

林东升的火气不但没降反而上窜，提高音量说：幸福，他能给闺女幸福？我看他没那本事！人说，有个好工作并不重要，也不稀罕，找个聪明能干的人才是一辈子的依靠；能够挣钱、会挣钱比什么都强。

观点的差距，导致韩淑芬气闷难消，心里憋闷得难受，继而心慌地用手抚摸胸口，说，你，你，你这德行。你该换种思维考虑事情，你的观点已经跟不上时代，还存心找茬！

林东升认为韩淑芬指责他，不服气地说：闺女学业还没毕业就与东海在一起，像话吗？

你这不是找茬是什么！韩淑芬说：哪有处朋友不在一起的道理，能找到东海这样的男子已经不容易，你就让雪梅开心地与他相处。东海每周都在接送雪梅，他们早已心有默契，你没看出来？

一石不能阻挡“流水”，林东升再设一道坎，说：他文化没有闺女高，听说还离过婚。

老头子，你太霸道了。现今社会，有文化固然是好事，但文化不能决定人的一生。东海离婚算么事，现在社会离婚的男女多着呢，况且他没有孩子拖累……如果你关心闺女，就让闺女自己去选择、把握，你那老一套已经行不通。此时的韩淑芬，胸口憋闷得难受，用手直捶胸口。

林东升见韩淑芬病情发作，心急火燎地问药在哪里，你把药放哪里了，并大声叫林雪梅，赶快倒开水过来。

林雪梅听见喊声，急急忙忙地跑进屋里问，爸，妈怎么了，妈怎么了？

林东升显得有些手忙脚乱，没好气地说，你妈被你气的。

林雪梅赶忙倒了开水过来，喂过母亲药后，吩咐母亲休息，然后到门外和东海讲话去了。

林东升给韩淑芬盖好被子，收拾室内的杂物，出屋扔垃圾时，看见林雪梅与东海在院外树下拥抱，干咳几声。

东海只好松开林雪梅，尴尬地对林东升说，伯父……

林东升拿腔拿调地说，小子，我问你几个事！

早料到会有如此过程的东海，不慌不忙地回答：你有话就问吧，在您面前，我是玻璃人。

林东升疑惑地问：你是玻璃人，我怎么没看出来。

东海说，在您面前，我的一切都是透明的，没有假的成分。

哦？我以为你……你与雪梅交往了多长时间？

快到半年。

怎么认识的？

她和同学到我餐厅吃饭，我们就认识了。

你了解她吗？

喜欢一个人，了解是第一步，然后才能交往。我喜欢雪梅，她也喜欢我！我们真诚地对待彼此，我们相信会有美好的未来。

问话策略并不高明的林东升，挖苦地说：你懂得爱，你也配说爱？

此话刺激了东海，东海再不能任由林东升讥笑他、奚落他，他有意反驳林东升，讲话的音量提高了分贝：你说我不配说爱，就你有权利说爱？你在街上跑三轮车，不见得有多大能耐，可你照样娶了韩姨。你没有给韩姨富贵的生活，韩姨也没有怨恨你……我一堂堂七尺男子汉，相貌也过得去，我有权利追求爱情嘛！

问题是，我不答应你追求我们家雪梅，我们家雪梅要读研究生。

东海委婉地说，读研究生期间不准恋爱，法律没这个规定吧。当年你追求韩姨是怎么个情况，想必记忆犹新。每个人都有追求爱情的权利，每个人都有被爱的机会，我与雪梅互相欣赏，彼此爱恋，难道你不希望我们有美好的前景和未来？！

好啊，你娃教训起我来了！林东升没想到东海会顶撞他，生气地说：你配说爱就不会离婚！对婚姻不负责的人，我坚决反对他跟我家闺女处朋友！说完转身就走。

东海快步堵在林东升的面前，大声说：你不尊重事实，你心里容不下别人！我虽然离过婚，但法律没规定离婚之后不能结婚，法律也没说离婚后的男女不能和没结过婚的人恋爱。我和雪梅在一起，我们彼此喜欢，我们注定会在一起。

你！！

林东升被东海的慷慨陈词触动了神经，想到曾经与韩淑芬的结合与眼下的东海差不多，心里难受和别扭，只好自找台阶下，说：我是真的不想你在我眼前晃动，我们家雪梅高攀不上你。

呵呵，叔叔，这不是你的真心话。雪梅有个同学叫李天海吧，我知道他情况，你就不要拿他跟我比，人比人，气死人。实话对你说吧，你以为雪梅就真的高不可攀吗？你能一辈子把她留在身边吗。我离婚是因为妻子对我不好。邂逅雪梅，是缘分，缘分注定我们有共同语言，你无法阻拦我们继续交往。

气得嘴巴已经变形的林东升，几次想动手打东海，但最终忍住。令人意外的是，他说，你对雪梅好，什么时候能给她在城里买套住房？

这话出乎东海的意料，他想林东升是不是过于神经质，关心女儿的婚姻也太实际，怪不得阻拦自己，原来早就考虑到实质生存问题。

东海对林东升的关切表示出尊重，说：有住房是必然选择，我买住房的时间也不会久，相信以后面包也会有，一切都会有的。

小伙子，讲话要先掂量掂量，免得后悔都来不及。林东升说完，转身进屋。

东海望着林东升的背影，大声说，你无论如何阻挡不了我交往雪梅。

林东升转过身来说：阻挡不了你？下次你再来，我打断你的腿！

东海气愤地说：犟驴，真是犟驴，死脑筋！

四

辍学之后的李天海，到叔父的建筑公司做水电活，干过一段时间，李秋天出资让他学习甄别图纸、进修工程管理知识。学习不上进的李天海，竟然对建筑知识感兴趣，数月之后对建筑知识相关条款和数据背得滚瓜烂熟，且能举一反三，悟性之高，出乎李秋天的意料。

李秋天膝下俩女，没有儿子，他视李天海为亲儿子，参加大型活动和聚会，往往会让李天海同去，让李天海开车、接送他。

李秋天的建筑公司挂靠在别人的建筑公司名下，承建了多栋楼房。自从李天海能够在工程上料理事务起，李秋天渐渐脱离了原来的公司，注册了新的建筑公司，有了独立的施工队。只要有相关活动，李天海一定是李秋天的司机兼“保镖”——负责接送李秋天，替李秋天扛行李，赢得足够的信任。

李秋天五十岁出头，精神矍铄，看人眼神炯炯有神，经常穿名牌服装、出入娱乐场所。他把楼盘销售事项交给李天海，嘱咐李天海料理。可是，李天海认识的女性有限，尤其是年轻女性。公司的事务忙得他成天晕头转向，甭说与异性交往，即使偶尔接触，也掀不起心中的涟漪，激荡不起内心的情感。如今，叔父把销售事项交于他，责任重大，他必须得联系女性，并且尽可能是漂亮的女性，销售团队只有年轻女性加入，赢得客户的概率相对较高。

那天，李天海开着叔父的宝马车途经市场口，街道两边的菜贩子占据了大半条街，来来往往的人，穿梭不停。他小心翼翼地驾驶，没想到还是擦刮了迎面驶来的林东升的三轮车，由此得到了林雪梅的电话号码，心里那个爽，甭提多开心。

读高中时，林雪梅与李天海是同桌，同桌的李天海常常“惹恼”林雪梅，拽她的头发或者写纸条说她哪里好看哪里不雅观之类，总是令林雪梅心烦，课堂她没有声张，课余多次骂他是讨厌鬼。李天海嬉皮笑脸地说：我是讨厌鬼你就是讨厌婆。如果你愿意为讨厌鬼伤心，证明你心里有我，以后我就娶你做老婆等等。林雪梅气得几天不理他，后来找理由要求老师调换位置。可调位置后李天海照样隔三岔五地找乐子惹她不开心、找她麻烦。

值得回忆的是，读书到二年级时，一个下雨天，林雪梅在校门口不小心摔倒，腿被划开一条口子。李天海恰好经过那里，二话没说背着她迅速赶往医疗室，叫医生给她包扎，留给她深刻印象。

李天海得到了林雪梅的电话号码，想过马上联系她，可回到建筑公司，太多的事务让他分身无术，一时抽不出时间给她打电话。

目前的李天海，二十二岁，比林雪梅长一岁，皮肤在阳光的炙烤下变得黝黑，人更显得精干，气宇轩昂，个头和赵东海差不多，有人为他介绍对象，劝他该有异性相伴。他回答说，如果有缘分，感情自然会发展，如果没缘分，强求也不成。

在建筑公司里摸爬滚打的李天海，社会阅历逐渐丰富，经验也趋于成熟。出生农村的他，做事踏实，不足之处是性格内向，不擅与人说笑，因此，他叔叔经常带他参加聚会活动，希望他增加社交能力，锻炼口语水平。

如今的李天海，口才已经相当好，与人沟通能力逐渐增强。可他很少时间交往女子，一是事情多，分身无术，二是还没有他喜欢的女子出现。父母给他介绍了几位女子，可那些女子太讲究现实，不是问他月工资多少就是问他在城里有没有住房，甚至问他喜欢哪类型性格的女子，等等，他挺反感。

欣慰的是，李天海得到叔父的重用，缘于做事认真、处事果断，更源于一次“车祸”。那天，李秋天参加朋友楼盘开业庆典，去之前他让李天海一同前往。当天下雨，路滑，跑在李天海前面的车突然停在路中间不动，李天海只好急刹车躲避，可是意外的事情还是发生了，他刚刚稳住方向盘，突然从后方驶来一辆货车，脱缰的野马似的撞到李秋天的车尾。李秋天被撞得变形的车门卡得动弹不得，眼看油箱被撞得漏油不止，爆炸的可能随时会发生，李天海迅速找来石块将挡风玻璃砸碎，撬开车门，救出他叔叔，然后拦车急送医院，寸步不离地照顾李秋天，床前床后地嘘寒问暖。

从那之后，李秋天将重要事务交给李天海去办理，说是锻炼他的处事能力，实则是栽培他。有人开李天海的玩笑，说他在公司里是红人，身边咋不见妹妹的靓影。那时李天海会说，男人三十一枝花，目前我是一人吃饱全家不饿，早着呢。开玩笑的人说，你在公司里红得发紫，钱对你不成问题，只要你点头，美女随时会牵你的手。

李天海不是不想接触女性，有喜欢的人他乐于交往，问题是没有邂逅令他心动的女子，即使碰见几个，可那些女人多半已是别人的妻子或者朋友，他对交友抱着可遇不可求的态度，顺其自然。内心想的是，学到本事，不愁女性不牵手。

李天海的内心里对林雪梅的印象特别深刻，那些印象不是知识层面，也不是林雪梅长得如何花容月貌，而是心中的一种梦想，这种梦想人人都有，年轻男子尤甚。回想高中时那次背林雪梅去医务室的情景，他心情特别兴奋，她趴在他背上，肌肤接触的瞬间，令他触电的感觉迅速地遍身舒痒，为那感觉，他希望再背她一次。

遗憾的是，自那次事件不久，他离开了学校，直到现在都没有林雪梅的确切信息。

成天在建筑工地和泥土、砖头、钢筋、水泥、图纸交往的李天海，几次被叔父问起销售楼盘的事宜准备得如何，他回答之后决定给林雪梅打电话，问她具体想法。之前他想过给她惊喜，也想过亲自拜访，但最后还是选择先电话联系。

电话的另一端，林雪梅先没听出是谁的电话，待李天海报出名字后才一阵诺诺声，继而笑着问怎么与他联系。

李天海起先担心林雪梅不理他，寒暄之后，顾虑打消，手舞足蹈地跳了起来，OK，一切搞定。

之后几天，李天海约见林雪梅。

在茶房里，他们谈离开学校的经历，他向她分析当前大学生的就业选项与压力，之后讲到彼此关心的时事新闻，最后谈到楼盘销售事宜，问她具体想法。

心里喜悦的林雪梅，脸上装出有顾虑的样子，说，你容我考虑考虑。

李天海说行，你考虑吧，考虑好再定夺。

随后不久，林雪梅决定到李天海的建筑公司里去当售楼导购员，先前对李天海的防范心理，烟消云散，原来，情感的涟漪很容易被异性打动，尤其在年龄相当的异性面前。况且，她对李天海印象不错，学校里的那些回忆，她还想重演。父亲早前的建议，已经冰释疑义，尽管这个人以前没多联系，尽管这个人是突然间出现眼前，但有了好的开端，想必会有愉悦的相处。读书、实习两不误，而且社交能力得到锻炼，何乐而不为。

李天海掏出手机，拨一个朋友的电话号码，他让那朋友陪他去见一个人，这个朋友身材不高，结实的身板，肥头大耳，矮个子，李天海叫他“冬瓜”。

冬瓜与李天海是好朋友，职业是建筑单位里的水电包工头。冬瓜能够在李天海叔叔的公司里揽到水电工程，缘于李天海的推荐。每每有聚会，俩人定会在一起。

李天海驾驶叔父的宝马车，去超市买了礼品，待冬瓜来到，遂吩咐冬瓜上车。冬瓜问去何处。李天海说，去看望一个朋友，礼品我都买好了。冬瓜说去哪里都不告诉我，不够朋友，说着要下车。李天海拉住冬瓜说，哥们，不够义气吧，哥哥何时亏待过你？冬瓜只好说去吧，去吧，见了对方别拉我出来作比对就是，你魁梧的身材，我矮小的个子，我可不想你比对我。

李天海没有直接去林雪梅的家，而是开车绕道去超市。他知道林雪梅的母亲在超市上班，此时购物的人应该不多，她应该清闲。

在去的路上，恰好看见林东升在街上慢悠悠地驾驶着三轮车，李天海缓缓将车靠边停下，示意林东升也靠边停下，然后问林东升去哪里。

林东升问有事吗？

李天海满脸堆笑地说，那天真是对不起你。感谢你告诉雪梅我对她的邀请。今天我就去请她，你带我们去见她吧。

林东升口吃地说：这，这怎么可以呢，她还没回答我呢……。

李天海说：林叔，我早该来看你的，可公司里事务太多，抽不开身，今儿个特地来请雪梅。

林东升内心一阵窃喜，他将三轮车锁在路边，坐进了李天海的车，一路引导李天海往家的方向行驶。

李天海将车停在林东升家门外的停车区，拎着那些礼品，径直走进林东升的家门。

林东升边进屋边说，来就来嘛，还买礼品干啥，心里高兴的同时，直呼他老婆韩淑芬：淑芬，淑芬，来客人了。

韩淑芬当天没去超市上班，她心脏不舒服，心脏病让她心里翻江倒海地难受。她躺在床上，用一个枕头垫在背后，问，谁呀？

李天海走进屋去，叫了一声韩姨。

韩淑芬见是一个帅小伙子来到面前，迟疑地问，你是？

林东升介绍说：他就是小李，前几天我给你提起过的李天海——李秋天的侄儿——雪梅的高中同学。

韩淑芬哦的一声，撑手想坐起来：哦，是小李呀，你快请坐。

李天海举手示意韩淑芬不要动，说，阿姨身体不适，你躺着就行。今天我顺路过来看看您，其实我早该过来的。

韩淑芬疑惑李天海是雪梅的同学，问：你与雪梅是同学？

李天海接话说：阿姨，前几年我和同学到过你们家，当时你家的那间堂屋正漏水，是我帮着上房翻瓦片解决漏水的呢。

韩淑芬用手抓了抓头发，想了想后动作夸张地说：啊，我记起来了，你是，那个小李呀，几年不见，都长这么高了，好帅气的小伙子，目前在哪里做事？

李天海接口说在叔叔的建筑公司做事，随后问雪梅大学快毕业了吧？

韩淑芬回答是。

李天海说今天顺路过来看看您，主要是请雪梅去我们公司售楼部上班，她不在家，我就不打扰你了，你好好休息，我改天再来。

韩淑芬说，那你慢走哈，小李，往后常过来玩。

李天海边回答边向门外走。

林东升跟出来送李天海和冬瓜。李天海说，林叔叔别送了，往后我会过来看韩姨的。冬瓜也说，叔叔再见。李天海挥手之后和冬瓜上车，远离了林东升的视线。

林雪梅回家见桌上放着礼品，问谁送的。她父亲说李天海送的。

林雪梅问，哪个李天海？

林东升回答：就是前次给你提及的那个小李，他没有联系你吗？

林雪梅头脑里回旋着给自己打电话的李天海，心想他怎么会到家里来，而且还送礼品。略一沉思，叮嘱父亲：以后不要随便收人家东西！

林东升嘴巴撇了撇，说，人家来看望你妈，顺便请你去上班，你不在家，他就留下了这些礼品，小伙子挺懂礼节。

他看望妈，他又不熟悉妈！他啥意思？

林雪梅本打算去售楼部实地看看就作决定，可李天海到家里探访，借口看望母亲，实则是探察家庭环境，还是想方设法献殷勤？

林东升的思想正兴奋着，说：人家一片好意请你去上班，你别小心眼看待人家，何况他是你同学。

林雪梅没好气地说：正因为他是我同学，你才不能收他礼品。他与我几年没见面，见面你就尽讲他好话。今后不要再收他东西，如果收，怎么收的怎么退回去。说完转身出门。

林雪梅刚走出楼道转弯处，远远看见，东海开着轿车向她驶来，然后停在她身边，问她去哪里。

林雪梅说，别问，带我去兜风！

东海待林雪梅上车后，试探着问，谁惹你生气了？

林雪梅声音里带着怨气，不开心，怎么嘛？

没怎么，哥哥这就带你兜风去耶。赵东海调转了行车路线，脚下轰油门，轿车很快驶出了小巷。

他们来到钱江市市政新区广场，那里宽阔的场地、栩栩如生的雕塑、浓郁花香的景观树木、错落有致的假山，环绕的夜色，霓虹灯以及水柱、直立的喷泉，将他们漫步的身影，映射得妙曼悠长；那些树丛，在路灯的照射下，隐隐灼灼。由此，他们的内心升起无限感慨，一会儿在石头上坐下，一会儿蹲在花草边，感慨城市发展的同时，留给市民身心清爽的休闲环境。

不经意间，东海和林雪梅来到了钱江江边，夜风吹拂着脸，两人缓慢地行走。东海想起朋友对他的劝告，说他文化不及雪梅，往后会受气，况且她父亲特势利，劝他与林雪梅保持一定距离，还说跑三轮车的人喜欢斤斤计较，做事往往小心眼，往后有他难受的事情发生。东海想过中断交往林雪梅，可一想到与她相处时的愉悦，心里就非常矛盾。

林雪梅呢，想起父亲让她有份工作时的满脸喜色的表情，心里特别别扭。晚风吹拂她的脸，她的眼眶就有些湿润，好在夜风吹散了头发，遮挡了半边脸，东海没发现她的忧伤。她慢慢地将身子依偎在他的怀里，忧郁地说：如果某一天，我遇到不开心的事，你会不会一如既往地喜欢我？

他发现了她语气的低沉，问发生了什么事。

她回答：随便问问而已。

你是随便问问吗。他发现了她的不开心：你有心事？

我就想知道你对我是真心还是假意。她说。

东海揽着她的腰，随后转过她的身子，双手搂着她说：你怀疑我对你的感情？那好，明天咱们就去民政局登记，登记之后我就给朋友们发请帖，让他们参加我的婚礼，我早就想结婚了。

她撒娇说，我还在读书呢，读书时结婚的人可不多，你不能违反咱们的约定。

约定？啥约定？咱们之间的约定算个鸟！他一本正经地说，大学生结婚的人早有先例，你也凑个热闹，我也早些解决个人问题。

她脑袋摇得像个拨浪鼓：不行，不行，我真的不能在学习期间结婚，我父母也会反对。

那你什么时候结婚，总不能让我无限期地等待，我的乖乖，我的心肝宝贝。

你，你，你想怎么做？她口气变得温柔起来，小鸟依人。

东海腾出一只手，抚摸她的脸，说：咱们的关系应该明确下来，我的朋友都等着喝我的喜酒哩。咱们到现在还没体会爱情的快乐，你能不能让我所有想法？他突然站起来，大声说：你是我的女人，你这辈子休想离开我。因为我爱你，我爱你你知道吗，我现在就想得到你，我想得到你！

林雪梅感动地站了起来，抱着东海说，我知道你爱我，我也是爱你的，可我真的不想在读书时结婚，你要理解我，如果条件成熟，我不会拒绝你。

东海大声吼叫起来：我理解你，可你为什么不理解我？！我是男人呀，林雪梅，我爱你！！我爱你，我爱你林雪梅，我需要你给我的爱！！！

夜空中回旋着东海的喊声，几个路经那里的人，向他们瞅了又瞅。

林雪梅被东海的举动感动，任凭他抱着她旋转，后来竟然哭泣。

东海见她脸上有了泪水，心慌地问，你怎么哭了，你怎么就哭了，你怎么就哭了呢？

林雪梅目不转睛地望着他，尔后幽幽地问：东海，你真的爱我吗。

东海冲动地抱着她一阵狂吻：爱，怎么不爱，我都快要爱死你了。

林雪梅在东海的热吻中"唔、唔"地叫，身子阵阵颤抖，阵阵战栗。好一阵，她说，我都喘不过气了，咱们回去吧。

东海大喜过望：对，回去，到我那里去，咱们今晚就体会爱情的快乐。

林雪梅纠正说，不去你那里，送我回家，我妈等着我给她熬药哩。

以为的希望突然破灭，希望就此被中止，东海突然松开林雪梅的手，跑向公路边的绿化带，向绿化带外的江边跑去。

林雪梅拒绝了东海，以为东海要做傻事，大叫：东海你干啥，你给我回来！你不能这样啊，我不能没有你，我不能没有你呀。一路追赶过去。

东海跑到江边，一只脚已经滑到水里，但是他不跳江，动作迅速地稳住了身子，而后用手捧了江水，往脸上一个劲地抹，把头发都弄湿了。

林雪梅追赶到江边，伸手去拉东海，说：东海你上来，水边危险，你干吗呀你。语气里疼爱的成分非常浓厚。

东海向她摆手说，你不用担心我，刚才我太冲动，我洗把冷水。

林雪梅急得快要哭，说：你没有错，你对我有这份情，我很知足了。可是我爸，他不允许我与你在一起，哎。

你爸的脾气我知道，他是为了你好，可怜天下父母心，可咱们之间，怎么说呢……

东海回到岸上，林雪梅替他擦了脸上的水，尔后挽着他的一只手臂，深情地说：有机会我不会辜负你。但今晚不行。以后无论发生什么事，我都不会离开你，你也不要离开我，能做到吗？

东海爽快地回答：保证。

即使我们之间在某一时，断了消息，我没有联系你，但我的心里仍然还是装着你，明白吗？

东海不理解地问：为什么这样讲？

咱们之间如果有了不愉快，短暂的分别，你会一如既往地喜欢我、对我好吗？

不是喜欢，是爱，你是我的最爱。东海察觉到了林雪梅的忧虑，问到底遇到了何事，讲出来，我为你分忧。

林雪梅说，我爸不允许我们来往，我不知道他会怎么对待我。

你早该坚持自己的观点，为我们的爱情加油，你有信心吗？

有信心。

真心话？东海伸出手要与林雪梅拉钩，表明心迹。

林雪梅也伸出手，拉钩后俩人紧紧地拥抱在一起。东海的一只手慢慢地滑到了林雪梅的后背，解开了衣服的搭扣。她唔唔地浑身战栗，左右摇摆身子。他的另一只手捉住了另一团肉。她浑身筛糠似的，电流传遍了全身。他的手向她的下面滑去，拉开了裙子，那里早已经湿润一片。

当天晚上他们玩到很晚才回家，东海开车送林雪梅回家，车刚开到家门口，林雪梅的母亲就发现了他们。韩淑芬把东海拉到一边去，说：我不反对你与雪梅交往，但我不主张她在读书时分散精力，尤其读书期间不能出意外，明白吗？

东海感激韩淑芬不阻止他交往林雪梅，于是换了称呼叫韩淑芬为伯母，说：伯母你放心，我会对雪梅负责的，我会让她过上舒心的日子。人说“路遥知马力，日久见人心”，相信不久的将来，你和伯父会同意我和雪梅的婚事。

韩淑芬满意东海的“誓言”，说：只要你真心对待雪梅，我不会反对你们，雪梅爸对你有成见，是因为你离过婚。

哦，原来是因为自己离过婚林东升才不同意自己交往林雪梅，东海终于明白林东升不满意自己的地方，他对韩淑芬说：伯母，改天我陪你去医院作全面的体检吧。我和雪梅的事让您操心了。

韩淑芬一手捂着胸口说，你的心意我领了，这病一时半会儿治不痊愈。只要你好好待雪梅，我这心病自然会好。

东海答应会对林雪梅好，转身看见林雪梅在偷偷地瞅自己，眼里传递着娇柔、多情，他走过去，拉着她的手说：你妈考验我哩。

林雪梅说：父母只有我一个女儿，他们当然希望我过上好日子。

恰在这时，林东升从外面回来，见东海与林雪梅拥抱在一起，说：这大夜的，还不回家休息！

林雪梅轻言细语地说：爸，我和东海说说话。

林东升没好气地说：你们的话是不是讲得太多？转身看见韩淑芬在一边，责备说，你也不管管，太不像话！

韩淑芬说：我刚才和他们讨论了些事情，这不，你就回来了。

林雪梅担心父亲讲不顺耳的话，抱歉地说：爸……我……

林东升没好气地指着赵东海：你愣着干吗，还不回家？

林雪梅说：爸，我们刚从外面回来，东海是你未来的女婿，你对他别这样行吗？

林东升说：我咋啦，我咋啦，让你不要与离过婚的人来往，你偏不听，你是想气死我耶！

林雪梅气白了眼，说：爸，我与东海真诚对待，我们彼此谦让，他对我很好，你不反对行吗。

林东升指责林雪梅：你，你顶嘴是吧你，谁说他是我女婿，这事我不同意！反正不同意。说完径直走进屋，边走边说：以后别叫我做爸。

林雪梅满脸歉意的对东海说：我爸他，就这脾气，唉。

五

李天海驾驶宝马车去林雪梅读书学校的门口，等待林雪梅走出校门，他知道林雪梅何时放学回家。一会儿林雪梅就来到了校门口。他叫她的名字。她瞟了他一眼，没理会他，径直向一边走去。李天海再次叫了一声林雪梅。林雪梅才发现是李天海在叫她，问：你咋在这里？

李天海回答说刚参加完一个聚会，顺便过来看看她，随后问她去售楼部上班的事，考虑好没有。

林雪梅对等候她的同学说有点事，吩咐同学先离开。随后坐进了李天海的车，去一家茶房喝茶。途中，她给赵东海发微信，讲了自己的去处。

从茶坊出来，林雪梅钻进了等候在茶房外面东海的车子里，向李天海挥手。

轿车行驶在公路上，东海问：同学约你喝茶，谈了些啥内容？

林雪梅回答：还能谈啥，问我何时去售楼部上班。

你怎么回答的？

东海，我想有份工作，你支持不支持嘛。林雪梅伸手摸了摸东海的大腿，妩媚地问。

东海说：你决定的事我肯定支持，但你要提防他，小心他对你非礼。

你小心眼。林雪梅搔东海腋窝。

他看她一眼后说，我小心眼？我就小心眼，还没上班就请你喝茶，往后呀，不定会多多请你吃饭哩。

吃醋了吧，他不请我喝茶，未必到我家去？如果到我家去，你岂不更会生气。

东海马上改变口气说：你去之后见机行事就行，这时，想去哪里玩？

随便。

随便这句话最能令人思绪飞扬。东海驾驶着轿车，直接驶向城外。

她问，怎么去城外？

城外的空气新鲜，大脑会得到片刻宁静，你不喜欢？

喜欢，你喜欢我就喜欢。她撒娇。

东海的真实意思，林雪梅没理会过来，但他不说明，小女子嘛，逃不过他的手掌心。

杏仁眼、瓜子脸、做了离子烫头发、身材窈窕的林雪梅在东海眼里是女神，他不能随便动女神的身体，更不能逼她就范，女神目前的情绪很波动，尽管他们有过快乐相处，但环境的改变会决定人思想的变迁，如果冒犯了女神，也许连朋友都很难处下去，他得谨慎、小心地应对。

东海离婚之后，结识过几位女人，可那些女人不能撩起他心里的涟漪，没想到到餐厅就餐的林雪梅，会引起他的关注。然后想方设法与她套近乎，直到目前。

可是，林雪梅的父亲，反感他与林雪梅处朋友，嫌他离过婚，认为他对婚姻不负责任，担心不会真心对林雪梅。

东海闲时陪林雪梅去公园玩，陪她逛商场，为她买服装，买她生活中喜欢的物品，还为她拍照。拍照时说，要是能够二合一该有多好。她懂他的意思，嗔怪道：思想开小差，小心挨抽！

他回答：敢吗。嘿嘿地对她笑。

一心想读研的林雪梅，在图书馆里翻阅有助于读研思维类别的书籍，同时思考应该拜见导师。如果导师婉拒她的申请，读研的希望就可能成为泡影，如此担忧，源于学院里想读研的学生大有人在，而导师一次只能辅导几个读研的学生，多则分身无术也影响水平。

林雪梅接连数次拨打贺天成导师的电话，最后一次才与导师约定见面时间。那天，她拎着礼品到贺天成家里拜见导师，去时将数百人民币装于一个礼盒，伴着水果放于提篮里。贺导师的夫人为她开门，笑盈盈地让她进屋，因为贺导师腿脚不方便。林雪梅歉意地向导师及夫人问好，随手将礼品盒放于茶几。

贺导师问林雪梅预习研究生功课感觉可好，她回答难得入门，希望导师指点迷津。导师说事在人为，只要读研，就得努力勤奋。林雪梅保证不辜负导师的栽培。寒暄一阵，她“识趣地离开”。林雪梅离开后，贺导师的老婆发现水果提篮里的人民币，问导师怎么处理。导师指着家里琳琅满目的书籍，问他老婆可知书籍的分量，说农村孩子求学本不易，求学期间应该保持传统美德，剑走偏锋不可取，明天电话通知她，让她拿回去。

林雪梅申请到的这位辅导导师，五十多岁，个子不高，已在学院里任职三十多年，早已熬过了青年时代的过渡期，如今身体偏瘦。两年前因为一场车祸，导致他腿脚行走不便，本可以申请病退，可他坚持教学，任凭风雨交加，从来没有耽误一节课程。有人劝他桃李已经满天下，何苦执意守在三尺讲台边，虽然授人知识精神可嘉，然，生命更可贵，何苦勉强自己。况且，学院导师众多，少你一人也无妨。贺导师回答同事：本想“早退”，可学生的求学热情感染着我，他们喜欢听我讲课，我有何理由不授课，有何理由“早退”？

贺导师行走的确有些不便，每当打雷下雨，他的腿脚就会隐隐生疼。很多时候要提前赶到教室。如果遇到天下暴雨时，居然有学生撑开雨伞，将学习资料和书籍搬到导师家里听课。学生虔诚的求学态度，贺导师不发挥真才实学都对不起学生。因此，在数十年时间里，在导师的引导下，读研的学生，很大部分都成为各级部门的领导层。这些学生中有家境富裕之人，亦有贫寒之士。

林雪梅放于提篮里的礼品盒，贺导师郑重其事地还于林雪梅，嘱托说求学是过程，理念为人生追求，如果寻求“短平快”达到人生追求，过程中会有污点存在；书海知识能够成就人生亦能让人偏离方向，送礼习惯不可取，改而进之，方为正道。

贺导师的话令林雪梅无地自容继而茅塞顿开，她父亲生为低层社会苦力人，成天满街载客，赚取微薄收入，她却想以钱做铺垫，获得快速接受知识的可能，违背了求学本意。

有了清醒认识，就得改变求学方式和对事物的认知态度。好几周时间里。林雪梅都在图书馆和宿舍之间来回，为的是多读书、适应作息规律。遗憾的是，宿舍里王金钱的生活习惯令人反感。

王金钱的个头比林雪梅矮几厘米，人相当漂亮，父母给她取了男女通用的名字。

王金钱白天很少回宿舍，大部分是在夜深人静时才左摇右摆地回寝室，回来就开始打电话，没完没了。最开始只是简短的问候语言，后来发展到我想你你怎么不想我，你啥时给我买服装，后来说哪个哪个已经联系到实习单位，你该把我的事当回事……

林雪梅不清楚王金钱与谁聊暧昧的语言。因为王金钱在大学圈子里交往了几位男子，那些男子有学友，有比她年龄大许多的校外男人，最近听说接触了位建筑老板，经常开车在校外接她。

王金钱与大二的一同学谈过恋爱，后来不知何原因就悄无声息。冷静了年余，居然变成夜不归宿的夜猫子。她的电话令林雪梅恼火，不是林雪梅不想听，实在是那种爱恋、缠绵的情语似蜜蜂的语言在耳边响起，躲都躲不开。林雪梅只好蒙头睡觉，但那语言竟像旋风似的钻进她的被子里，嗡嗡地响，怎么赶都赶不走，不想听都不行。实在了无睡意，她干脆起床打开电脑，让头脑在电脑的页面里分散注意力。可眼前的文字七跳八跳，根本静不下心，甭说思考问题。

这样的事情，多次之后，林雪梅琢磨出规律，寝室里只要李艳梅或者卓雅在，王金钱就很少“煲电话粥”，即使通电话也只说几句简短的语言，对方会识趣地关闭聊天的窗口。如果李艳梅和卓雅都不在寝室里，王金钱就会想哭就哭，想笑就笑，如入无人之境，声音大得生怕别人听不见，当林雪梅不存在。

好在李艳梅不再与周斌在寝室里做地震时的“运动”，她们在校外租了房子，借口是她的一个亲戚晚上睡觉担惊受怕，她去陪伴——明目张胆地与周斌过起了情侣生活，寝室成了临时客栈。卓雅呢，借口去姨妈家住宿，几晚上不见人影。

王金钱的电话，好几次搅得林雪梅心情烦躁且沮丧。那次早晨睡意正浓时，寝室里的电话响起，林雪梅拿起床头的分机问，谁呀。没想到对方说：懒猫，还在睡呀，太阳晒着屁股了。

林雪梅似乎听到过这声音，但不熟悉，她肯定不是东海的声音。东海喜欢早晨上市场买菜时给她打电话，嘱咐她起床做早操、锻炼身体等，但很少打座机。语气的不同，感觉千壤之别。纳闷之余的林雪梅说：我是，我是林雪梅，你是哪位？

电话马上挂断，断得甚是惊慌。

睡意被搅跑，思绪被搅乱，林雪梅以为对方会报姓氏名谁，谁知竟然慌乱地挂断电话。听声音，像是关心对方的暧昧语言，反正，怎么想怎么种结果都有可能。她再无睡意，即使蒙着被子也难以入眠。

电话再一次响起来，林雪梅害怕又是先前那人的电话，一直没接，卓雅也没接听电话。当电话铃声滴滴地响到第三次时，王金钱总算拿起了也是床头分机的电话，可她马上埋怨起林雪梅来，说大清早的吵死人了，使性子到外面去嘛。

林雪梅接过电话，幽怨地说：刚才不是我的电话，我以为又是那人的电话，所以没接。刚才的电话里，讲什么懒猫不懒猫的，挺暧昧的语言。

王金钱问，你啥意思，电话明明是你的，你倒打一钉耙，还埋怨我？

林雪梅不理会王金钱，对着话筒说，你怎么打座机电话呀，你不是一直打的手机吗，今天怎么就打座机呢。刚才跑哪里去了，现在我成了别人的受气筒。心里的怨气，一股脑儿发向电话里的东海。

放下电话，林雪梅马上给东海发信息过去，说明刚才的怨气不是针对他，另有所指，请他原谅。

东海很快回了微信：不是针对我，那又针对的是谁？

林雪梅回复信息：反正不是针对你，以后的早上千万别打座机电话，这事往后向你解释。

课休时，林雪梅问李艳梅：王金钱与接触的男人在吵架？看情形矛盾不小！

李艳梅说：她的事我不清楚，要不你问她。

林雪梅说：能问她，我问你干吗！

李艳梅说：她的事慢慢去想，这年头的事说透彻没意思。

事后，林雪梅问过卓雅知晓不知晓情况，卓雅的回答和李艳梅一样，林雪梅没敢再问，她真怕讨人嫌。可她想不通的是，如今的大学生找一个有钱的男人，做靠山，赚取丰厚的收入，美其名曰适应环境，这是必然之路还是自己不懂得社会的适应规律，还是作践自己？她问过同学，同学说：得了好处，总得做些牺牲，即使有人说其行为败坏，可他们哪里知晓具体情况。何况，愉悦相处，能捞到好处，傻瓜才会放弃！

别看林雪梅平时不喜欢思考问题，对同学的交往也不在乎，可遇到感兴趣的事情还是挺上心，现在对王金钱的交际，她就想一探究竟。那天，她问李艳梅：那人又来接送王金钱？

李艳梅反问她：你见过那人，长的什么样子？

林雪梅自知无趣，说没看见对方，所以问你。

李艳梅说，别人的事情，不去掺和就行，免得遭人嫌，随后面向卓雅，问是不是这样。

卓雅回答：是噻，男女交往，总有一些事情要发生。

林雪梅笑着说：你们都老道得深沉。

李艳梅推攘林雪梅，说：你与东海也该有点故事了吧？别把那条道路封闭得太死，当老古董，没人喜欢你。

你！哎，我可不想发生你与周斌的那档子事。

李天海打电话给林雪梅，说售楼部马上开张营业，让她做好上岗前期准备。

林雪梅去到售楼部，发现那里已经摆好了鲜花、彩条，横幅挂满了售楼部的整面墙，前来祝贺的人黑压压一片，小车停了一长串。剪彩场面很热闹。林雪梅第一次见到这么大的规模、阵势，感叹李天海公司实力雄厚。令她惊讶的是，她看见了接送王金钱的那个男人，当时那人对李天海吩咐工作什么的，看样子是那里的管事人物。她悄悄地躲到一边去，观察那人的行动。李天海发现她的异常举动，问咋回事。她问李天海：与你对话的那人是谁？李天海问指的是哪位。她讲了是什么模样的人。李天海说：他是我叔叔。林雪梅惊讶地鼓大眼睛，问：他是你叔叔，你在他手下做事？

有何不妥吗？

没，没，没什么不妥，随便问问而已。林雪梅内心拨浪鼓似的跳动，心里那个慌呀，生怕李秋天发现她。如果李秋天将她在他公司上班的事讲与王金钱听，不知会有多尴尬的场面。

李天海关心地问她身体不舒服吗，要不要去看医生？

她回答头有点晕，心里突然有点心慌难受。实际是想避开被李秋天撞见。

李天海献殷勤地想开车送林雪梅去医院检查身体。她拒绝了他的好意，说过会儿就好。李天海说身体不舒服会影响工作效率，坚持要送她去看医生。

林雪梅的脸窘的绯红，说，真的不用麻烦你，我这是老毛病了，你不用担心我。她心里纳闷，咋就撞见王金钱交往的人呢，而且，而且这人竟然是李天海的叔叔，天地宽呀又逼仄。

王金钱是怎样认识李秋天的呢？

这事得从年前讲起。李秋天朋友的关系网络广泛。凭借多年的社会关系，承建了多栋楼房，赚取了丰厚的利润。有了利润的同时，请朋友吃饭、喝酒成为常事，由此结识了多位年轻女子，后来通过朋友介绍认识了王金钱。王金钱相貌出众，讲话嗲声嗲气，喜欢撒娇。李秋天懂得她秋波流转眼神背后的意思，欣喜之余主动联系她。她表现得温柔多情，深得李秋天的喜爱。

那天在宿舍里王金钱哭得死去活来的原因，是因为李秋天答应帮忙联系就业单位，后来推辞没找到管事的人，委婉地拒绝了她。她找到李秋天，要求给个说法。

李秋天笑呵呵地说不去联系的那家单位，去另外单位未尝不可，干吗一条道黑着走哩。

王金钱撒娇说做梦都想去那家单位，福利好、工资高，很多同学都想去可就是没有门道，你倒好，说一套做一套，亏我对你真情厚意，原来你在敷衍我。

李秋天说福利好、工资高在于人为，没本事的人甭说福利，工资都可能成问题。“劝”她眼光长远些，即使没有去那家单位，找个赚钱的地方挺简单。

赚钱的地方？啥地方赚钱容易？！

这就需要你冷静地思考，慢慢来。

只要你真心对待我，我保证言听计从，可你答应的事没兑现，说明你心里根本没有我。

李秋天说，我心里怎会没有你呢，相处久了你自然清楚，时间会培养感情的对不？相信我会给你带来好运的。

王金钱说，正因为相信你，我将一切都给了你，可你答应的事情没能兑现，纯粹欺骗我、搪塞我！

李秋天说，前段时间工作忙，过一阵子就办你的事情，决不食言。

如果你搪塞我，我怂恿你交往过的女子，都来找你的麻烦。

李秋天的心一惊，笑着说：别吓唬我，我经受不住恐吓。不过，这年头的事情别较真，较真的话对你没好处。这样吧，你到我的公司上班，我保证你收入不菲。

进入你的公司？王金钱的表情打出大大的问号。

不可以吗？

好呀，可你能给我买相关保费吗？

买保费？挺简单的一件事，要不了几个钱。让你进入我的公司，为的是让你有份稳定的职业，除此之外，别无他意。

王金钱得到许诺，说，你看着办就是，只要不嫌弃我。

王金钱舍不得离开李秋天，因为她在乎钱，只要能得到钱，她会想方设法地谋取、博得李秋天的欢心，如果得不到利益她不会将身体献给李秋天，李秋天年长她 N 岁呢。看着他满身的疙瘩肉，心里很不是滋味，可为了钱，又不得不委屈自己。

王金钱的穿着、打扮在校园里属于一流，隔不了多久就会换套服装，且款式新潮、价格不菲，只要她一出现，身边就有同学问长问短，羡慕地缠着她讨教购衣秘诀。那时，王金钱开心地会说在哪里哪里买的，多少价格。问价的同学咂舌说，那多贵，买不起，买不起。唯独同寝室的林雪梅，从来没问过王金钱的服装多少价位，她知道王金钱背后有人支持经济，她不愿意与王金钱一同逛街，她受不了王金钱购买服装时花钱的“豪爽和洋气”。

林雪梅很多时候会与自己赌气，赌气的原因是心里郁闷，郁闷的心结来自于同学间的相处，王金钱的洋气令她心慌气堵和难受，更有李艳梅在宿舍的那些龌龊场面，想想都令她头痛、脑晕。卓雅虽然文静，但悄悄地与男友来往，想必另有一番体会。父母不支持她交往东海，说东海不会引导她过好日子，她气得经常去教学楼后面的樱花长廊，找那些小草呀树枝呀出气。

没想到的是，到李天海的售楼部上班，居然撞见李秋天，天地真是宽呀又逼仄。

李天海几次开车到学校门口接林雪梅，起先说顺路，后来邀请她参加同事聚会或生日派对，说有了她的加入，场面会更加热闹。林雪梅开玩笑说，别把我当成你的秘书，参加生日派对不在工作范围，往后别让我加入，我不想别人非议。

李天海说，非议能够促成好事，被人非议，说明被非议之人，优点多，优点多自然被人羡慕。同事出入社交，本无可厚非，如果你男朋友因此生气，只能是他度量小。

你说啥哦你，我不允许你这样评价他，你我交往才几天？

我说错了吗？

东海有他自己的事业，虽然没你的公司赚钱容易，可毕竟是他自己的事业。他支持我到你公司售楼部上班，足见他的大度。如果你因此看不起他，我想咱们之间没必要再交往。

呵呵，讲到底还是担心他吃醋，我又不是老虎。他哈哈大笑。

你别笑，如果你是老虎，我随时可以点老虎穴位。

那你可要注意了，以后咱们在一起相处的时间多着呢，我倒想体会体会，你是怎样点老虎穴位的。

林雪梅发现了李天海在试探她的反应，说，你！什么情况。换个话题。

李天海说：行，行，行，换个话题。

林雪梅去售楼部上班的路途，很长一段距离与李天海会同一方向，因此，有时李天海会邀请她坐顺风车。碍于情面，林雪梅坐过几次便婉拒，婉拒的原因是，她担心被东海撞见，她不想爱情起风波。那天，李天海又邀请她坐车。她说：我走路锻炼身体，感觉挺好。

他说：是担心男朋友撞见吧？呵呵，如果真那样，你朋友不是做大事的人，不交往也罢。

林雪梅回答：你想多了，我只想锻炼身体而已，没你想的复杂。

楼盘销售到一个分水岭时，公司对员工的业绩进行总结、评价和拟定奖励政策，大家聚在一起嗑瓜子、喝茶，讨论销售环节出现的状况。会议结束时，李天海吩咐林雪梅留下。她问有事吗。他说，当然有事才让你留下，公司决定调你到新的项目售楼部去主持工作，你准备准备。

林雪梅高兴后委婉地说，谢谢公司的抬举，我的业绩不是最好，无法胜任新的项目售楼部工作，请考虑另外人选。

为什么？

我不能胜任公司的重任，我现在还在学习阶段，得为毕业论文做准备。

你学习的最终目的是为了有份工作，在售楼部里，你的专业虽然不对口，可毕竟收入不菲；公司决定奖励你，提拔你当公司销售部主管。

林雪梅轻描淡写地回答：公司培养我主持售楼部工作？可我没感觉到公司会重用我。

骗你干吗，你要相信我……我也希望你留在公司里，咱们一起打天下。

你，和我一起打天下？别，别抬举我，我没那么大本事，我只想一日三餐有保障就行。谢谢你的好意。林雪梅一个劲地摆手。

李天海说：人的一日三餐很容易得到满足，重要的是，在城里要有自己的事业和住房才算稳定下来。如果你在前期销售的基础上胜出三成，公司会考虑奖励你一套住房，一套住房的价码是多少，相信你会算账。

听说公司会奖励销售业绩优秀的员工，实物是一套住房，而且有可能与公司签订长期合同，林雪梅为之激动、兴奋了几天，可权衡自己不是合同制员工，上班时仍然和以往一样的心情和办事效率。

李天海问她：没有想法吗？

她说想也白想，能力有限，不勉强自己。

李天海劝她加强努力，说公司只讲效益不认人，谁销售业绩好就奖励谁，不受制度约束。多劳多得。怂恿她在已有不俗的基础上，再冲刺冲刺，奖励应该可以属于她！

林雪梅问：你到底想怎样安排我？话外有话吧？

李天海说：公司快速发展的同时，需要人才支撑企业壮大，你的成绩有目共睹。我推荐你去新的售楼部主持工作，考虑的是，你熟悉相关业务流程，希望你多接触些人物，为以后的人生夯实基础，还有……还有……不知你对我有没有好感。

明白了大致意思的林雪梅说：老同学，对你我肯定心存感激，感谢你介绍我到售楼部上班，感谢你让我争取得到奖励的机会，可我的能力有限，不想勉强自己。如果你不介意，改天我请你吃饭、喝茶都可以。上班以外的工作，希望你理解，毕竟，我有男朋友。

我理解你，所以支持你，希望你再接再厉。你的生活和工作都是我关心的方面，你可不能拒绝我的好意。

林雪梅清楚李天海想谈感情方面的话题，说：上班时间不闲聊。

见她有些迟疑，李天海故作轻松地说：你看，你看，让你难为的……书归正传。他话锋一转，说：那天擦刮了你父亲的三轮车，我真的很抱歉，可如果没擦刮你父亲的三轮车，我这会儿还不知你在何处呢，你说是不？然后笑了起来。

就是嘛，所以我得感谢你对我的友情帮助，改天我请你吃饭，我让东海拿出最好的菜品招待你。

他明白她话的意思，“引导”说：你给我一个增加友谊的机会，我会做一个你喜欢的人，保你开心。

话离谱了同学，如果没有其他事情，我该回家了。

他挡住她的去路，问：为什么要避开这个话题，我令你讨厌吗？

林雪梅取笑说：你不令人讨厌，相反，很可爱。

可爱？干吗不给我机会？现在已经是下班时间，咱们可以聊点工作之外的话题。

毕业之后我就和东海结婚，这期间我不想发生意外，这个理由够充分吧。林雪梅说，如果你真心帮助我，我会做好工作中的每一项事务，工作之外的事，别添乱。

他突然抓住她的手说：咱们做朋友，可以吗？

她回答：咱们已经是朋友。

他说：亲密的朋友。

不可能！

接下来几天，林雪梅没去售楼部，李天海打她电话，她不接，最后一次，她按下接听键。他问：为什么不上班？

她回答：心情不好不想上班，大家相处挺尴尬。

李天海歉意地说：如果我伤害了你，在此我向你表示歉意，如果你因此不上班，也太小气了吧。

碍于同学加同事情面，林雪梅又去售楼部上班，她没有冷淡李天海，也没有把事情告诉东海。李天海以为她原谅了他，厚着脸皮招呼她，逗乐她。见她没怎么反感，只要空闲时就给她发微信，逗乐她。

林雪梅没反感李天海是碍于同事情面，她不想同事瞧出端倪，工作中带着情绪会影响业绩。谁知她的沉默换来的是李天海的接二连三的短信，很暧昧的字眼。她气得把那些信息统统删掉，把他的微信打入了黑名单。

东海开车到售楼部接林雪梅时，见她闷闷不乐的样子，问：缘何不开心？

林雪梅回答没有不开心，感觉有点累，成天对客户讲解，磨的是嘴皮子功夫。

东海说：感觉累直接到我的餐厅来，我保证你清闲、自在。

林雪梅说：怎么能说放弃就放弃呢，我的业绩已经相当好，我还想得到一套住房呢。

东海疑惑地问：你想得到住房，谁给你住房？

于是，她讲了公司对售楼部导购销售人员的奖励政策，最后说想争取得到那套奖励的住房。

东海说恭喜你，但愿如愿以偿，可想得到奖励住房，得销售多少套住房，你计算过没有？后来说：在你得到奖励住房时，我可能已经买了住房。

林雪梅问：你要买住房？那咱们比试谁先赚到住房，谁赚到住房谁就是未来住房的主导者。

好哇，咱们拉钩。东海伸出了手指。

林雪梅也伸出手指。

俩人紧紧地抱在一起。

再去售楼部上班时，林雪梅尽量避开李天海，她担心李天海纠缠她、讲不开心的话题，可李天海每天都要到售楼部询问销售情况。实在避不开时，她只好点头以示友好。

庆幸的是，李天海在林雪梅面前只询问楼盘销售情况，没有与她开玩笑。她的心平静了一段时间。

七

李天海虽然没有过分的举动，但寝室里的李艳梅与周斌的作为令林雪梅非常气愤。她去宿舍拿衣物，碰巧遇到了李艳梅行好事。

前一段时间的李艳梅和周斌尽管在外租了房子，但他们随时会到宿舍里拉下帷幔“高歌”一阵，把宿舍当成了临时行欢的安乐窝，他们的精力充沛，居然避开了卓雅和王金钱。唯一没想到的是会被林雪梅撞见。林雪梅之前尽管对他们表示过“抗议”，甚至对她们留了纸条，可李艳梅与周斌依然是“野狗”缠腿，越搅越有滋味，全当林雪梅不存在，林雪梅心里痒痒地恼火，恨不得大发雷霆。

校园里女生交往大龄男子，例子多的是，说到底是一个选项问题和现实生存方式，不排除有真想结婚之人，可毕竟在求学阶段，难免成为众矢之的。偶有激情澎湃之人，多半碍于各种规章制度，暗地里试婚。而试婚过程中，甘愿当“青菜萝卜”的女子大有人在，知晓其情的同学睁只眼闭只眼，不道破天机。亦有瞒天过海，各显神通之人——收获不俗的同时，美其名曰，挣的是“奖学金”。林雪梅不想体现那种才能，况且那种细胞也受条件限制，可每天在眼前晃动之人、花枝招展的人必定令人不快。

那天见到东海，她向东海解释了那天早晨的事情，说当时王金钱太让人气愤。

东海问：你知道那人是谁吗？

林雪梅说不知道，知道的话就不会搁下电话。她有一个顾虑，担心东海把王金钱的事说出去，那样如当向别人揭露了同学间的短处，揭开了不为人知的大学生活里神秘的交往层，那是要遭人唾骂的。读书时候傍大款，学业怕是没得收获，更有可能，走出社会，也不会受人尊重。

有了如此想法的林雪梅，吞吞吐吐地问东海：假如与王金钱相处的人是我熟悉的或者认识的人，我该怎么办？

听你口气，你已能断言那人是谁？

不能肯定。

你聪明，我也不笨，茶后闲语，最好不招别人埋怨就成。同寝室的李艳梅、卓雅的看法呢？

不清楚她们的想法，我没好意思问她们。我就不明白，李艳梅为何如此胆大——女生寝室明文规定男生不得进入，可她就敢视规定于不顾。门卫呢，门卫就睁只眼闭只眼？！而我，做不到眼不见心不烦的境界。

眼不见心不烦不可能，但要做到耳根清净，非得花一番工夫才行。实在没办法，走为上计。让她自我感觉做法不妥，相信自知之明后会有所收敛。

她才没那么好的心肠，巴不得你走得远远的，想高歌就高歌，想呻吟就呻吟，想浪就浪叫……还说走为上计呢！有时是在晚上，你想到过我的感受吗！

此话深情厚谊令东海感动，护花的心态令他冲动地说，那我去找她理论，让她避着些做事。

你以为你是谁！她不骂你狗血淋头才怪，过后还得恨我是白眼狼！骂我狗咬耗子多管闲事，我不干那样的傻事！

那我就没办法了。东海两手一摊，表示无奈。

话说林雪梅与东海认识，源于同学聚会。那天，林雪梅庆祝同学生日，相邀到东海的餐厅聚会，当时她把头发扮成“马尾巴”，清纯而大方。吃饭前，她娴静地在座位里玩弄手机。在吧台的东海，见她娴静的面容，席间借故去敬酒，他故意把酒滴在她的衣服上，尔后帮她擦拭。她满脸绯红的尴尬。他一个劲地说对不起，对不起。同学起哄说，光说对不起不行，你把美女的服装弄脏了，得赔。东海说赔偿，一定赔偿，一件衣服嘛，保证买一件新衣赔她。林雪梅满脸绯红地说，谁要你赔，擦干净就行。起哄的同学不依不饶，说，人家帅哥说要赔（陪）你肯定就会赔（陪）你，干吗不接受（收），他赔（陪）你就接收，帅哥有的是钱，帅哥说是不是，老板说是不是？东海回答是，是，是。待结账时他真的少收了餐费，算作“赔礼道歉”，借机讨要到林雪梅的电话，希望她有机会到餐厅就餐，保证半价收费。

从那以后，东海主动加林雪梅微信，向她表示歉意，并询问她学校的生活情况。

就这样，俩人开始了约会。

通过接触，林雪梅了解到东海是独子，父母是下岗工人。她还知道东海读书成绩一般，高中肄业便学习厨艺，经营餐厅已经几年，目前已小有成就。一年前与妻子离婚，没有小孩。

林雪梅是大学生，人长得水灵、乖巧，素装打扮，矜持而娴静，她没想过在求学阶段交往男朋友，认为交往男朋友起码文化要与自己相当，家庭条件也要好，收入还不能少，年龄也要和自己不相上下。可这些条件看似简单，生活中实际很难达到要求，适龄的男子大多没有建树，满足不了物质需求；年龄长的男人腰包银子多可沟通存在障碍，心理难以平衡。俗话说的门当户对，似乎难以邂逅。

求学阶段，学生们每天除了读书和上网查资料，闲余时间不是看书就是参加兴趣班，写点小诗呀散文呀什么的陶冶情操，也有参加社会实践的、做义工的，希望早日进入社会，也有拍摄微电影的，攒得微薄的收入。可那些收入，要想有作为，需要时间积累。

无所事事时，林雪梅精神空虚的想找个人聊天，哪怕聊些无聊的话题都可以。这样的原因，主要是寝室里的李艳梅和卓雅，俩人关系特别好，走得近，好在她俩不是室霸，没欺侮林雪梅，只是在寝室里首先要使用卫生间。可李艳梅，霸道地将周斌带到寝室里，林雪梅想想都难以接受。

校园里男大当婚女大当嫁的年龄，恋爱之人随处可见，那些男孩子，有的家庭经济条件好，开奔驰、宝马、奥迪、法拉利、宾利的有好几位。林雪梅认为傍大款能够走捷径，能很快达到想要的生活状况，但前提是减少心理障碍、委屈自己，很少有所谓真正的爱情（不排除能够锻炼出感情）。现实里经济左右爱情的例子太多。林雪梅不想委屈自己，她不想背叛初衷，只想埋进书堆里多学知识。可字眼看多了，头脑昏沉沉的，心里也憋闷得难受，于是给东海发微信，问他有空没空。

收到微信的东海，很快回了信息，说随时有空，关心地问她在干吗。

林雪梅回答说没干吗，闲得无聊，就给你发了信息。

东海马上打电话给林雪梅，约她在“水逸蓝天”茶房见面，说那里环境幽静而温馨。

那天，林雪梅乘坐的士，去了约会的地方，显得落落大方。大厅里空调开放，布帘隔开的雅座，清净而舒心。林雪梅腼腆地问东海生意忙不忙。

东海回答生意忙也得来见你呀，你是知识分子，我得尊重知识分子吧。

林雪梅说，别客气，咱们相见不论知识长短，朋友友情，聊天而已。

东海说：只要你不说我是掌勺子的人我就很开心，你不在意我是围着灶台转的人就行。

我不在意你的职业，如果有那种想法，就不会给你信息。如今社会，能赚钱是本事。我不知我的唐突会不会让你有顾虑。

我没有顾虑，只要你不小瞧我就成，你是学府深造之人，我高攀还来不及哩。

嘿嘿，你真会讲话。

接下来，俩人开始了交往。

多次接触之后，林雪梅发现东海优点多，他除了善解人意、为人诚恳，还风趣、体贴人。她愿意交往他。

由欣赏发展到倾慕，林雪梅的内心经历了“煎熬”，她衡量毕业后读研的辛苦和就业的不确定性，不想再考研了。她认为有知识不一定会有舒心爽意的工作，而文凭不是决定终身的定律，很多人文凭不高，但赚到了钱，在人面前人模狗样地生活。自己虽然与东海文化有差异，社交圈子也不尽相同，观点也不完全一样，可不影响交往，不影响心情，而，只要心情好，一切皆可以发展。俗话说，多位朋友多条路。

当林雪梅认定东海是她要寻找的另一半时，她身上的那些细胞异常地活跃，往往在睡梦中惊醒。事后她对母亲讲过与东海交往的事，母亲让她注意把持分寸，说能够让你梦中流汗的人可能是你一辈子的追随，也可能只是一个梦而已，劝她交朋友多个心眼。

林雪梅在母亲面前，保证交往朋友会把持尺度，说知道分寸。接下来一段时间，她与东海接触，的确时时警惕自己，俩人经常会手牵手地走在一起，但，仅仅只是牵牵手而已，当东海有更进一步动作时，她郑重地说：咱们约法三章。

他问约法哪三章？

她说：（一）我读书时你不能欺负我，如果我愿意付出我会让你快乐。（二）你不能找理由到学校来找我。（三）有机会我会给你打电话，这几点能做到吗。

东海考虑了一会儿，说：你这几个条件实际就一个意思。如果你愿意交往我，等你多久我都不在乎，关键是你必须给我一个明确的态度，多长时间为限？

林雪梅用手挠了挠脑袋说：我会让你有信心的，为了咱们爱情的纯洁，监守最后防线，直到有一天，我会令你心潮澎湃。

东海笑说：你对爱情有美好寄望，可没说具体时间，我咋个信守承诺？

毕业就结婚，如何？

只要你守信，我会加倍努力赚钱，为咱们的爱情添砖加瓦而努力！

内心里林雪梅把东海锁定为未来的男朋友，锁定为她精神家园的港湾，对他的约法三章，是考验他能不能把持分寸、尊重她的意愿。毕竟，她父亲阻拦她交往东海，说好歹她是读书人，容貌出众，身材苗条，怎么找个开餐馆的人！由此，她劝父亲说，当今社会的大学生，摆地摊、卖水果的遍地都是，我无特长，选择对象你们少操心。

她的父亲林东升说，你个猪脑子，咋不听劝！男大当婚女大当嫁虽然天经地义、无可厚非。固然我管不了你终身，可你不能找个离婚的人给我当女婿，离婚之人对待婚姻不负责，我不想你跟着受苦受累。

林雪梅坚持己见：我相信自己的眼光，相信他会对我好，相信他会对我负责任。

林东升说，他对婚姻负责就不会离婚，结婚没多久就离婚，你说他对婚姻会负责？我看狗屁都不是！

你？林雪梅气得无言以对，眼睛鼓得大大的，直视着父亲。

其实，林雪梅对交往东海，打过退堂鼓，打退堂鼓的原因，源于她父亲的“狠话”和“循循善诱”的劝导，源于她父亲对离婚人的观点与分析，她也认为东海离婚肯定有隐情，否则餐厅经营得顺顺利利，每天都有收益，干吗会离婚。好几次她发现东海闷闷不乐，问他原因他不说，闪烁其词地把头偏向一边，后来经不住她的纠缠才讲了是怎么回事。她不相信他的话：凭你的条件，你的前妻离开你，另有原因吧？

东海说不是她离开我，是我离她。我与她的婚姻只保持了一年时间，她人太随便。如果你不相信我，我也没有办法。我从来不求别人同情我，只求问心无愧。对待爱情，我执意忠贞。如果你认为我骗你，中断交往还来得及。

你！没人说你的不是，高傲啥嘛。林雪梅故作生气的样子，走到一边去。

东海的话令林雪梅内心矛盾，如果与他继续交往，就意味着可能承受父母的指责甚至同学的猜疑。可如果放弃东海，内心里会特别地失落。那天，她想探查东海的生意到底如何，谁知离餐厅几十米远，就看见东海背着一个女服务员急匆匆地出门。她情急之下询问服务员，方知那位服务员端菜时不小心摔了一跤，腿碰在桌边刮破一大块皮，东海正带服务员去医院包扎。

凭这点，林雪梅认定东海是有情有义之人，他的相貌虽然一般，身高只有一米七，也离过婚，但他是有血有肉、责任感非常强烈之人，她认定他是好男人。

重要的原因是，东海的前妻托人劝东海复婚，她前妻承认错误，保证悔改。东海回答说好马不吃回头草，离婚之后重归于好，别人会笑话我，何必呢。早知今日，何必当初！

东海的前妻，林雪梅见过，那女人长得花容月貌，模特般的身材，水汪汪的眼睛，谁看了谁都会产生好感。东海与她结婚，以为乐在了女人的温柔甜梦里，虚荣心得到满足，谁知女人交际广泛，经常与异性来往。东海发现女人出轨，劝女人改正，女人嘴上答应背后仍然交往男人，东海毅然决然地要求离婚，宁愿把小居室住房给了女人，算学了一课程交的学费，发誓花瓶女人不再娶。

林雪梅的清纯，打动了他受伤的心，他希望找到懂得珍惜感情的女人，也希望女人能够懂得他的爱护和真心。

正是由于林东升的阻拦，东海加深了对林雪梅的好感。如果林雪梅不自重，她父亲不会一而三，再而三地阻拦他，林雪梅的表现最能说明是在经历初恋，是初恋的女子他会好好珍惜，他下定决心要赢得她的芳心，带她走入红地毯。

林雪梅呢，自接触到东海的前妻，起始认为应该退出，人家毕竟做过两口子，俗话说愿成人之美也不愿意阻隔人家，圆一桩婚姻胜过如来福五世，后来想，那岂不是自己放弃追求人生幸福的机会？不干不干，她不做那样的傻瓜。东海离婚就是自由身，她有权利追求他，况且，错在他前妻，他前妻没有权利和自己作比较！

东海的爸妈在餐厅里帮东海料理事务，把餐厅的事安排得井井有条。每天进餐的人络绎不绝，生意出奇地好。

林雪梅相信东海能给她创造宽松的生活环境、不俗的物质基础，很想与他进入爱河，但每次都在情难自已时拒绝了他，她担心东海往后不娶她。所以，只与东海发生过几次性事，从来没向东海要过一分钱，尽管有时需要花钱。

林雪梅虽然不向东海要钱，但东海则变着法子给她买服装什么的，给她零花钱。后来说想见她爸妈。

林雪梅说时候不到，时候到自然让他见。

然而，不想发生的事情偏偏发生，那天晚上，东海送林雪梅回家，在楼道转弯处被林雪梅的父亲撞见，她父亲问：送你的人是谁?

林雪梅回答，朋友。

林东升问：这么晚了送你回来的人，关系很不一般。

林雪梅声音细细的：他是我男朋友。

林雪梅父亲问：什么时候交往的男朋友，我怎么不知道?

林雪梅说：爸，过几天他想来看你。

林东升怪声怪气地说，求学阶段应该认认真真读书，交往什么男朋友。

八

林雪梅在售楼部里百问不厌地向客户推荐楼盘、介绍户型，讲解周边公共设施及配套功能，展望楼房竣工的美好愿景，有时还带客户，头戴安全帽到工地看房，很多时候忙得晕头转向，中午在食堂吃饭，午饭后在休息室休息一小时。没人咨询房屋相关事宜时，她就和同事聊天，讲趣话取笑对方。唯一让她不爽的是，李天海每天都会到售楼部询问房屋销售情况，借机接近她，有时还送给她礼品，同事看出他俩相处“和谐”，取笑说俩人感情更进一步，该有多好。林雪梅追打说话的人，娇骂那女子与李天海是一对，叫那女子跟李天海去领结婚证嘛。

李天海乘机邀请林雪梅晚上进餐。

林雪梅推辞，说东海会准时接她。

李天海问：前些时间对你说的事，考虑好没有。

林雪梅一时没反应过来，问：什么事？

李天海提醒说：毕业之后，考虑去什么样的单位谋职？

还没有毕业呢。

李天海劝林雪梅进入他叔叔的房地产公司，说房地产单位待遇好，很多人想进都不容易。

林雪梅说：我这不是在你们公司上班吗？

李天海说：我说的是今后，你对今后有规划吗？

她腼腆地回答：这个，这个还真没有考虑。

应该考虑考虑，或许我能帮助你。李天海调皮的样子。

你帮助我，你怎么帮助我？她没明白他的意思。

只要你在我叔叔的房地产公司上班，我就能帮助你。

你已经在帮助我，我很感激。

最近听到闲话了吗？

什么闲话？

反正是关于咱俩关系的闲话，不过也好。

老同学，你是公司红人，我可不想你被人非议。

谁知李天海很镇定地说：别人议论我我不在意，只要你对我有好感就行，如果你做我的女朋友，那些非议不攻自破。

我有男朋友，怎么可能做你女朋友。以后不许开这种玩笑。

我没开玩笑，我是真心话，不然不会邀请你到售楼部来。我们一起在我叔父的公司里干，不久的将来，会有好的发展前途。

林雪梅表示惊讶：你，你，你，先前你就想到这样做了？你让我在你叔叔的公司里，呆相当长时间？这，这不可能！不可能！我不会在你叔叔的公司里干太长时间的，你我之间也仅仅只是同事关系而已。心慌难受的她，原以为在李天海的关照下，通过努力工作，能够得到公司奖励的政策，如今看来，人太天真、幼稚。李天海告诉她这些话，会不会是他叔叔的意思？

李秋天与王金钱关系非同一般，林雪梅纳闷他们会相处多长时间。可“恨归恨、厌归厌”，羡慕归羡慕，现实逼迫她不得不考虑一日三餐。心慌之后的她问李天海：你叔父把售楼部的事务交给你管理，足见对你的信任，可你不能由此令我心伤。

李天海虚荣心得到了满足，说：希望你能理解我的心意。

林雪梅的声音很低沉：你对业务在行，做事雷厉风行、处事果断，可咱俩只能是同事关系，不能逾越同事底线。

眼看下班的人几乎快走出售楼部大门，李天海突然趋身一步站到林雪梅面前，语气生硬地说，雪梅，你等会儿。

干什么？林雪梅惊疑李天海的语气。

李天海突然伸出手，把林雪梅环抱进怀里。

林雪梅挣脱李天海的怀抱，生气地说，你干吗呀你，有同事在门口呢！

李天海大声说，他们知道我与你的关系，你为什么要封闭自己，为什么？

林雪梅挣脱他的手：什么意思你？！你弄痛了我的肩，越讲越离谱！

李天海再次抱住她：告诉我，我怎样做你才满意，怎样做你才信任我，我的心尖尖。

林雪梅真的生气了：别自作多情好不好，我从来没把你当男朋友对待，我们只是同学加同事关系而已，我有男朋友，请你自重！

李天海挑拨是非：东海是离过婚的人，他不会真心对待你，你不要自欺欺人，不要相信他的甜言蜜语。

林雪梅加重了语气说：东海怎样对待我不用你管，我有分寸！狗咬耗子，多管闲事！

李天海急促地说：雪梅，答应我，不要和离过婚的人来往，他不会真的疼爱你，他不会给你真正的爱情。

你以为你是谁！我的事我父母都管不着，你也别在我面前指手画脚！林雪梅说完，再次挣脱了李天海的纠缠，疾步向门外走去。

李天海跟过去说：你爸爸成天在街上跑三轮车，不见得有多大收入，而你妈的身体状况也不乐观，你为她们想过吗，你为他们分担过负担吗？

你，你，你！林雪梅气得胸脯怦怦地跳，大声说：就因为为他们分担，我才到你们公司里来，可你……烦我，你真令人讨厌。

李天海堵在林雪梅的面前，说：开餐厅的人，接触异性的机会多，随时会遇见漂亮的女人，而你，堂堂大学生，甘愿跟着他吃苦，你这是没看清形势呀雪梅。俗话说，人要交往才知道适合不适合自己，你为何不给我机会，你咋不往房地产方面发展呢？

听得糊里糊涂的林雪梅说：房地产业跟我没关系，不稀罕！

李天海吞吞吐吐地说：你如果在公司寻求发展，将来会有好的发展前途，你就不想拥有一套属于自己的住房吗？

此话听着顺耳，林雪梅顺着话说，目前房地产业的确发展迅猛。做梦我都想拥有一套住房，我家虽然在城郊，还房还要等几年才能属于自己。目前我在求学阶段，想有套住房，可不现实，但我相信以后房子、车子什么的都会有！

如果……你想……很快拥有一套住房，其实……很简单。李天海眼睛直视着林雪梅，像要透视她的内心似的。

王金钱交往李秋天，目的就在于此？！林雪梅不是没往这方面想过，可她不想傍大款，不想借助男人的力量达到目的。李天海的“劝告”，好像给她指了条道，这条道便捷而秀美？她的心略有所动，问，什么意思你，讲具体些。

兔子在往自己编造的笼子里钻，李天海不答反问：你想过很快有一套住房吗？

想，太想了，可不现实！林雪梅张大了嘴巴，眼睛鼓得大大的：我，想在城里很快拥有属于自己的住房，可我学习还没毕业呢……不过，我相信东海有买房的能力。

李天海施用离间计：离婚之人心算多，人心隔肚皮，你确定他会真心对待你？我可听说他的前妻找过他，请求他复婚，你不觉得他与前妻仍然有来往吗？

你咋知道他妻子求他复婚？林雪梅疑惑地问。

这个你不用问，总之，他的事情我知道一些，你还打算去他的餐厅吗？

林雪梅问，去他的餐厅？缘何如此一问。

李天海怂恿说：你与东海感情好，应该协助他发展事业。可未来不可预知，什么事情都存在瞬息变化，比如王金钱，她就实在，也很看得开。

王金钱，哪个王金钱？林雪梅心慌气促地问。

李天海回答：你的那个同学，她与我叔叔关系非常好。

是她？林雪梅的眼神一阵慌乱。

李天海见她陷入沉思，接着说：女孩子在任何地方，上班都一样，单位福利好也只能是拿工资吃饭，与其辛苦劳累地早出晚归，不如选择好对象，踏踏实实地过日子。

可惜，你不是大款，人也不够幽默。林雪梅激将李天海说：王金钱到你们公司上班，是她亲口告诉你的还是你叔父告知于你？

怪不得你第一天上班，见到我叔父时，那个紧张样子，我就应该想到定有隐情。

啥子隐情？！乱说！林雪梅纠正说，我面浅，不想被你叔叔撞见。王金钱的事我管不着，也不会效仿。

可是，如果，你想在公司里拥有住房，我可以帮助你实现愿望。

什么意思你。林雪梅丢下一句话：如果你对我使伎俩，不会得逞的。

李天海追赶上去说，你读书最终目的是为了有份工作，可你读的专业不见得就能找到称心如意的工作。与其为工作东奔西跑，不如进入我叔父的公司，尽管建筑单位没有行政、事业单位口碑好，但待遇不错。待遇不错，比什么都强，懂吗？

自以为是的男人。

嘿嘿，我可没这么说。

九

离毕业时间还有两个月，学院来了多方面的招聘单位，招聘单位将招聘信息张贴在供需栏目里，也张贴在学生出入密集之地，而后涌入宽敞的会议室，面对各学科的学生，以挑剔的眼光，物色需要的人才。

林雪梅的毕业论文，事先征求了贺天成导师的意见，因为考虑想读研，写的方面尽可能专业，忽略了与就业单位衔接沟通的可能，尽管用词华丽、举例明确、心生向往，口语测试也顺利通过考评，但只有一家单位与她签定意向性协议。

王金钱的论文也通过了审查，口语也通过了测评，有家单位与她签订协议，吩咐她几天后去单位报到。

那天，王金钱成了校园里热议的对象，因为与她签约的单位是本市著名企业，招收名额只有三人，接待她的人是企业高管，明确许与丰厚待遇。有同学议论王金钱事先与人家沟通好，来学校签约只是走程序，更有人说她是靠姿色换取，怎么难听的话都有。

王金钱没有理会所谓的议论，在寝室里哼着歌儿收拾物件，想到委托李秋天求其活动，帮忙联系接收单位，如今看来事已办妥，以后得好好感谢他。最令她开心的是，直到签约她都没花一分钱，反而是，李秋天在经济上给了她尽量满足。她得守住这棵大树，利用他，达到目的。

其实，李秋天这会儿正在酒楼里陪院校领导喝酒，他受人委托，帮忙办理几位女子的就业选项。他将委托人的费用装进几个信封里，分别递给相关领导。其中一位得了好处的领导劝他，应该将王金钱留在身边，俗话说，靓女在身边，工作积极效率更高。至于他提请的几位女子的就业选项，自有安排，请李总尽管放心。

李秋天叮嘱那位领导，一定要把受委托女子的事情办妥。说时指了指旁边的女子。

有位领导说，李老板是性情中人，受人之托都这么认真，事业方面如日中天，你看这么做行吗。于是靠近李秋天脑袋，耳语一阵。

李秋天豪爽地饮下一杯酒，说：为文化事业做贡献，李某义不容辞，我答应的事肯定作数。

先讲话的那位领导恭维说，李总顺风顺水地办事情，一举两得，佩服，佩服！

李秋天举杯邀请：喝酒，喝酒！

回到宿舍的李艳梅，问林雪梅：王金钱怎么过的论文关？

林雪梅心里酸溜溜地说，找人代笔呗，就她那成绩当场会与单位签协议，鬼才相信！

李艳梅吐了一口唾液说，她是把资源利用到极致，早知如此，我该提前做准备，亏我与周兵玩了那么长时间的“地震运动”，我是好钢没用在刃上。呜呼哀哉也。狠劲地拍了拍床铺。

林雪梅“恭维”李艳梅敢作敢为，只是没看准方向，要是与周斌玩痛快时扮演点另外的角色，事情可能早就办妥了。不过，偌大的城市，难不成要在一家单位憋死？而王金钱，迟早会吃苦头。

王金钱会吃苦头，此话怎讲？李艳梅纳闷地问。

林雪梅像个哲理家似的，说：每个人的命数即使一时被改变，但最终得还原，王金钱与那家单位签约的不确定性因素太多，相信她没那个水平。

李艳梅打抱不平说：你的论文写得很完美，而且已经申请到读研名额，可导师和评委为啥不推荐你、却要推荐她。你长得漂亮又矜持，可他们就不喜欢你，真是奇了怪了。

不说读研的事情，八字还没有一撇。

我就不明白，你想读研干吗还参加面试，认真读书得了。不想读研就应该发挥论文水平，如今，很难改变事实了。不过，还是恭喜你，毕竟与单位签了协议。

那不是协议，分明就一张委婉拒绝的废纸。没有足够努力，怨不得别人。

李艳梅“提醒”说：你守着资源不利用，活该落选！

林雪梅说：没有“主动出击”，是因为珍惜自己。有时吃亏，在所难免，谁叫咱们死啃书本知识。不过，我历来主张，不是自己的不强求，求来也不长久。你的论文写得相当好，可同样没被看中，牢骚语言呢？

李艳梅谦虚地说：我那是胡编乱造，比起你与王金钱的专业性差远了。可我想不通，与王金钱相好的人干吗不把她留在身边。

林雪梅说：人家手段高明，放长线钓大鱼呗。

放长线钓大鱼，钓谁？李艳梅没反应过来。

钓你！

雪梅你挖苦我。李艳梅发现林雪梅戏弄她，扬手要打林雪梅。

林雪梅嘻嘻哈哈躲开说：我没有挖苦你，跟你开个玩笑。你为何不主动出击，委屈一时，求得好单位。

李艳梅后悔得肠子都青了：明知故问。

林雪梅：我就说么，嫉妒王金钱没用，人家手段高明，不佩服不行。

李艳梅突然一拍床铺说：对了，找她的不光彩处，让她风光的背后去难受！

林雪梅回答：那些事情对签约不构成影响，与其浪费时间和精力，不如找导师和评委沟通沟通，说不定就能“反败为胜”，即使去不了大城市，去条件好的单位或许有希望。

李艳梅说：做梦去吧你！现在都已经是板上钉钉的事，导师和评委会听你“理论”？难不成你有办法扳过来？

林雪梅幽幽地说：我有啥办法，别以为我神通广大。

那你是想把自己送出去？

我没那么贱。

李艳梅说：如今你我都是落选人，以后就是一条线上的同志。王金钱回来，我们问问她，看她能不能在以后的时日里为咱们介绍个工作，哪怕当她助手也行。要是她黑脸对我们，嘿，我们就把她的那些事贴在墙上，让喜欢找新闻的人去烦她。

林雪梅反感地说：要问你去问，下作的事你去做，反正我不问也不去做。就她那点花边新闻想出名，我才不帮她宣传。哎，早知如此，真该请高人指点甚至背后操刀代劳，也不至于落到如此地步。可我没想通，我的论文专业水平不见得低，她凭啥就在我之上，凭啥单位就与她签订协议。

说句实话，你的论文有读研的倾向，而王金钱，明确要进单位工作，何况有李秋天背后活动……凭我的脸蛋和阅历，不信走出校门就没容身之地，哈哈哈哈。李艳梅哈哈笑起来。

哈哈个屁！

发挥了最好水平写的论文没得到导师和评委器重，机会不青睐林雪梅，她气得在教学楼后的樱花长廊跺脚。暗骂王金钱舍得资源，诅咒她会有难堪事发生。

谁也没想到，几天之后，事情真的发生了变化，林雪梅的“哲理性思考语言”得到应验，王金钱耷拉着脑袋回到寝室，一张如丧妣考的脸色，逢人不带笑脸。林雪梅几次欲问为何不开心，但终忍住没问，人家不主动提及自己何必问，过段时间总会知道原委的。

王金钱在寝室里不说话，躺在床铺里发信息。

李秋天的活动能力无人质疑，可为王金钱办的事情停摆，明显事出有因。王金钱意识到被冷落，发信息质问李秋天。

林雪梅与单位签约，是为了证明能力，也为了顺利通过毕业考试，然后可以安心地准备读研资料，文化高多吃香啊，工作不用愁，住房也可能得到很好的解决，逢人也会受到尊重。可如今，理想受到现实干扰，王金钱是摆在眼前最好的例子。如果读研深造，又会将青春埋于书本知识。

思索再三，她读研的愿望不再强烈，父母处于社会最低层，她得为父母分忧。重要的是，读研的名额有限，要是在读研期间，心存杂念，收获会很低落。而研究生、硕士生，必须得刻苦努力，终点也遥远无期。学生群里人才济济，谁都想超越别人。导师和评委不青睐自己、推荐自己，肯定有原因。可同是女子，王金钱与林雪梅的机会就没在同一条起跑线上。

林雪梅想起李天海在售楼部里对她的开导，就心烦意乱，难不成李天海劝她对未来早作打算，是早就看清了形势？

读书之人，不是人人都会读到研究生、硕士生，毕业之后也不是每个人都能有好工作、好环境。庶民百姓很难用上高等知识，除非专业对口。而自己最终还得为工作奔波，与其为工作努力奔波，不如私下里找人活动，早作安排。可是，林雪梅不及王金钱的思想，她不忍心下作自己。目前的境况已成定论，要怪只能怪平时学习没努力，难受是活该的事情！至于出了校门去何处做事，颇得费番心思。不对口的单位瞧不上眼，工资低的地方不想去，沿海的企业，本不在意想里，也没那种想法和资历。

好几天时间里，林雪梅的心情都在郁闷里度过，她的父母是老实巴交的农民，过的是面朝黄土背朝天的日子，目前虽然融入到城市的圈子里，但始终保持劳动人民本质，起早摸黑地为生活奔波。他们还房的那段路程，灰尘满天，道路坎坷不平，下雨天路滑泥沾脚，穿的服饰也不洋气，公交车还没开通。

现如今的林雪梅，在城市里没有可靠的关系，不能求到联系就业单位之人。而个性倔强的东海，虽说认识一些人，可与关乎她就业选项的人会熟？似乎搭不上关系。

事实上，林雪梅学的是广告设计与管理专业，找工作就得关乎企业方面，否则专业不对口，心情也好不到哪里去。眼下搞广告设计与管理工程的单位竞争激烈，工资多是按酬劳计算，且会不定时加班。

林雪梅把就业标准定在本城一家广告传媒公司，那家公司人员众多，一派欣欣向荣的景象。她联系了一位人事部门的老乡。那老乡让她星期二去面试。

当她把资料放在人事主管的办公桌上时，对方让她回去等消息，嘱咐她如果一周时间内没与她联系，说明不在录用范围。

一周之后，林雪梅再次去到那家单位，随身带去了一条香烟，说明自己的意向和与学校导师的关系，关系当然属于编造，意在提高资历，希望人事主管考虑她的活动能力。结果是，人事主管收下她的香烟，说，你的成绩相当好、简历写得也完整，选择范围也机动，如果有机会，共进晚餐，如何？

事情在意料之中，却突然提出，林雪梅尴尬地说，改天吧，改天一定请你。

人事主管见她面有难色，说：有顾虑是吧，下周星期一你等消息，如果没通知你，说明不在聘用范围，请另谋高就。

林雪梅被窘得满脸绯红，答应去，很为难，不去，更被动。一时愣在那里。

人事主管示意林雪梅离开，让她回家等候消息。

十

李艳梅带给林雪梅一个好消息，说先用车接走王金钱的那家单位，找到院校导师要求换人，至于原因，不清楚。

几天之后林雪梅才知晓，王金钱没能如愿以偿去签约单位的原因是因为李秋天——成在李秋天，败也在李秋天。

王金钱知道李秋天与院校导师和评委的关系错综复杂，对接签约单位可谓小事一桩，可她不明白李秋天为何将她的事情撂下。俗话说老牛吃嫩草，越嚼越有滋味。王金钱相貌逗人喜欢，加之她善于伎俩，李秋天应该是留恋不已，可眼下状况，恰恰相反。

令王金钱欣喜的是，李秋天打电话让她过去。

王金钱纳闷地去到约定的地方，责问李秋天为何怠慢她的事情，说不争他夫人的位置，甘愿做他的金屋藏娇，为何将她的事情置之不理。

李秋天回答：我对你很关心，否则，不会叫你过来。

王金钱说：你承诺的事情不兑现，分明不在乎我，到底想怎样安排我？

李秋天笑而不答。

王金钱继续“纠缠”：李老板，有单位与我签约，明确让我去报到，可事情落空，你从中做了手脚吧。

乖乖，签约单位这件事情，出了点意外。如此这般，李秋天对王金钱讲了与导师们的过节，后来安慰她，说不会丢下她。

王金钱腾地站起身，大声说，你搪塞我！不喜欢就明说，用不着拐弯抹角忽悠我！要不，你给我青春损失费。

李秋天逗乐说：还青春损失费呢，我在你身上花了多少钱你应该清楚。工作的事，小事情，改天到我公司来上班。

到你公司上班，真的吗？王金钱转忧为喜，使劲用娇柔的拳头捶他。

李秋天推开她，说：有件事必须提醒你，我老婆随时会到公司来，见到她时要小心赔笑脸，做好自己的分内事。

只要你足额发工资，我保证笑脸对待每一个人。

王金钱进入李秋天的建筑公司，职位是市场接待，负责登记购买住房户的相关资料。有时李秋天会查看她的工作效率，她说文字工作对口，就是心情有时不爽，问他何时捎带她出门散心。

李秋天答应出门散心很简单，关键是做好分内事。做好分内事，就有机会出门旅游。

王金钱虽然到了李秋天的建筑公司上班，可她对没去签约对接单位耿耿于怀。原来，导师和评委们收了李秋天的文化赞助款，答应替李秋天推荐两位学生去相关单位，可只办了一个名额。李秋天生气地扣下了赞助款项。

未能完全合作，双方都有怨气。

导师们重新查阅了林雪梅的档案与论文，认为林雪梅的论文无可挑剔，此时得以师德保荐。

林雪梅被保荐的消息在宿舍里迅速传开，李艳梅给她出主意：机不可失，失不再来，赶快到导师家里走动走动，送点礼品也行。

林雪梅推脱不懂得活动技巧，要不你陪我？

李艳梅说自己的事自己处理，有些事情只能意会不能言传，自己看着办。

林雪梅说，话别讲得那么暧昧，你以为我不明白事理？我是不愿意作践自己而已。

李艳梅嘻嘻一笑：我知道你是老古董，老古董没人识货，同样一文不值。如果我是东海，早把你变成了女人，嘿嘿！你信不信！

林雪梅抓住李艳梅就是一拳头：你个不要脸的女子，平时勾引周斌，还勾引了哪些男人？

李艳梅两手一摊：有男人喜欢我，不可以吗。你的细皮嫩肉，东海抚摸了多少次！

此话令林雪梅很生气：我没你那么贱！

李艳梅怂恿说，寒窗苦读十几年，为的就这么个机会，改变人生命运的时刻就在眼前，得抓住！身体不重要，重要的是观点，是未来，未来是啥概念知道吗。

我要明明白白地选择去处，反正不会作践自己。

都这个时候了还自作清高，别把那层薄膜看得比现实都重要，做女人，一辈子总有一回，关键是认清形势，程序并不重要，重要的是往后的生存环境。明白吗，我讲的是程序不重要，环境决定你的一生。

你以为我是榆木疙瘩？我是不想求他们。随后问李艳梅：他们一共签了多少名额，男的多还是女的多。

男的多女的多不重要，重要的是，那家单位的女主任，点名要你，听明白了吗，那家单位的女主任点名要你。听说女主任经常出门在外，就想找位女子陪着东南西北跑动。人家都已经点名要你了，你还磨蹭啥！

可我觉得这事儿蹊跷，名额咋就轮到我，我真的不想委屈自己。

谁要你委屈自己！你以为每个导师都好色？好色的导师也要针对人，你是深山里的玫瑰，静悄悄地开，没人能够掀开你的“红盖头”。何况，点名要你的人是位女主任，同性的身体，她能把你怎么样。如果你真不想去，趁早回家替你父亲跑三轮车去！

林雪梅疑惑地问，你知道我父亲跑三轮车？

嘿嘿，学校对每个同学的家底都进行过摸底。如果你不去，早点回家去，免得占名额。李艳梅转身出了寝室。

林雪梅把学校保荐的消息告诉了赵东海，东海替她高兴地手舞足蹈，说这下好了，你父母以后不再为你的事操心，随后问她何时去报到。

林雪梅回答不清楚具体时间：想好了就告诉你。

东海问：今日咱们庆祝庆祝。

随你张罗。她嗲声嗲气，一对酒窝，娇羞。

东海陪林雪梅逛超市，给她买了服装，然后坐进一家酒店。在那温馨、浪漫的雅间里，东海要了蒜香排骨、膳鱼粉、清蒸鸽子、闸蟹，外加一瓶红酒。她问吃得完吗。

东海显得很兴奋：为你庆祝，不能吝啬，咱们今天一醉方休，不醉不归。

她关切地问，晚上不去餐厅管理生意？

东海回答生意肯定做，餐厅里有父母负责，这时我得忙人生大事，我得陪你吃这顿美餐。

她妩媚地说：人生大事，什么人生大事？

你签约了就业对接单位，读书就算熬出头。咱们的婚事也应该定下来，免得往后跑来跑去的令人牵挂。

她说：近段时间比较忙，我妈身体时好时坏，婚事往后延迟一段时间吧。

嫌我了是吧？怪不得你爸总说我这不是那不好，这会儿你又拿你妈身体欠佳挡我。你妈身体欠佳可以慢慢治，对我们的婚事不构成影响，何况，咱们先前有约定。

她嗔怪地说：你对我尽管放心，要不，今晚你想怎么办就怎么办？

东海等的就是这句话，好久没与她在一起了，他马上转忧为喜地说：有你这句话就成，来，吃菜、喝酒！

窗外面的路灯不知不觉亮起来，时间过得太快。林雪梅对东海讲了寝室里王金钱的事情，说自己与单位签约跟王金钱有关，也不知王金钱有啥想法。

东海分析道：女孩子对待人生有时清醒有时会受外界因素影响，不奇怪。但签约这事，如果要去导师家里打点，费用我来出，你尽管操办就是。

林雪梅犹豫地问：你也这么认为？

东海说这个程序应该走，师生情分不能忘记，人之常情嘛。怎么，有人劝过你？

李艳梅劝过我。我就没想通，王金钱为何不去那家单位。

东海说：你不了解王金钱，她讲究现实。人与人不同，花儿几样红。

林雪梅突然扬手说：哦，差点忘了告诉你，我在售楼部里见过那人。

见过谁？

与王金钱相好的男人。

一个城市说大也大，说小也小，前几天我去超市购物时，瞅见王金钱拉着李秋天的手，挺暧昧的。我听他们谈到了你，当时就躲在旁边听了听。

她们讲我些什么？

只听说王金钱要到李秋天的建筑公司去上班。

真有这事？

原来，李天海的话不是空隙来风。林雪梅惊讶地问：你肯定那人是李秋天？

我认识李秋天，他是建筑开发商。

林雪梅慢条斯理地说：李秋天是李天海的叔父。

听得一惊的东海，差点将口里的啤酒吐出来，诧异地问：李秋天是李天海的叔父？

林雪梅嗔怪东海大惊小怪：干什么呀你，咋个如此夸张？

东海拿起纸巾擦了嘴边的残酒，奉劝说：你以后在售楼部要小心谨慎做事。

缘何？一时没反应过来的林雪梅，歪着脑袋问。

因为他俩是叔侄关系，你与王金钱是同学的缘故。

林雪梅满不在乎地说：这中间没有直接联系，如果王金钱胆敢给我穿小鞋，我随时抖落她的花边新闻，让她在李秋天面前无地自容。

话虽如此，林雪梅还是担心王金钱会在售楼部里为难她，工作不容易找，况且收入不菲，她不想离开售楼部。

每当王金钱来到林雪梅面前时，林雪梅心里总不是滋味，一个寝室的同学，居然变成了上下级关系，想想都难以接受。但林雪梅不嫉妒王金钱，管她什么手段和目的，只要不“比对”自己，一切都可以不计较。

可是，虽然林雪梅不招惹王金钱，但销售上的事情有时难免请示王金钱，职位的差距，心里总有些不快。

庆幸的是，王金钱在工作中没有为难林雪梅，只是以事论事，公事公办，俩人相处还算“和谐”。

装修豪华、高雅、宽敞、明亮、令人赏心悦目的售楼部里，林雪梅耐心地陪客户在沙盘周围转来转去，有时拿出微型电筒指明楼层、户型，对客户讲解房屋的结构等相关事宜。李天海来到她面前，问当天销售情况如何。她回答有几位客户签订购房协议，已交定金。他夸奖她一天卖出去几套住房，值得嘉奖，说晚上请客犒劳犒劳她，还说如此售房速度，公司的资金比预算的回笼要快，定会给予重奖。

她幽幽地说：可这里不是长久之地，房子卖完我就得滚蛋。

李天海问：你不想在公司长期工作？

我能长期在你们公司工作吗？

如果我惹你不开心了，你讲出来，我一定改。

望了望天花板的林雪梅，想过一会说：如果你叔叔知道我在他公司里，不知他会怎样看待我。

我叔叔早就知道你在他公司里上班。

所以，我离开公司只是时间迟早而已。况且，你能保证不给我穿小鞋？

我费了很多周折才将你请来，怎么会给你穿小鞋呢。李天海嘿嘿地笑。

林雪梅沉思一阵，说已经联系了用人单位，很快就会去报到。

李天海问什么时候联系的用人单位，什么时候去报到。他的眼里有了深情、挽留的成分。

她回答还没定下来，离开之前一定请他喝酒。

咱们拉钩。李天海乐意地伸出手。

林雪梅想都没想就伸出手与李天海拉钩，对他莞尔一笑。

林雪梅证实自己被录用后，心潮澎湃、波涛汹涌。她庆幸没求任何人，否则得到工作心情也爽不到哪里去。她为这个消息，等待了无数个夜晚。可真正轮到愿望变成事实，她的心居然有些纠结，如果不是李秋天暗中操作，名额或许早就属于她，而今，变了味。

林雪梅担心王金钱会为难自己，围着售楼部里的楼房沙盘转了一圈又一圈，想让注意力分散那些忧郁，可转来转去心情仍然一团糟，后来不知不觉转到了业务室。

李天海见她无精打采的样子，问：郁闷寡欢的样子，有心事？

林雪梅答非所问地说：感谢你给了我锻炼的机会，作为曾经的同学，我很开心。

答非所问。

李天海恳切地说：你能来公司上班我已经很开心。如若不介意，中午咱们一起进餐？

林雪梅爽快地回答好呀，我等着。恰在这时，她的电话滴滴地响起来。接通之后知道她妈的心脏病发作，120 车子已将她妈接到医院。她慌张地和李天海道别，出售楼部招了辆的士，直奔医院。

林雪梅在的士车上，把她妈犯病的事告诉了东海，当时东海正在厨房炒菜，忙得不亦乐乎，大声问怎么回事，讲清楚些，尔后让她不要慌张，说随后就赶过去。

林雪梅急急忙忙地赶到医院，问了几位医生才找到母亲的病房。她妈已经在医生的护理下吸上了氧气，面色惨白，医生正在做体检，她爸林东升把手背在身后，焦虑地在病房外来回走动。林雪梅跨到母亲的床边，握着母亲的手，一个劲地掉眼泪，口里不停地喊：妈，妈。

东海放下手里的活儿，对餐厅工作做了安排，开车赶到医院。林东升见他到来，木然地看了他一眼，然后把脸转到一边去。东海叫了一声林叔叔，林东升似乎没听见，东海只好推门进到里间，向林雪梅问清大致情况，然后来到林东升面前，说：林叔，韩姨的病随时需要动手术，不过，不要太心伤，谁都会有那一天。

林东升听后火冒三丈：你啥意思，雪梅妈这种病已经经历过几次，哪次不都挺过来了，哪次不是我给她妈治好的病，听你的意思，巴不得她妈早死？！

东海词不达意，歉意地说，我没那意思，刚才吐词不清，请原谅。我的意思是，韩姨的病情很严重，我来负责这次的费用，这不，刚接到雪梅的电话我就赶过来了，住院费还没交吧？

林东升耷拉的脑袋一下有了精神，但他挤兑出一张苦瓜脸：还没呢，病情发生突然，钱没带够，过会儿我回家去拿。

东海对林雪梅说，你陪着你妈，我去交住院费。

林东升扬起手说，你别去，你操啥心，谁跟谁呀。

东海一步跨到林东升前面：林叔，我是真心对待雪梅，韩姨犯病，我有义务和责任，这次治疗的费用我来出，出院之后你给韩姨多买点补品，她的身体虚弱，需要营养。说完径直向缴费的窗口走去。

林雪梅吩咐父亲看守母亲，跟着东海来到缴费窗口，激动地说：谢谢你，东海。我爸他，哎，老古董。泪水湿了眼眶。

东海扶着林雪梅说：不要忧伤，我不会生你爸的气。

林雪梅说：我妈的病反复无常，你为我妈的病支付了太多的费用，我真不知该怎么感谢你。

傻瓜，你我之间不讲感谢、报答的客气话，咱们以后要一起过日子的，只要你心里有我，对你、对你妈做事我都不会计报酬的。

林雪梅忧愁里带着沮丧：那你对我爸就有意见？

东海的心一沉，随后说：我没这样讲，只要你爸不阻拦我交往你就成，我对他不会有成见，毕竟他会成为我老丈人。

林雪梅郁闷地说：我爸他，不知他到底怎么想。

东海逗乐林雪梅：你爸是担心我把你拐走，他怕失去你。

林雪梅破涕一笑：你，尽占人家便宜。晚上我去你那里。

呵呵，你可要想好，我不想希望落空。

我早已想好，今生你是我的唯一，我会嫁给你的。林雪梅害羞地靠在他肩头。

渴望的这一天终于快到来，东海紧紧地拥着林雪梅。

旁边缴费的人，有个声音细细地说：好浪漫的一对年轻人。

东海向他爸妈讲了林雪梅妈生病的事，说替林雪梅妈交了住院费。他爸说：孩子，以后关于雪梅妈治病的事你得征求我们的意见，她妈的病不是一时半会就能痊愈，花钱的事在后头，你要有心理准备。

东海说：韩姨的病非常严重，就雪梅家状况，只怕她妈，等不到那一天。

正因为如此，雪梅母亲的病，你得有心理准备。东海的父亲叹气地说：雪梅爸对你有偏见，你要赢得他对你的青睐，一个字，难。不过，在她妈生病期间，你尽心尽责，相信石头都会被感化。

爸，你真好。东海感谢父亲理解他。

东海的父亲揣到他的心思，问：你与雪梅的事进展得怎样？

爸，你都已经想到了。东海蛮不好意思。

东海的爸爸说：雪梅爸没来过我们家，你找机会让他认认我这个亲家，如果他答应来我们家，你小子算是灵活处理了事情，如果他不来，只能说明你娃工作不够努力。如果她爸执意不来我们家，那我们就去雪梅家串门，男方应该主动联系女方家的嘛。

父亲的话讲到东海的心里去了，可他马上犹豫起来：林东升没正眼瞧过他，嫌他离过婚，还嫌他学历不高、是拿勺子掌厨的人，始终没摆脱小市民性质，说往后发达机会有限。

东海能够交往林雪梅，他花了一定的心思。总的来说，两情相悦才会认定终身，不是东海一人就能决定的，尽管他现在的餐厅规模不够排场上档次，但她要争取这只潜在的“绩优股”，非他不嫁，以前的约法三章，今后不作数。

求学期间的女孩，恋爱的人不在少数，为的是通过接触了解对方。林雪梅交往东海，起始是抱着试试的态度，况且她爸对东海怀有成见，她也有顾虑，可随后的观察和事实证明，她选择东海会是快乐的人生抉择。虽然父母有意见，那是父辈的想法和认识，不全面也不客观，过日子是自己的事情，容不得父母不开心，容不得父母干涉。

记得林雪梅曾经对东海讲过，说如果一段时间没联系他，或许是发生了意外的事情，问东海愿意不愿意等她。东海回答会一直等待她。如此深情，她知足矣。

林雪梅的母亲在医院的那段时间里，她日夜守在母亲身边，眼圈有些发青，饭菜没个准点，营养也不够丰富，觉也没睡安稳，早晨醒来睡眼惺忪、浑身不舒服。可她仍然每天得为母亲的吃、喝、拉、撒忙来忙去，身体自然消瘦许多。她父亲问怎么不见东海人影，说：你们不是恋爱吗，他怎么没过来？

林雪梅回答：他餐厅事多，这时正忙着呢，要不要我叫他过来？

林东升撇嘴说：叫他过来干吗，这里有你有我就足够。随后问她的工作确定好没。

林雪梅说：母亲已经病成这样，我没有心情去联系工作的事。

你妈的病要治疗，你工作的事也不能耽误。

林雪梅说：前几天，有单位录用我，工作的事情，应该很快就能确定。

嘿嘿，闺女，你比老爸强。林东升夸奖林雪梅，竖起了大拇指，随后问她签约单位，有没有猫腻？

于是，林雪梅简要地讲了与企业签订协议的前后经过。

林东升说：签约工作还这么多曲里拐弯地费周折，我们那时候和你们不一样。

还有更复杂的情况呢。

是吗？

林雪梅马上后悔不该对父亲提说，父亲无法理解那样的观点和受那样的刺激，她转移话题说：妈的病需要悉心照顾，工作的事情慢慢来。

林东升接话说：工作的事情尽快去办，你不去工作就没有钱给你妈治病，咱们家的情况你是知道的。喂，叫你男朋友过来，我问他什么态度。

爸，你想见他？林雪梅暗里一喜。说：他有时间会过来的。

林东升慢悠悠地说：他不是想当我的女婿吗，让他过来表个态。

爸，你终于同意东海了！林雪梅高兴地拍打他父亲的肩膀。

林东升难得的好心情，说：我前几天对他语气有点重，你解释一下。

在林东升的内心里，他对韩淑芬的病情作了全面的考虑和分析，认为韩淑芬的病需要足够的钱治疗，也不知道后续费用要多少。如果韩淑芬闭眼离世前林雪梅的婚事没敲定，韩淑芬会遗憾终身。与其令她遗憾终身还不如接受东海。另一个原因是，自韩淑芬嫁给林东升，韩淑芬一辈子没多少快乐，原来乡下的房屋破烂不堪，虽然在城市化进程里被征用，但还房需要等待几年才到手，租房过日子，寄人篱下的感觉，不爽。这些怨言，韩淑芬憋在心里，由来已久。现实的考虑是，东海的餐厅，每天都有收益，一日三餐起码能有保障，只要腿脚勤快、脑瓜灵活，林雪梅的一生不用发愁。这些话都是林雪梅不在身边时韩淑芬开导林东升的，当时林东升沉默不语，后来点头同意她的看法。这才有了上面的态度大转变。

林雪梅感慨父亲的观念大大改变，问：爸，我这时给东海打电话吗？

林东升想想后说，忙不在一时，改天吧，改天你把我的意思转达给他，就说先前那样对他，是因为舍不得你离开。

林雪梅依偎在父亲身边，说：爸，你脑子终于开窍了。

你说啥，老子用得着你教，混账东西！

林雪梅赶紧住口。过后说：妈的病需要长久治疗，费用多着呢。

林东升说：你妈这病已经不是一次两次，但愿她能够挺过这次。如果病情恶化，你要做好筹钱的思想准备。

嗯，爸爸，我有事需要出去一下。林雪梅说完出了门。

十一

韩淑芬的病情远比林东升想象的严重，她除了犯有心脏病外还伴着胃癌，心脏病可以吃药抑制，但胃癌是个顽固病，国际上都很难攻克，好在胃癌尚属早期。医院建议，可以马上对韩淑芬做胃癌手术才能抑制病情恶化，否则，难以意料病情的恶化程度。但术后需要经常化疗、吃药才不至于转基因发作。考虑到胃癌手术会引发并发症，如果手术时心脏出现休克状态或者难以控制的情况，还得考虑心脏置换手术，手术成功失败概率各占一半，医院建议林东升一定慎重，说动胃癌手术和换心脏总的费用在百万人民币左右，需要先交大部分资金才行。而且动手术必须家属签字认可，万一出现突发情况，医院不承担责任。

天文数字，吓傻了林东升。六神无主的他急得像热锅里的蚂蚁，去何处筹集这么多的钱，把老骨头斩了卖也值不了百十万，百十万不是百把块钱，虽然有政府医保可以报销部分，但余下部分费用必须得自己掏腰包。

况且，后续费用还无法预知，妈呀，她怎么犯这种折磨人的病耶。

林雪梅陪着焦急的父亲，在病床边悲伤地哭泣，一个劲地抹眼泪。

突然，林东升的眼睛一亮，他问林雪梅，东海最近对你态度如何？

不明就里的林雪梅，望了望父亲，回答说东海一直在等她，想他过来吗。

林东升眉头微皱之后说：你让他过来看看你妈，如果他对你好，你不要固执拒绝就是，如今你快有工作，不能再让我和你妈操心你的婚事，你要学会自力，自立，懂吗？

林雪梅理解父亲深层次的话意，说：爸，你是一个好爸爸啊。可你刚才的话，是赶我出嫁吗？

林东升的表情复杂不定，不置可否地问：最近他生意可好？

林雪梅回答：他的生意向来很好，前几天还问我楼房的价格，他想买套住房，他父母原来的住房已经很陈旧，他不想继续住在他父亲那里。

你让他过来看望你母亲，让他和你母亲交流交流。

父亲主动让东海和母亲交流，说明心里接受了东海，林雪梅高兴地跳起来说：爸爸，你早该这样！

林东升苦涩的眼神里透露出难以言说的滋味，抽动了几下脸皮，说：我没有阻拦过你们。以前你在读书，我是希望你安心学习、不分散精力，如今你快有工作，可以正式交往朋友了，但你要和你妈多沟通，有事要和你妈商量。

在餐厅里喝酒的东海，歪着脑袋问员工：你说，女人怎么都是难交往的主？员工问：你和雪梅闹别扭了？东海回答没有。员工说，没有闹别扭喝什么闷酒？不能再喝了，快回家去。东海说，喝，我还没有喝醉，她同意和我相处呢，可她，可她，哎。员工说，哎什么哎？她同意和你相处，就说明已经是你的人，快回家去，不定她等着你呢。东海说还早着呢，我还要喝酒，偏偏倒倒的样子。那员工叫来伙计帮忙，将东海扶到休息室醒酒。半途东海说，她爸是老古董，老古董，你知道是什么东西吗？扶东海的那位伙计说，老古董就是老古董，别招惹他就是。哦，哦，哦，不招惹他就是，东海说。

东海在休息室睡下，几小时后才醒。醒来后问伙计：我刚才喝醉酒了吗？

伙计说，你只是休息了一会，你太累了。然后噗的一口笑起来。

东海问，笑啥？你们笑啥？

一位伙计见东海傻得可爱，说，你说你老丈人是老古董，我也说他是老古董，老古董是什么东西？值钱的东西呗。

东海说，你，你咋这样说，你又不是他女婿。

东海接到林雪梅的电话，给韩淑芬买了些利于胃肠消化的食物，并带去了几万元钱，他让林雪梅把那些食物喂给她母亲吃，说病人需要补身子，但不能多吃，只能多餐少食，尽量吃流食。过后一阵，对韩淑芬说，韩姨，你安心养病，我会天天过来看望你，有事叫雪梅给我打电话。

韩淑芬用她那孱弱的手握住东海的手，说：有件事我一直憋在心里没机会问，今天是时候了，不知你爱听不爱听。

预感到有话要交代的东海，恭敬地说：韩姨，你有话就说，我听着哩。

韩淑芬让林雪梅去外面一会，对东海说，雪梅已经成年，我知道你对她好，看得出她也喜欢你，希望你对她好。还有，她弟弟，希望得到你的帮助。前些时候雪梅爸对你态度生硬，希望你理解。

这话出自未来丈母娘的口，明显同意了东海与林雪梅相处，接下来的事情应该顺理成章、水到渠成。欣喜的东海，激动地说，伯母你放心，我会对雪梅好，一生一世好。

韩淑芬问，你叫我啥，伯母，不，还是叫我韩姨自然些，呵呵。

伯母，我就这样叫你吧，我会认真对待雪梅，也会关心她弟弟，她弟弟就是我弟弟。

恰在这时，门外响起了咳嗽声，林东升进到屋里，神情复杂的招呼东海，问东海餐厅里生意可好。

东海回答还可以，承蒙伯父关心。

林东升说，生意好就对，年轻人就要多挣钱。如今社会，没钱行走都困难，甭说做事情。年轻时多奋斗，老了才有盼头。

东海鼓起勇气对林东升说：伯父，有件事我想与你商量一下。

什么事？林东升心里揣到几分，这时他不再计较东海对他的称呼。

东海说，我想尽快办理与雪梅的婚事。

本来同意东海与林雪梅交往的林东升，此时突然觉得不能就这样便宜了东海，认为女孩子不能就这样嫁过去，含辛茹苦多年养大的女儿不能就这样跟了他，耸肩之后怪模怪样地说，她妈的病需要她护理，你们的事情过段时间再说，可好？

以为的希望突然中断，原以为事情能顺利进行，没想到林东升不说同意也不说不同意，反正让东海把事情缓一缓。

东海不悦地说，我跟雪梅已着手准备婚事，你们不用操心。

容不得超越权限的林东升，不耐烦地打断了东海的话：你！你们急着干吗，这事反正推迟办理。

医生再次对韩淑芬的身体做了全面检查，建议对韩淑芬的胃癌采取最保守的治疗方案，说不动手术以药物控制也行，但必须得住院观察，时间可能几个月也可能更长，因为心脏病随时会发作，一旦有恶化倾向便于抢救性治疗。如果动手术，会引起难以想象的并发症。即使不动手术，治疗费用也相当昂贵，因为胃是生命最重要的器官，心脏同样是，如若交叉治疗，会花一大笔钱的。他们征询林东升的意见。

林东升感觉事关重大——人命关天的事情，他将韩淑芬的病情讲给亲戚听，亲戚劝说人在什么都会有，救人为先。劝他事在人为，尽力吧，但要量力而行。

林东升回家把所有的存单加在一起，只能凑够三十万块钱，心里烦躁的他想把家具卖掉，可那些木头疙瘩值不了几个钱，正在烦闷时林雪梅回到家，心情烦躁的他把气出在林雪梅身上，说，你那个朋友太不理解人的心情，关键时刻还想结婚，纯粹是脑袋发晕。

林雪梅回答说：东海不应该顶撞你，你大人大量就是。

林东升的嘴巴抽动了一下，晃了晃脑袋说：你们这是逼我早点死，现在是非常时期，你妈等着钱救命呢！哎，只怕难以等到那一天了。

爸，不要伤心，你不能伤了身体。钱的事情，我们都想想主意。

想啥办法，想啥主意？！办法、主意我都想了，家里的钱都在这。林东升扬了扬存单说，还不够，还差一大截呢。你倒好，在这节骨眼上还想结婚，纯粹是存心添乱。

林雪梅委屈地说：我们举行最简单的婚礼，不会花很多钱，况且，东海讲过，不让咱们家出一分钱。

林东升不耐烦地说：结婚结婚，你就知道结婚，我看你是脑袋晕，你就不怕你妈不闭眼睛看着你！

这话严重了。

林雪梅说，爸，你咋这样讲，妈的病情我很焦虑，我也在想办法，可你！什么情况！

现在首要任务是，找钱给你妈治病！

爸，这些我都知道，咱们都想办法。

林雪梅平时节俭，可省下来的那些钱都花在母亲的药费里了，突然需要好几十万，她六神无主，最后只好想到东海，要是东海拿钱给母亲治病，解决突然间的困窘，父亲的态度或许会改变许多，可东海已经为母亲的病付出太多，她不愿意过于亏欠东海，毕竟，她还没有嫁过去，她不想以后抬不起头。

想来想去，林雪梅想到了李天海，感觉李天海或许会帮助她，平时李天海总是找机会接近她、向她献殷勤，遇到这么大的困难，想必他会伸出援手。

想到李天海，林雪梅决定去碰运气。

林雪梅乘的士赶到售楼部，急切地找主管售房事宜的经理，将自己的酬劳计算出来，打进卡里，反身准备离开时，差些撞倒李天海。

李天海问她匆匆忙忙的样子，火烧眉毛了？

她想都没想，随口答，岂止火烧眉毛，我妈等钱住院动手术，我得赶回去！

雪梅你说啥，你妈等钱动手术，你妈动啥手术？李天海关切地问。

她讲了是怎么回事，说家里的存单和目前的工资加起来只有四十万，可离动手术的钱还差得远，看在同事的份上，问能不能借一些。

李天海略一停顿，说钱存的是定期，要不问朋友借些？说完拿出手机打电话。等待对方电话时，他说，人的生命最重要，有了生命愿望几乎都能实现，你妈犯病我理应表示心意，这不，这点钱你先拿去。说时从包里掏出三千块钱递给林雪梅。

林雪梅推脱不收李天海的钱，说，你借给我钱我就感激不尽，哪能再收你的钱！

李天海硬是把钱揣进了林雪梅的包里，说，别客气，这点钱你一定要收下。电话接通之后，说朋友这时赶不过来，下午，下午我一定把钱给你送过去。

这……好吧，我先谢谢你。林雪梅感激不尽的直言谢谢。

李天海叫林雪梅中午在售楼部吃饭，说吃饭后送她去医院，保证不耽误时间。

林雪梅焦急万分地说她妈在医院等钱拿药呢，她得赶回去，病情耽误不得。

突然，李天海说，雪梅，我有个想法，不知你以为如何？

想法，什么想法，想法就是条件嘛，她心里有一种预感。本能的，心里矛盾起来，到李天海的公司上班，她一直提心吊胆，担心李天海某一天对她提出非分要求，如果发生意外，她万万不会原谅自己，对不起东海的事情绝不会去做，背一辈子的情感债务，她将无地自容、后悔终身。

林雪梅与东海交往期间，虽然为他奉献过几次，但每次都是情不自已，从中也想体验快乐，为的是提高洞房花烛夜的兴奋程度与技巧。

本以为生活中不会有烦心事情发生的林雪梅，没想到母亲的病情会突然恶化，她心烦意乱地不知该怎样讲给东海听，东海是她生命中的希望和实现愿望的基石，可她不愿意过多地依赖东海的经济。所以，李天海邀请去售楼部上班，她就毫不犹豫地答应了。尽管李天海在工作中有时会做些令她为难的举动，一般情况她都默许，如今却要提想法。

林雪梅脑筋急转弯，说：只要你不为难我，为你做事我会义不容辞，但你不能有过份要求，我讲的是，不能有过份的要求。

雪梅，你认为我会以条件要挟你吗，我在你眼里，印象就那么低级？李天海问。

我不知道。林雪梅害羞地，声音细弱地问：你要我做什么？

如果，如果你答应我俩做朋友，我不会规定你还钱的期限。

如果，如果没有其他条件，我同意。可是，目前，我们不是朋友吗。她强装笑颜。

目前是，就怕以后不是，所以，你想清楚了才回答。

如果不回答是他朋友，这钱可能就没着落，这是啥德行！真是的！可钱是硬头货，他不借钱，母亲的病就面临危险。万一有个遗憾，终身后悔都来不及。管他的，借到钱就是最大的能力。林雪梅委婉地说，天海，我相信你，但你不能对我使坏，使了坏既不是同事也不是同学更不是朋友，也不会原谅你。

呵呵，你想多了……下午我就把钱给你送过去。

李天海取款之后没忙着给林雪梅送过去，当天公司的事情，忙得他抽不开身，等忙完事情已经是下午四点，他打电话问林雪梅在哪里，随后说不见不散。

林雪梅赶到李天海约见的地方，已经六点过。那是一家歌城，地址稍显僻静，变化莫测的霓虹灯，迎接从她面前走过的每位客户。林雪梅穿着短裙，手提一挎包，走过歌厅大厅，穿过铺着地毯的过道，再拐过一条弯，来到最里面的一间包房，那是一间不宽敞的房间。她推开门，发现房间里除了李天海，还有另一位男子。李天海起身介绍那人与林雪梅认识。那男子个头不高，留着平头，宽面庞，起身为林雪梅倒啤酒，自我介绍名叫冬瓜。

一番客套话。

李天海将准备好的钱递到林雪梅面前，厚厚的一扎，说，这是你需要的数目，你清点清点。

林雪梅拿起那些钱，在手里掂了掂，说，我信得过你，不用清点，谢谢你天海，谢谢你为我解决窘迫的经济状态，我会记住你的。说完主动拥抱李天海。

李天海紧紧地抱着她。

她任由他抱着。

接下来，俩人在包间里旋转地跳舞。然后喝酒、唱歌，再喝酒。显得自然、亲昵。

喝酒、唱歌途中，林雪梅进了一趟卫生间。在她进卫生间时，李天海从兜里拿出一白色小包，打开，将里面白色的粉末倒进了林雪梅的酒杯里。林雪梅从卫生间出来后，李天海将她的杯子倒满酒，邀请她干杯。

林雪梅端起那杯酒，一饮而尽。此时，她脑海的观念是，如果李天海不借钱给她她真不知该找谁能借到钱，李天海借给了她钱，她得对钱虔诚，得对李天海表示感谢，十万块钱对她妈是救命的钱，对她是友谊的体现，没有足够信任是不会借这么多的钱给她的，她知道钱的分量，知道李天海对她有意思。

接下来唱歌，再喝酒。至于李天海在她耳边到底讲了些什么话实在难以记起来，也不知李天海对她怎么一个看法，反正喝进肚里的酒，五味杂存。

再过了一阵，林雪梅已经不知道周围的任何事情。李天海将她放在歌厅里的沙发里，给她褪去了短裙。

醒来后的林雪梅，发现李天海的一只手仍然放在她的大腿上，酥痒的感觉，麻酥酥的，她明白了一切。她气恼地问李天海为何如此对她。

李天海说，雪梅，我喜欢你，我太喜欢你了。

林雪梅气得咬牙切齿，脸色难看地说：你喜欢我就这样对待我，你对得起我吗？她没看见挎包，问，挎包呢，我的挎包呢！

李天海从一边将挎包递给她。

她拿过挎包，打开拉链，看里面的钱在不在。

李天海赶忙说，借给你的钱都在包里，一分不少。希望你原谅我，原谅我对你的鲁莽，因为我太喜欢你了。

林雪梅突然站起来，理了理裙子，推开李天海，说，这钱就不写借条了。你说，你为什么要这样？为什么！！

雪梅，我真的喜欢你，我爱你，你和东海分手吧，只要你和东海分手，我会给你很多好处。

你以为我就想钱吗，钱买不到我的清白！你这种人，太过分！

雪梅，不生气行吗。从高中时候我就喜欢你！可我没能进入大学，没能与你经常在一起，但我一直在回忆以往相处的时光，直到那天，我开车擦刮你爸的三轮车，我就认定你，这辈子非你不娶，今天我终于达到愿望。

愿望，这就是你所谓的愿望？卑鄙，无耻！小人！林雪梅歇斯底里地骂李天海：你丧尽天良，你是乘人之危！

雪梅，不要吵行吗，事情既然已经这样，你就嫁给我，我会一辈子对你好。况且，你妈等钱动手术呢，如果还缺钱，我可以多借些给你。

事情来得突然，林雪梅一点思想准备都没有。她认为李天海是强迫她，气恼地说，喜欢一个人要两情相悦才行，不能单相思。你趁我有难处时得到我，你认为我会心甘情愿吗？

李天海赶紧认错：我错了，刚才是一时心血来潮。请原谅我。十万块钱你先用着，待你有钱时还我就行。

你当我是什么人，我就那么想钱吗，我不借你的钱，你还我清白！说时拉开挎包拉链。

李天海拿手捂住她的手，让她不要拒绝他的好意。

林雪梅拉拉链的手停住，大声嚷叫：你干吗要这样，干吗要这样对我！你这个疯子，你这个疯子！

林雪梅的喊叫声，李天海始料不及。他赶紧用手捂林雪梅的嘴。

林雪梅被捂得喘不过气，反而大声嚷叫。

李天海还想捂她的嘴。可是，晚了。喊声惊动了服务生和邻近房间的人。众人推门而入，李天海拿手捂林雪梅的一幕，众人看在眼里。

十二

李天海、冬瓜、林雪梅均被带到派出所，依次被询问。林雪梅述说当时情况，警察一一作记录。一位女警官安慰她说，如果你讲的是事实，我们决不会放任他去祸害别的姑娘，我们会让他受到法律应有的惩罚！

林雪梅一个劲地哭泣，伤心难过的样子让警察们感到事态责任重大，谁家都有女人，如果自己的姐妹、妻女被人算计，想必不会无动于衷。

警察们安排林雪梅去体检室，身体里残存的液体，证明了一切。

体检后的林雪梅，被安排在警务值班室，悲伤的哭声不时回荡在警务室，有位男警官看着眼眶有些湿润，征询林雪梅：要不要告诉你的家人？

林雪梅这才想起，电话丢在了歌厅里。警察借给她手机，她哭泣地拨通了东海的电话。

东海接听电话时正在吧台记账，餐厅里声音嘈杂，他只好跑到背静些的地方接听，知晓了原委，急切地问她在哪里。

见到林雪梅痛苦不堪的模样，东海咆哮地推开派出所的门，磨拳捋袖，说要杀李天海！这个狗娘养的，他竟然欺负到我头上来，我要宰了他！

事态突然而紧急，听到喊声的几位警察出门抱住东海，劝他冷静：你一定要冷静，冷静才能解决事情。

东海挣脱不了警察的环抱，愤恨地说，你们包庇李天海是吧，不杀他我誓不为人！

警察说，你不要激动小伙子，你一定要忍耐和冷静，目前你要做的工作是安慰你的朋友，她需要你的关心和疼爱，明白吗？

东海靠在墙上，内心怦怦地跳动，脑海里全是林雪梅对他的音容笑貌与过去相偎的美好，他们讲好不久就可以结婚，没想到事发突然，来得太突然了。往日在电视里见到的画面今天竟然会发生在自己身上，而且来得没有任何预感。这个世界有点混乱、不安全。好一阵过去，他神情沮丧地渡到林雪梅身边，安慰林雪梅。

林雪梅泪流满面地扑进他怀里，伤心哭泣的场面，是男人见了都会心疼，心疼自己的女人。她抱着东海，尔后推开他，用她那娇弱的拳头捶打他：你，你怎么才来呀，你一定要抓住他，呜呜，呜呜。

东海任由林雪梅捶打，好一会才说，我没保护好你，你打我吧，并且自己打了自己胸口几拳，还扇自己一巴掌：我没保护好你，我对不起你，我马上去收拾那个狗东西！

林雪梅内心的痛苦，似江水滚滚流淌，哭的声音更加大声。

东海站起来，说要去找李天海。

林雪梅却拉住他，不让去。

警察见此情景，随手关门，走了出去。

过了一阵，东海仍然坚持要去收拾李天海。他拉开门，大声吼叫：李天海，你不得好死！老子来也。

从隔壁屋子里跑出来几位警察，拦住东海说，你不能莽撞，我们已经介入案情，请你冷静，我们一定会给你一个满意的答复。

东海说，李天海不是人，他是蓄意所为，他应该受到法律的惩罚！我要让他知道我的厉害。

警察一个劲地规劝东海，东海慢慢冷静下来，说：李天海，我会让你难受的，不信走着瞧！

警察劝东海不要冲动，冲动是魔鬼，你不能做傻事，你朋友的事我们会查清楚，眼下你的首要任务是，陪你的朋友，多多开导她。

东海只好咬着嘴皮点了点头。

好一阵过去，警察说回去吧，需要询问时我们随时会与你们联系。

东海扶着林雪梅走出了派出所。

李天海走出警务室之后，打电话嘱咐冬瓜嘴巴闭紧点，让冬瓜对谁都不能讲在歌厅里发生的事情。

冬瓜承诺保密，说不会对任何人讲。

随后几天，李天海再次叮嘱冬瓜，说：如果有人问起你，你就说不知情，再怎么做你都要沉住气。冬瓜嗯声作答。

李天海害怕警察来抓他，在售楼部里左看看右望望，觉得哪里都不能藏身，也不敢回住处。六神无主的他想出门避风头，可公司里太多的事需要处理，叔父叮嘱他明天一早去采购工地所需材料，说工地正等着用材料。可如果不出门避风头，等着警察来抓吗……该死的冲动，害得他人不人鬼不鬼的惊慌失措，更严重的是，与林雪梅的友谊由此断裂，还可能惹上官司，往后有何脸面见朋友，有何脸面见雪梅，有何脸面见叔叔？如果没有发生欺负林雪梅的事，往后感情或许可以慢慢发展，兴许就有了相偎的可能，两情相悦之下享受快活该是多么爽意的事情。可如今，事与愿违的无法改变了。

李天海急得如热锅里的蚂蚁，几次掏出手机给林雪梅打电话，可刚拨了几个号码又觉得不妥，遂改变了主意：给她发微信。可发了一个信息后觉得不够，接着又发第二个信息，大意是后悔做出愚蠢的举动，希望看在曾经共事的份上原谅他，只要不告发他，以后让他做牛当马都行。

发了信息之后的李天海，等待林雪梅给他回微信，可等了一天都没收到回音，心里那个焦虑，甭提有多惊慌失措。后来，电话响起，李天海颤抖的手，几次想接电话，可担心警察找他，茫然的眼神，黯然无光。电话还在滴滴地响，他惊恐地望着门外，心想再不逃跑就来不及了，再不逃跑警察就会抓住他。正当他准备出门时，另一部手机响起，这个号码只有极少数人知道，包括他叔叔。他叔叔吩咐他明天一定要购回材料，说工地已经等米下锅，如果耽误时间唯他是问。李天海抽了口冷气，心凉到底了。

与李天海分手之后的冬瓜，想把事件经过告诉警察，可担心警察怀疑他是同谋，他不愿意背黑锅。内心里犹豫不决的是，尽管李天海工程方面给他提供方便让他很容易赚钱，但内心受煎熬的滋味难以承受。他怨恨李天海不顾及林雪梅的感受，亏他们相处共事不少时间，没有友情也有同学情，如今的出格行为，纯粹是心急吃热豆腐，惹是生非。如果长期与他交往，得不偿失的事难免还会发生。他认为李天海对待林雪梅确实过分，平时见他俩笑容满面挺融洽的，没想到会在酒里对她下药，如果被取证调查，罪名非同小可。

烦闷的冬瓜，开着天海叔叔的宝马车出门去办事，竟然将车开到了水渠里，他只好给李天海打电话，想让李天海前来处理。可惜，平时能打通的那个号码已经关机，数次之后仍然如此，他只好拨打李天海另一部手机，可是许久都没人接听，他只好在路边焦急地张望，希望路人帮忙。

无奈的冬瓜，只好请来拖车，然后将车开到了修理厂，再联系李天海。

李天海心疼宝马车被撞坏，吼冬瓜开车咋不小心，这一碰撞需要多少维修费，你清楚吗。

冬瓜赔笑脸说，海哥，我不是故意的，我赔你修车费就是。

李天海手一挥，算了，赔什么赔，赶紧联系保险公司，让保险公司前来定审，不能定审的费用记在我头上。近几天时间里少露面，如果有人问林雪梅的事，你对任何人都不能讲，明白吗？

冬瓜回答一定记住。

李天海的眼前尽是林雪梅与他相处的融洽，一会是接她出校门时的小鸟伊人、娇羞媚态，一会是讨论房屋销售状况的热闹场面。没想到的是，居然糊里糊涂地对她犯下如此愚蠢的错误，唉。当今社会，开放的女人，随拉一大把，哪里不能寻刺激、找快乐，为何非要纠缠林雪梅？混蛋呀混蛋，十万块钱够交往多少年轻女子？如今的状况是，钱怕是不容易要回，没依据也没字据，更可能因此蹲监狱，郁闷哦郁闷，傻瓜呀傻瓜。

李天海的手机响起，他见是林雪梅的号码，以为林雪梅主动联系他，心里一阵窃喜。谁知对方是一位陌生男子，对方问他：你是李天海吧，你在哪里？李天海问对方怎会有林雪梅的电话。男子作了解释。原来，林雪梅的手机那晚留在了歌厅里，歌厅的人以为过后会去取，谁知几天都没人去。充电之后，查看电话记录，见留在第一通讯记录里的号码是写有东海的名字，随后联系了东海。东海看过李天海发送的微信，吩咐歌厅员工给李天海打电话。于是，歌厅员工照办。歌厅员工约会李天海见面。李天海回答：没必要吧。

站在歌厅员工旁边的东海等不及了，一把拿过电话吼起来：你害怕了吧？你有种就出来！老子弄死你！

李天海马上关了电话。

东海翻出李天海发给林雪梅的微信，让警察看。

警察们分析了李天海的作案动机，他们让东海给李天海回信息，询问李天海在什么地方。当时的李天海开车去市区采购工地所需材料，待采购材料完备，发现了东海的短信，便打电话过去，想作解释。谁知东海咆哮如雷：你他妈欺负到我头上，老子逮着你，一定弄死你！

李天海愧疚的心情随之消散，说，东海，我对不起雪梅，但没有对不起你，你这种鸟人，纯粹是挑衅。我就没想通，雪梅为何喜欢你。如今我与雪梅已经这样，你何不成全我们？

成全你个头，你啥东西！

我不是东西，我是人，只要你成全我俩，我会对你进行经济补偿，保你不吃亏。

东海歇斯底里地叫嚷，老子不缺钱，有种你就告诉我，你在哪里？！

李天海得意起来：嘿嘿，你认为我会告诉你我在哪里吗，警察正在到处抓我是吧，你们别费心机，找不到我的。要不，你让雪梅接电话，我向她道歉。

让雪梅接电话？或许李天海会言语求得她的原谅，或许会允诺条件作为交换，事情或许会发生变化，不行，不行。东海说：李天海，警察正在到处找你，有你难受的一天！

李天海不畏惧东海会将他怎样，他担心的是警察找他，只要警察找到他，建筑公司的人都会知晓他犯下傻事，由此会给公司带来严重的负面影响，叔父不会原谅他。他马上稳定情绪，说：雪梅与我是同学、同事，她喜欢我，我也喜欢她，我们自愿所为，你能怎样！

你……东海懵了。

派出所的几位警察，围在办公桌边，有说马上拘留李天海的，有说请求上级后再作定夺的。负责林雪梅案情的那位警察（后来知道叫“王队”）下定决心说，马上传唤李天海，取得第一手询问材料，再上报，免得夜长梦多受干扰。

作记录的警官说，要是有人说情咋办？

王队说，正因为考虑到这些，所以我们得马上采取行动。有了口供不怕他翻供，现在首要任务是，将他捉拿归案。

其余警察都同意王队的意见。然后各司其职，忙着收拾办公用具，有人去车库开车，准备出发。

李天海以为林雪梅会看在十万块钱的份上给他回信息，只要她回信息，哪怕简短的字眼都行，只要她回信息，事情就有缓和的机会，可始终没有等到信息，反而接到东海的挑衅，如果再不避风头，警察定会抓他。被警察抓进公安局他心有不甘，坐牢之后他的人生肯定很难有逆转机会，他的理想将无法实现。

李天海开始将衣物揣进一个包里，准备外逃，但发现包里钱不多，于是打电话让冬瓜给他的卡里转些钱过去。

冬瓜答应马上去银行将钱转给李天海，他的微信卡里钱不多，还对李天海讲警察已经盘问过他，叮嘱李天海注意保护自己。

冬瓜被盘问，预示警察们已经开始采取行动。李天海急躁地说，你赶快想法把钱打进我卡里，我要去外面避避风头。

冬瓜说，你等着，我很快就联系你。

李天海焦急地在售楼部里间小屋里走来走去，不时向外面望一望。

此时的“王队”，兵分两路，一路去李天海的住处，一路根据林雪梅提供的售楼部地址，开着警车，一路飞驰。去之前给李秋天的建筑单位的门卫打了招呼，要求协助盯着李天海。

李秋天建筑公司的门卫接到警察要求协助的电话，感觉事态重大，马上打电话请示李秋天。

当时正在陪客户吃饭的李秋天，接到保卫科同志的电话，对客人说公司有事需要处理，先行一步。客户说，你去吧，能得到你的关心和光临我们已经深感荣幸，希望下次幸会。

李秋天急急忙忙地走出了酒楼，然后坐进了车里。

冬瓜在银行的自助机上给李天海转钱，远远看见几辆警车，正闪着警灯，向李秋天的建筑公司方向疾驰。他马上拨打李天海的电话号码。

李天海惊慌失措地从后门溜出，再翻窗躲在窗外面的树荫里。但是，他晚了一步，警察推开售楼部的门，很快将李天海从树荫里拽了出来。

李天海心魂不定地问，你们凭什么抓人。

“王队”说，凭什么抓你，你心里有数！

我没犯错，我不随你们走。李天海狡辩。

没犯错你躲树荫里干吗！警察亮出证件说：请配合我们调查案情，如果你没犯错我们会还你公道，如果你犯了错我们就会依法传唤你、审讯你，请跟我们走一趟！说时架起李天海就走。

李天海双脚用力拖地，手用力拉住树枝，他不愿意被警察带走，接受盘问，他的心理会崩溃的。

另一位警察上前拽住他说，走吧，别逞能，逞能对你没好处！

李天海很不情愿地上了警车，转身看见冬瓜向警车靠近，大声喊叫：给我叔父打电话！

李秋天赶到售楼部时，警察已经载着李天海离去，他见冬瓜在一边，问，警察带走了李天海？

冬瓜点头以示作答。

李秋天问门卫，警察为什么带走李天海？

门卫不清楚原因，说：年轻人的事我不清楚，警察要求我协助，我第一时间就给你打电话，这不，你回来了。

李秋天说，知道了，你去忙吧。

李秋天转身问冬瓜，你成天与李天海在一起，都干了些啥事？

冬瓜只好讲了在歌厅里发生的事情，隐瞒了李天海在饮料里放“迷魂散”的举动，那样的举动，是他曾经怂恿李天海在别的女人身上干过，没想到李天海会对付林雪梅。李天海想让林雪梅吃哑巴亏，心想林雪梅一定会看在借钱给她的份上，默许他的行为。

李秋天沉默有一支烟的时间，说天海是你朋友，名誉上你要维护他的利益，如果有人问起，你知道该怎么讲？

冬瓜点头：叔叔你放心，天海的事就是我的事，任何人问我都不会讲。

冬瓜走后，李秋天再抽了一支烟，然后在售楼部里转了几圈，后来进到里间，发现了李天海扔下的那条裤子，气恼地把烟头甩在地上，一脚踏上去，踏得粉碎：不争气的东西！

警务室里，警察要求李天海回答问题。

李天海回答与林雪梅是同学又说如何发展到今天。为了给她母亲动手术，他东借西借筹了十万块钱给林雪梅送过去，希望解决她母亲动手术的燃眉之急，错了吗？显然没有错！她收了钱，主动拥抱我，后来发生的事，完全出于自愿，你们将我带到这里来，啥意思。

警察问，你说她自愿？她自愿还会喊叫，没这个逻辑吧。

她当然是自愿，我借给她十万块钱，她激动难耐地叫我疯子，这是女人激情澎湃时的体现，可你们，认为我欺负了她。

你借给她十万块钱，有借据吗？

没有。

没有借据还说借了钱给她，你在撒谎，你诬陷她。

李天海说，我没撒谎，更没有诬陷她，不信你们问她！我的朋友冬瓜也可以作证。她借了钱才会感谢我，我们口头达成协议，待她有钱了就还我，可她居然如此，岂有此理！

借钱与没借钱给她，你要老实交代，否则案情对你不利。如果诬陷她，你应该知道诬陷别人的后果。

李天海说，我真没有诬陷她，我的朋友冬瓜可以作证。借给我钱的朋友也可以作证。法制社会，你们得以事实为依据。

小子，你嘴硬，看你能撑到什么时候。

俩警察出去后再回来，他们吩咐李天海将事情的经过详细地写在纸上，说这里是办案的地方，不是你建筑队，更不是你疯玩的地方，老老实实地交代问题，争取宽大处理。

李天海回答知道这里是派出所，派出所是公安局的下属单位，查办案子的第一站。可我没做坏事，你们把我带到这里来，明显是随意作为，是耍特权。

警察说：请你端正态度！如果你没有作案嫌疑我们不会请你到这里来，你以为谁都会坐到这位子上来？这时你要做的是，端正态度，配合我们的工作。

李天海狡辩：你们让我讲什么我就讲什么，你们这是诱导我捏造事实，我抗议，你们放我回去！放我回去。

警察说，你老老实实把问题交代清楚，交代清楚我们自然会放你回去。

李天海倔强地说，我没有犯错，你们让我交代什么！我什么都不交代！

犯浑是吧，你小子嘴硬是吧，要不要来点刺激？一位警察站起来“威胁”说。

好哦，你们警察可以屈打成招，来呀，我没说的了，你们想咋样就咋样，看着办就是。李天海死猪不怕开水烫，脖子伸得长长的。

一位警察阻拦同事，对李天海说，即使你没犯错也有义务接受调查，每个公民都有协助公安机关调查取证的义务。林雪梅举报你欺负了她，你说没欺负，那你拿出证据来，拿出证据来我们自然不会冤枉你。还有，歌厅的人都说你当时捂着林雪梅的嘴，他们都看见你想捂死她！

她说我非礼，那就让她拿证据，她接受了我的钱，她不能这样做哦，做人得讲良心，她不应该这样！

警察鼓励，这就对了，继续说。

李天海发现被诱劝说漏了嘴，闭嘴不再讲话，任凭警察劝说就是闭口不说，他担心警察抓住把柄，言多必失的道理他懂，如果警察发现漏洞，会追根究底，那样就会被动，如果不交代实情，顶多12小时后就会放他出去。

恰在这时，一位女警察进门对刚才那位警察说，体检报告显示：林雪梅的身体里有男人的精斑，内裤已经破损，明显是外力所为。并且，她的尿液里发现有“迷魂散”的成分。“迷魂散”是民间的一种迷失神经的药物，容易让人失去知觉，喝下“迷魂散”的人会神志不清，出现幻觉，可以认定，这是一起预谋犯罪。

“迷魂散”是民间药物，它，咋会出现在林雪梅的尿液里？那位警察纳闷起来，他让助手继续说下去。

女警官分析说：可以认定，林雪梅被人下了迷魂散。

先前那位警察神色凝重地对李天海说，你知道拒不配合的后果吗，如果你做的事超出了常理，法律会对你严惩，绝不姑息，明白吗？

李天海点头。

警察说，所以，你要老实交代问题，争取宽大处理。

李天海仍然狡辩说，我，我真的没有对不起她，我们是同事和恋人关系，她妈住院需要钱，让我借十万块钱给他，她为了感谢我，我……我们就发生了关系，现在我真的很后悔，我不应该那样对她，我错了。

警察说，你知道错？错了嘴巴还硬！

门外走进来“王队”，说：如果林雪梅为了感激你，你们为什么没去宾馆却在歌厅里，你要知道，歌厅是公众场所，不允许你乱来。但是，你却在她啤酒里下了迷魂散。你清楚使用迷魂散的后果吗！

当头一棒，李天海惊讶警察为何知晓他在啤酒里下了迷魂散，迷魂散的药性不是说查出来就会被查出来的，难道冬瓜出卖了他？

小伙子，别死脑筋，当今科学技术，检测迷魂散成分是很简单的一种程序，如果你拒绝回答问题，我们会让你知道拒不交代的后果，你要想清楚。

李天海不担心警察真的会检测出迷魂散的成分，他担心冬瓜经不住盘问，那样他会显得被动，于是试探地问，林雪梅怎么说？

王队说，你不用探我们的口气，如果你不交代问题，哪怕零口供，只要证据充分，我们同样可以认定你有罪，到时别后悔。该怎么说，自己衡量。说完，做出要出门的样子。

李天海马上说，我们真是朋友关系，不信你们去问售楼部的员工，她们知道我与林雪梅相处得很好，她们可以作证。

“王队”开始打心理战术：我们会调查的，希望你端正态度。

想早些出去的李天海问：我能不能打个电话？

王队说，你不能打电话，至少 12 小时内不能。

打不出去电话，买不回去材料，工地就只能停工，李秋天会骂李天海狗血喷头，李天海往后想博得叔叔的信任，那就难如上青天。衡量再三，他开始拍打窗户，吼叫，你们放我出去，我要出去！

十三

李秋天打听到李天海被“请”到了中城派出所，驾车向中城派出所驶去，去时捎带了冬瓜，希望冬瓜向警察陈诉案件过程。林雪梅被李天海欺负的过程冬瓜在场，该怎样交代，李秋天对冬瓜早有叮嘱。

到派出所后，李秋天与王队套近乎，说李天海与林雪梅是恋人关系，男女在一起难免发生性事。如今年轻人思想相当成熟，即使做错事情，也情有可原，希望酌情考虑。况且那时他给李天海打过电话，李天海当时回答在售楼部里……你们将他带到所里，会不会是误会？

王队说，误会？林雪梅喊叫的时候，歌厅里很多人都在场，你说我们怎么可能误会他！

哦？李秋天自找台阶下，说，如果我弄错了，这位小伙子应该能证明，随后指着冬瓜说，冬瓜，你来讲是怎么回事。

于是，冬瓜讲了李天海与林雪梅的感情，说他们相互倾慕已久，售楼部的同事能作证，在歌厅里发生的事情是误会。没想到警察会将李天海带走。

王队直视着冬瓜：在歌厅时怎么没见到你？

冬瓜回答：当时我到大厅买烟去了，回来看见你们将他带走了。

我们知道你是李天海的朋友。李天海与林雪梅的确发生了性事，希望你不要包庇他，作伪证的后果只能是脱不了干系，想清楚哈。

打住，我经不住你们的攻心政策，我不会作伪证，只讲当时情况，其他的我没参与也不想搅进去。

警察问，平时你与李天海都交往了些什么人？

冬瓜没想到警察会如此一问，想想后回答：我交往了什么人，跟事件有关联？

警察提高了讲话的音量：我们问，你就回答，别打岔。最近交往了哪些人？

停停，停停，李秋天插话说，我抗议，这样的问话于事无补，对案情毫无帮助，如果你们认为李天海真做了对不起林雪梅的事情，请拿出证据来。冬瓜是李天海的朋友，我相信他不会撒谎。至于李天海与林雪梅的关系，我觉得，男女相处，突破禁区无可厚非，激情之事，地点没选对而已，你们没必要问他朋友圈子的事情……我觉得，你们忽略了一个重要的问题。

警察问，什么问题，请讲。

李秋天说：我刚才看了你们的案情记录。李天海找朋友借了十万块钱给林雪梅，明确是让林雪梅拿去为她母亲动手术用。林雪梅收了李天海的钱，却没有对他写借据，说明他们互相倾慕对方，感情好到十万块钱都不用写借据的程度。林雪梅为了感激李天海，主动投怀送抱，由此可认定是自愿行为。但林雪梅在穿好衣服后喊叫李天海欺负她，这中间有没有不可告人的目的或者别有用心，请警察还李天海一个公道。

停停，警察叫停李秋天，你什么意思？

李秋天说，十万块钱对李天海是不小的数目，他一个打工仔，每月工资几千块钱，他不会大度到十万块钱可以送人的地步，如果俩人没有深厚的友谊或者确定恋爱关系，李天海不会把钱借给林雪梅。况且，以林雪梅家的经济条件，十万块钱何年才能还，难以确定。林雪梅没有主动写借据，只能说明她希望李天海在得到她的身体后不还钱给他。重要的是，俩人被众人睹见的现场可以认为是亲密的举动，而林雪梅却大声喊叫，可以认为是不懂事的行为。

何为不懂事？何为亲密行为？如果林雪梅自愿，她会喊叫吗，歌厅里那么多的人看见他们互相敌视。

这就需要你们警察去调查取证，反正我认为林雪梅的心理不正常，她为何在案情发生时不喊叫却在穿好衣服后喊叫，希望你们不要冤枉好人也不要放过心理有问题的人，特别是言而无信的人。

李老板，你过来。王队站起来，叫李秋天到一边去。

李秋天纳闷地跟过去。

王队说，李老板，你侄儿确实做了对不起林雪梅的事情，我们已经对林雪梅的身体进行了鉴定，你应该清楚我们不会平白无故地介入案情，你侄儿一直狡辩的后果你是知道的。你知道他都做了什么事吗？

他，还干了何事？李秋天疑惑地问。

王队在李秋天耳边一阵嘀咕。

李秋天头都大了：他会做出这种事来？！我好好问问他。

警察说，目前你要做的是，让你侄儿老实交代问题，争取宽大处理。

李秋天一个劲地说谢谢，谢谢，希望手下留情，只要你高抬贵手，我一定会记住你的好。

站在一边的冬瓜，心里七上八下地跳动，不知道事情会怎样发展。

李秋天脸红红地说，我侄子的事情拜托你高抬贵手，只要你不追究杯中秘密，我一定会对你表示感谢。

旁边的警察，望望王队，又望望李秋天，不知道二人嘀咕了什么。

事情本来有两种分析，一种是李天海确实做了对不起林雪梅的事，拒绝承认，只等警察调查、取证和讯问，还原事件真相，然后定性质，移交司法审判。二种是求得林雪梅谅解，给林雪梅好处，让她闭口不言，皆大欢喜，但均存在侥幸心理。为什么这样讲？因为李天海暂时不能离开派出所，他必须陈述案情，即使警察没证据他也得等到 12 小时后才可以离开，警察有权利拘留他 12 小时，如果掌握了证据，随时可以传唤他、讯问他。另外，赵东海可能找李天海拼命，以前虽然不是情敌，但现在是仇人，仇人相见分外眼红。林雪梅已经把事情推到让人进退两难的地步。况且，现代科技技术已经证实她阴道里留有明显的精斑。李天海狡辩无用。

令王队头痛的是，十万块钱成为事件的主要判定因数，林雪梅为何要在收下钱后喊叫李天海非礼，是她脑子不够灵活，还是……种种疑点，王队难以释然。

李秋天也为此伤透脑筋，如果可以一次性给钱请求林雪梅保持沉默，结果对李天海肯定有利，但目前的要点是，李天海已经借出去的十万块钱，没有借据，性质怎么定，能不能要回来，李秋天沉思在烟雾迷惘的阵营中。王队说李天海在林雪梅的啤酒里下了“迷魂散”，迷魂散这种药物只有懂得药效的人才能配兑，可李天海居然对林雪梅实施，他平时都交往了些啥人呀这个嫩爹。想起王队透露说，目前知晓李天海使用“迷魂散”的警察，只有他和体检科的人知道，其他人暂时不知，传递的是什么信息？

鉴于此，李秋天很有想法：如果能从王队打开局面，操作应该不麻烦，问题是王队会不会接受示好。

李秋天怎么也想不明白，林雪梅为什么会在收钱之后喊叫，其中意图何在？他的大脑，快速地过滤了一遍又一遍，然后对王队赔笑脸，说如果李天海确实做了有违社会公德的事，定会对他严加管教，绝不让他成为社会毒瘤，今天请接受我诚挚的歉意，对不起，对不起，说完对王队弯腰。

王队说，你客气了李老板，案子只要证据确凿，我们决不放过任何一个违背社会公德的人，相信你理解我们的职责。

李秋天脸红红地说，事情需要调查取证，没定论之前，只要你高抬贵手，我会记住你的恩情。讲完话后向李天海眨了眨眼睛，说，好好配合警察，别拉屎拉尿地留下后遗症。

李天海明白叔叔话的意思，接下来在警察的问话中，专拈话题轻的讲。

警察实在没办法，只好把笔和纸递给李天海，让李天海写检讨。警察说，触犯了法律定要承担责任！写检讨仅仅是程序而已。

李天海不满地说，我知道检讨怎么写，你们何必又要我写呢，白白浪费一张纸。

不写是吧，你小子犯浑是吧……警察扬手要打李天海的样子，但没有落在李天海的身上，在半空中转了个弯说：你，死撑吧，看你能撑到何时。

呵呵，你们调查案情，可不能无限期地把我囚禁在这里。

小子，算你狠。一个警察说。

第二天一早，李秋天开车载着冬瓜到派出所去接李天海，法律规定，没有确凿证据，12 小时后必须放人。

李天海暂时获得自由。

警察们只好任由李天海走出派出所。其中一位警察说，就这样放走他？

王队说，不让走又能怎样，李天海拒绝承认事实，况且他借了十万块钱给林雪梅，林雪梅收了钱之后喊叫非礼，理论上难以服人。如果确实有证据证明李天海欺负了林雪梅，我们决不放过他。王队如此讲的原因，昨天夜里，李秋天约见了他。

那位替林雪梅体检身体的警察说，林雪梅当时神智不清醒，她只有头脑清醒后才可能叫喊，我们不能就这样便宜了李天海。

王队看了那位警察一眼，说：你的意见可以保留，待到往后再定夺。

回去的车上，李秋天责问李天海：怎么弄出这种事来！这是人干的事吗？

李天海闷声不答。

李秋天说，你老大不小的人，咋不想想是怎么从农村进城来的？咋不想想你父母在乡下过的什么日子。想女朋友，应该是阳光行为，可你以那种方式，亏你想得出！

我错了。李天海低头回答。

光知道错就行吗，你知道错的严重后果吗，使用迷魂散是要蹲监的，是要遭人唾弃的。你钱多得花不完？十万块钱借据都不写一张，十万块钱就为欣赏她一次，你脑子进水了吧你。李秋天吼起来：如果事实成立，你蹲班房去吧你！不争气的东西！没教养的东西！

十四

林雪梅得知李天海被拘捕一天时间就出了派出所，心里难受地给东海打电话，问东海知道李天海出来了吗。东海回答不知情，餐厅生意正忙着呢。林雪梅有气无力地说，那你忙吧。东海赶紧问怎么个情况，随后赶了过去。林雪梅说李天海被警察盘问一番就被放出来，我往后怎么见人呀，呜呜。

东海暴跳如雷，说警察凭什么放李天海，天下还有没有法律可依，还有没有法律能够治得了李天海，天理何在！

林雪梅把手搭在东海的肩上，哭泣，继续伤心难过。过了一阵，她对东海说，你回去吧，我的事情你甭管。

东海担心林雪梅做傻事，说：我陪你，我不走。

你走，你走呀，我不想你在这里，我不想看见你，我不想见任何人。林雪梅的哭声突然加大，情绪很不稳定。

东海双手按住她的肩：雪梅你不要这样，你没有错，错在李天海。如果警察拿李天海没办法，我去收拾他，我不信治不了他，我要让他付出代价！

林雪梅抬起满是泪水的脸：我不伤心行吗。早知这样，我该先答应你的……今后，你还会要我吗。

东海安慰她：要，当然要，我不会嫌弃你，你在我心中是最完美的女人。语气里竟然有些低沉、不自信。

林雪梅呜呜地：我已经不是原来的雪梅了，你这时不嫌弃我，不久你就会不理我。

东海说：别说傻话，你要相信我，我对你的爱是不会因为这件事而改变的。

东海，我，我想……林雪梅期盼地望着东海。

我理解你，可我不能，至少这时不能。我对你的爱是真诚的，我会一辈子对你好，等你心情平静我们就……结婚。

此时门口有了响动，林东升推开门进来，见他们拥抱在一起，本想发难，但见林雪梅两腮都是泪水，想起刚听到的话，怨恨地、眼睛死死地盯着东海：你欺负她了？

林雪梅倒进东海的怀里，哭得更加伤心。

女人有时会幸福地哭泣；有时会心伤地哭泣；有时会乐极生悲地哭泣，但此时的场面不像幸福的一幕，林东升意识到出了事。东海没回答他的问话，他便对林雪梅严肃起来：哭什么哭，就知道哭，是不是他欺负了你？

林雪梅求助的眼神望向父亲：爸。

林东升的手扬在空中又落下，问：到底怎么回事？

林雪梅说不出口：呜，呜，还是哭。

哭，哭，哭，就知道哭，你妈的事已经够烦，你还在这儿添乱，真不像话！

听得心烦的东海，怨气地站了起来，眼睛直视着林东升，吼：你就知道烦，你这看不惯那看不惯，你有什么资格指责她！

从来对林东升尊敬的东海，从来都对林东升“逆来顺受”的东海，此时生硬的话语，令林东升惊吓一跳，但他脸皮厚的怪模怪样地说：她都这么大的人了，还哭，你欺负了她？

东海没好气地说：不是我欺负她，李天海狗东西欺负了她。

一时没明白过来的林东升问：你说啥，谁欺负了她？

东海说：开车擦刮你三轮车的那小子，你认为的好人。

他，他对雪梅怎么了？林东升说：我找他理论去。

你找他讲理？人家进派出所一天时间就出来了。韩姨动手术需要钱，你为什么不告诉我，你为什么不让雪梅告诉我，你为什么不接受我的请求？！一连串的为什么直指林东升，然后向着林雪梅，说：你害了她，害了她，你知道吗！

林东升后退几步，说：我，我咋害了她，她是我闺女哩。

林雪梅仍然在哭：我这辈子完了，我没脸见人了。

林东升终于明白了怎么回事，气得咬牙切齿地说，这个狗东西，他不是人，要遭报应！

东海气咻咻地说，说报应有屁用，还不是你害的。如果你不反对雪梅和我交往，不定我们已经结婚，结婚之后雪梅就不会去售楼部，不去售楼部就不会发生今天的事情。我和雪梅相爱已久，可你执意阻拦，这下心里好受了嘛，这下心里安逸了嘛，哼！

从派出所出来回到工地的李天海，干完叔叔吩咐之事，邀请冬瓜到酒吧喝酒，问：派出所的人没为难你吧？

冬瓜回答：他们问我当时情况，讲明让我不能作伪证，否则会吃官司，我当然知道什么样的话该讲不该讲。我说你与雪梅处在恋爱阶段，你借给她十万块钱，是为了解决她妈动手术的燃眉之急，她为了感谢你，发生性事是水到渠成，无可非议。

嘿嘿，讲得好，就这样讲，看他们能奈我何。东海端起酒杯，说，兄弟，喝酒，谢谢你。

冬瓜把脑袋凑近李天海的耳边说，警察好像查出你下了迷魂散，如果他们从迷魂散着手调查，不定你会有麻烦。

李天海说，如果他们问起，你就说在商店买的保健品，保健品的功效，不知药效而已……我叔叔问这个事情没有？

冬瓜回答，问了。

李天海问，你咋回答的？

你叔叔多精灵的人，已经猜到是怎么个情况，他很生气你在雪梅的啤酒里下迷魂散，迷魂散的药性你叔叔很清楚，他担心警察咬住不放，如果事件败露，麻烦得很。

为什么这样认为，不就一点药物嘛。

迷魂散是民间秘方，如果使用，会造成恶劣的社会影响，警察不能容忍、决不姑息。你叔叔担心的就是这个。你在派出所里，怎么回答这个问题的。

我只说那是保健药物，不清楚药效。

海哥，以后别使用这种伎俩，我害怕，害怕被警察抓，我不想进监狱。

你说啥哦你，不吉利，往后别讲不吉利的话。以后不用就是，使用迷魂散确实道德败坏。

还有，还有一件事，海哥知道不？

什么事？

林雪梅那天把手机掉在歌厅里，你对她发的信息警察全都知道。

他们暂时不会对我怎样，我的信息里没有特别的字眼。

海哥，往后遇见东海，尽量让着他、避着他，不惹他生气，毕竟，林雪梅是他的未婚妻，你伤了他的尊严。

你教训我？

我敢吗。冬瓜替李天海着想：海哥，去外面避一避吧，东海要是找着你，他一定会让你难堪、难受的。

李天海说：公司里的事多着呢，我叔叔也不会让我去外面，如果去外面，就有畏罪潜逃的嫌疑，到时没罪都会被认定有罪。

冬瓜问：那，怎么办？

李天海说：什么都不想，喝酒。来，喝酒。

警察翻看林雪梅的手机短信，认为李天海是聪明反被聪明误，短信虽然对事件不起定性作用，但能证明他确实欺负了林雪梅，铁的证据毋庸置疑。目前需要研究的是，李天海到底是买的保健品还是使用的民间秘方迷魂散，如果使用的是迷魂散，一定要严惩，不管他承认不承认，现代科技容不得他狡辩。问题是，法律规定不能屈打成招，只能晓之以理、动之以情，希望李天海敢作敢为。

警察到歌城了解林雪梅与李天海当时的情况，他们发现歌城包间的门没有透视窗口，当时就对歌城的做法进行批评教育、通知消防前来检查并且罚款、提出整改意见，说没有透视口，客人的安全得不到保证，希望吸取教训。回到警察局，一个助手问王队，要不要传唤李天海。

另一个警察建议，暂时不要动李天海，希望能从李天海朋友冬瓜口里找到突破口。

先那个警察说，这比较困难，冬瓜咱们已经接触过，可以说回答得天衣无缝，况且他不是当事人，另找他途吧。

王队说李秋天老谋深算，这会儿还不见他有何动静，于是征求同事们：要不要会会李秋天？

一个助手问：王队的意思？

王队扬手阻止助手，继续说：李秋天肯定会有动作，他不想事情闹大，他是明白人。

一位警察摸摸后脑勺，然后问王队：王队是放长线钓大鱼，故意让李秋天把侄儿领回去，可，要是李天海溜了咋办？

王队肯定地说，他不会溜，他不傻。

王队的助手拍马屁说，王队高见。

我们只能以事论事，想必李秋天不会任由李天海胡作非为。如果林雪梅没有更进一步的证据来证明事实，我们很难对案件定性。你们想想，如果李天海与林雪梅是自愿所为，林雪梅为何要在穿衣服后喊叫，就她这声喊叫，让我们左右为难。虽然林雪梅的体内存有李天海的东西，但我们不能强行定性。原因是李天海借给林雪梅十万块钱，她乐意地揣进了包里，但马上喊叫李天海非礼她，她是心理存在偏激或是一时“短路”，是故意为之还是想占十万块钱，这是焦点。现在可能悔恨得肠子都青了，可我们不能责怪她，因为她是受害人。对受害人伸张正义，是我们义不容辞的责任。

王队的意思是？

王队回答：你们马上整理材料，上报局里，老老实实地将案情陈诉清楚，请求局里斟酌，如果放弃，也请发话，免得受害人埋怨我们办案不力。

于是，助手起草案情材料。

局里接到案情报告，认为事件蹊跷且让人难辨，批复意见让王队多方面调查、取证，做到不冤枉人也不胡乱惩罚人，对待年轻人，说服教育为主。

王队懂得说服教育的含义，对助手说，去林雪梅家。

助手问，马上去吗？

王队回答，马上去。

此时的林雪梅闷在家里不出门，与她签订用工协议的那家单位电话催她几次，她推脱说过几天就去，对方以为冷淡了她，关心地问她不乐意吗，她回答盼工作都盼得望眼欲穿了。然后挎上包准备出门，可出门时又心生顾虑，万一人家瞧出她心不在焉的沮丧模样，会怎么个看法，如果知晓了案子又会怎样议论，她忧伤地在门口呆立，最后决定不去报到。她恨死了李天海，诅咒李天海半夜会被鬼拉去做伴。

王队驾驶着警车向林雪梅的家驶去，在离林雪梅家几百米远的巷道停下，走路到林雪梅的家。

林雪梅意外王队的到来，将他们让进了屋。

警察请林雪梅回忆当时的情景，说越详细越好。

林雪梅说李天海的朋友，那个叫什么冬，冬瓜的人，当时在场，我们一起喝酒、唱歌。当我从卫生间出来再喝酒，几杯酒下去就感到头脑昏沉，冬瓜推门出去，说是买烟。后来李天海占有了我。他息事宁人地说，十万块钱送给我，不用写字据。我妈住院，正等钱动手术，我就收下了钱。但内心里我讨厌他，他不征得我同意就占有我、纯粹是逼我就范。

他没征得你同意对你非礼，绝对是野蛮行径，你告他是应该的。可你在收了他钱后喊叫非礼，法律上存在争议。因为李天海说的是借给你十万元，但你刚才说的是送你十万元。如果他送你十万块钱，间接证明你俩关系非同一般，你就更不应该叫喊，是这么回事吧。王队生怕言语不慎令林雪梅反感，字斟句酌地说。

林雪梅说，他狡辩，他不敢对行为负责，这样的人我会与他处朋友吗。我在他们公司里职位是楼房导购员，但仅仅是导购员而已。

王队突然问，你与东海什么时候认识的，你的父亲为何反对你交往他？

你，你们……什么意思？林雪梅不明白。

王队问：你和东海感情可好？

林雪梅的声音很轻：我们正准备结婚事宜。

你什么时候认识的李天海？又是怎样去到他公司的？

林雪梅讲了是怎么回事，说去售楼部上班前，几年里都没有联系。去他们公司的售楼部上班，缘于他开车擦刮父亲的三轮车。

王队说，你说你妈动手术需要钱，你妈动手术需要多少钱？

总体，近百万元的费用，不包括后期的治疗。

王队说，今天就谈到这里，如果需要核实情况我们会与你联系。随后走出了林雪梅居住的小巷。

警车行驶在返回警察局的路途中，王队沉思在李天海想方设法借给林雪梅十万块钱的事件里，李天海想在她母亲动手术期间获得好感，理论上不排除这种可能。但他性急地采取了非常理手段，导致案情一时难以理清头绪。

十五

李秋天在办公室里训斥李天海：你看你搞出的事情像不像爷们，非礼自己的同学、同事，丢人不丢人！亏你和她相处不少时间，十万块钱就这样打水漂，窝囊不窝囊！

李天海诺诺的声音：那钱是借给她的不是给她的。

亏你说得出口。你以为还能要回来，人家不盯在钱的份上，早已让你难堪！你脑子咋不开窍！

这……这样的后果李天海确实没想过。

什么这、那的，想办法堵住林雪梅的口，让她不起诉你，否则你会蹲监狱，牢里的蚊虫多得上蹿下跳，张着血盆大口，等着咬死你。

那钱大部分是向朋友借的，不能就这样给她，我去问她要。说着，李天海起身向门外走。

站住！你以为钱好要吗，那钱还能要回来吗……不管是借给她的还是送给她的，只能吃哑巴亏，白送给她。

这……

李秋天吼李天海：东海要是看见你不弄你才怪，你那几根骨头经不住折腾。你目前要做的是，好好想想以后还打算不打算在城里混，还想不想娶老婆成家立业，还想不想有自己的事业，还想不想让你父母安心地度晚年！

我，我，我……

别光我我我的，做错了事，得勇于承担责任，交些学费在所难免，以后做任何事先要考虑周全，谨慎方能行得万年船。向朋友借的钱，慢慢还就是。

叔叔，我，听你的。

忙事情去吧。这段时间少去外面招惹是非，安心把好工程质量，赢得客户的口碑相传才是你行事的方向。

意识到叔叔会操心办理这件事，李天海感动得泪水快要盈眶，说，叔叔让我做啥我就做啥，我就在建筑队里干事。

李秋天说：谁让你呆建筑队里，建筑队里我早安排了人，你仍然负责原来的那些事务，少和你那些酒肉朋友交往。如果有人问你缘何被警察盘问，你什么都不要说，即使说也只能照你对警察讲的那样讲，明白吗？

李天海低头回答：知道了。

李秋天再问：你与冬瓜是怎么认识的？

李天海回答了与冬瓜是怎么认识的前后经过。

李秋天问：他可靠吗？

李天海说：他能够在公司里揽到工程，全都仰仗我的帮助；我与林雪梅这件事，量他不会落井下石。

找时间试探试探他，让他嘴巴闭紧点，以后的业务，同等条件，只要不超出原则，尽量让他做。

嗯。李天海回答。

改天我去看望林雪梅，希望求得谅解。李秋天说。

叔叔，谢谢你。

李秋天真的买了礼品去林雪梅的家拜访林雪梅。林雪梅惊异地问：你，你是王金钱的那位？

李秋天“和蔼可亲”地说：你是王金钱的同学吧，她提到过你。与招聘单位签订协议的事情，要不要我帮你打个电话？

林雪梅赶紧说，不劳驾你，我没那个面子。

李秋天把随身带去的礼品放在屋角，关心地问她母亲动手术了吗，怎么没去照顾母亲呢。

林雪梅回答母亲的病情正在观察期，过几天就会动手术。

李秋天尴尬地说：雪梅呀，你与王金钱是同学也是好朋友，你们相处几年，互相之间有所了解对吧。我与王金钱，也是朋友，虽然我们年龄有一定差距，但我们的思想能够融通。思想能够沟通比啥都强，你说是不？

……

李秋天继续说：你与李天海是同学，听说在我公司上班，我先没看见你，要是先知道你在公司，你和天海就不会发生尴尬的事，都怪我，平时没教育好天海，他应该受到法律的惩罚。

……林雪梅还是没吭声。

李秋天盯着林雪梅的脸，继续循循善诱引导：我相信你与天海友谊相当不错，也相信与东海的感情有一定基础，可你发现没发现，他俩的名字里都有一个海字，海阔天空任鸟飞嘛。你与李天海同事友谊是缘分，缘分注定你们之间会有复杂的感情成分，波涛汹涌般地难舍难分，只要认真想想，心理就会得到诠释。有时候的友情和感情难以区分，比如我与王金钱，关系就挺复杂也很简单。人，不能生活在幻想里，一日三餐必须得解决。而生存就得选条件，现实条件非常重要。你与天海发生不愉快，我感到很过意不去，遗憾的是事件已经发生，你，你看能不能选个折衷办法，平心静气地把事情处理好，免得你爸你妈操心，你以为如何？

林雪梅似懂非懂：你啥意思，我不明白。这件事与我爸我妈没关系。我只是觉得对不起东海，我无脸见东海。

雪梅，问句不该问的话，你与东海还没结婚吧？

林雪梅没吭声。

既然还没有结婚，你和天海却发生了这样的事，何不考虑与天海处朋友或者嫁给他。只要你愿意，我保证你们能过舒心、爽意的日子。

你！林雪梅气愤地说，李天海是魔鬼，我不会原谅他。你还有事吗，如果没有，我想去看望我妈了。

如果你忙，我就讲几点，只要你不起诉李天海，我可以支付你妈动手术的费用，条件是你到我公司继续上班。

林雪梅说，我想有份工作不假，但我不会再到你公司上班，更不会接受李天海，我恨他。

你想有份舒适的工作，又想过宁静的生活，这，这不大如愿嘛。现实生活里，每个人都可能遇到不顺心之事，事实上，不顺心的事，只要心静如水地面对，一切都会过去。

此话令林雪梅的疑惑加重了几分，说，我可以暂时不找工作，但不至于放弃，我现在的心态难以适应工作，也不想别人议论我。我处朋友的原则，是对方必须尊重我，而李天海的素质，不在我的考虑范围，希望别打搅我。

内心复杂的李秋天，说：你与东海处朋友的同时可以交往李天海，俗话说要比较才知道谁对你好、谁才真正适合你。经过这件事情，我相信天海会以实际行动证明他喜欢你、爱你。

别提他，提他我就生气，他与我有本质上的差别，他霸道，不尊重人，他是我的仇人！我的仇人，你知道吗？

哎，哎，小林，你这就不对，观点不要偏激嘛，偏激容易产生误会。李秋天提高了音量：你就一个大学生嘛，大学生在我的建筑队里下苦力的多的是。听我的劝，只要你答应与李天海相处，我保你往后生活条件优越。

林雪梅发火说，别对我讲这些！你们叔侄俩一个对我身体侮辱一个对我精神污辱，你假惺惺的嘴脸，休想我原谅他！

这样的话反而让李秋天冷静下来，他真心希望化解干戈，说：小林，你不要激动，事情总得要解决。

林雪梅的语气提高了分贝：刚才你讲的那些不中听的话，我没有反驳你，别以为我是默认。如果我放过李天海，不定哪天他还会去祸害别的女子，我已经受够了痛苦，不想别人也跟着痛苦。

李秋天话里开始带微怒：你是救世菩萨，慈悲为怀，可你今天的处境，已经很尴尬了……同意还是不同意我的劝，爽快些！

林雪梅生气地说：我不同意，你走，赶快走！

你……不要钻牛角尖嘛，年轻人。李秋天没想到林雪梅的性格如此倔强，只好继续话语暖人心：我是为你的将来着想，你和李天海年龄相当，何不给他改正错误的机会？

钻牛角尖的人是你，不是我。我是受害人，明白吗。说完抬腿要往门外走。

李秋天只好站起来说，你凭啥就这么心高气傲，别以为有多了不起，就你个毛孩子还想让我难受，还嫩了点。我一个电话就可以让你难受，你信不信？

林雪梅气得胸脯一颤一颤的：我相信你有那能力，但我没招惹你，因此不怕你。如果你再讲出格的话，请你马上离开！

李秋天的脸红一阵白一阵的，走到门口说：你收了李天海的十万块钱还告他非礼，法律会怎样判定你的性质，你考虑过吗？

你！

年轻人，考虑考虑我的劝告，如果你相信我，一切都会平安无事。如果你坚持己见，不定事情会有微妙变化。

你威胁我？

我没有威胁你，我只是奉劝你，得饶人处且饶人，法律讲究证据，讲究证据懂吗。

你走吧，这里不欢迎你。林雪梅声音竟然有些细弱。

李秋天从林雪梅家出来，开着宝马车，去了王金钱的住处。王金钱正在洗脸。他闷闷不乐地坐进沙发里。她问，事情办得不顺利？他闷着不吭声。她再问。他说林雪梅犟得很，不听劝说。

王金钱问：要不要我亲自出马，毕竟我与她几年同窗，她应该会给我面子。

李秋天猛地一拍大腿：你咋先不主动，你就是说客嘛，你替我打圆场，解决这件事。

王金钱说：林雪梅的性格我了解，她是正统女子，寝室里我们讲性事时，一般都会背着她，她与东海交往了年多，听说只处过几次。她这种人，纯粹是深山里的玫瑰，静悄悄地开，很难攀摘。

姑奶奶，少绕圈子，说正事。

王金钱继续她的说辞：她不理我咋办，我不想在她面前栽矮桩……学校签订用工协议，她对我有成见。

你不是把名额让出来了吗，她应该感谢你才对。

她不一定知道名额是我让出来的。

当时我提了一句，相信她会想到。

王金钱说，你就不该把名额让出来，寒窗苦读十多年，为的是有个好工作、好环境。可我现在跟着你，非议满天飞，你给我的承诺也没兑现。

得了吧乖乖，我的心尖尖，我不会对你失言，只要你去把林雪梅的事搁平，你要的住房，我保证年底把钥匙交给你。

说话算数？

肯定算数。

我跟着你，你不能让我两手空空。王金钱说时把身子靠在李秋天的身上。

李秋天心里吃了蜜似的舒心，说：你是一只甜嘴猫，凭这点我就不会丢下你。你什么时候去见她？

王金钱嘟起个嘴巴，说：我空手去见她？

李秋天从包里掏出一叠钱，再然后递给她一张银行卡，顺带捏了捏她的脸：拿去，相机行事。

王金钱拉着林雪梅去学校外的咖啡厅喝咖啡。半途，林雪梅说，有事直接讲就是，用不着去咖啡厅，你知道我家经济状况。

王金钱说，只要你愿意，往后你随时可以喝咖啡，没人会小瞧你，关键是你不能钻牛角尖，我说的是，不钻牛角尖，一切都会得到改变。

啥意思？林雪梅挣脱了王金钱的手：喝杯咖啡就教训我，葫芦里装的啥鬼点子讲清楚些！

王金钱快人快语：听人讲你与李天海发生了不愉快，到底怎么回事？

既然问我，说明你知道其中缘故，别人请你来当说客的吧。

王金钱说：你知道我与李秋天的关系，但你不知道我为何跟着他。实话告诉你吧，女人始终是女人，总有一天要嫁人。如果想要出人头地，必须经过一番曲折，既然必须得经过曲折才能到达彼岸，何不考虑走捷径。李天海是李秋天的侄子，工作中李天海离不开李秋天的提携，业务中李秋天又希望李天海能够独当一面。如此这般，李天海在他叔叔眼里很有发展潜力，以后飞黄腾达的日子指日可待。你何不考虑将不愉快变成愉快的选择——嫁给李天海，别人就不会对你说三道四。

他不适合我，他令人讨厌。

他做事过分，他叔叔找你谈过这件事吧？

林雪梅点头。

王金钱再说：李天海叔叔向你表达歉意还许诺给你好处，你何不考虑他的请求呢，俗话说得饶人处且饶人。

林雪梅的心一惊：你真是来当说客的？

说客这词不雅观，文雅些的说法是，凭咱俩的关系，我想你能听我的一些劝或者说是建议。你我都快要走出校门，出校门后就必须适应社会。社会是一门学科，课里必须有男大当婚女大当嫁的实践内容，适当体会一下生活，调节一下生理，应该不是惊慌之事。

问题是他没征得我同意，张弓上箭地非礼我，我没有体会到学课程时的快乐和感觉，他比牲口都不如。要是你在那种情况下，相信你的心情也爽不到哪里去。

李天海后悔不该对你采取粗暴行为，自己扇自己耳光都已经几次，足见悔改之意。看在你们曾经同学、共事的份上，原谅他，给他一次改过自新的机会。

与他相处不可能，他不值得我交往，为曾经与他共事，我感到耻辱。

雪梅，你这就不对了，天海叔叔已经训他多次。看在咱们同学加朋友的份上，饶他这次。

饶过他？说得轻巧。

如果我遇到这种事，我肯定也会伤心、痛苦。但伤心、痛苦后要么与他处朋友要么让他拿钱“消灾”，咱们女子身体不能白白地便宜他，他那种饿狼应该对行为负责。他目前是项目部监理，社会关系广泛，狠狠地敲他一杠。听我的劝，雪梅，我会帮你讨回公道，讨回你应该得到的东西，可好？王金钱征询林雪梅的意见。

我不答应。

为什么不答应？

我要告他，让他去坐牢！

我说雪梅呀，你真是傻耶，事情既然已经无法挽回，你就低调处理，别把事情闹得满城风雨，如果其他同学知道这事，会鄙视你，会疏远你。你真想在同学面前永远抬不起头吗，你的那层薄膜就那么重要吗，重要得可以不要物质基础？！

不！我不，我和你不一样。

王金钱轻描淡写地说，我和你一样，你是女人我也是女人，你读大学我也读大学，但我思想比你前卫。这世道要为自己多想想，别人许诺给你好处，你就收下。给我一个面子，好吗？

给你面子？你面子重要还是我人格、尊严重要？

王金钱生气了，说：话别讲得这么严肃、难听，你不要在我面前装淑女，李艳梅和周斌在宿舍里玩“地震运动”时，你脸热心跳了吧，羡慕了吧，她的那个胶质用品你把玩了多长时间？回想你与东海交往的时日里，那种疯狂颠沛的舒服感够爽吧？

不要以为谁都像你一样感觉良好、思想开放。李秋天对你不错，是因为他事业有成，他能给你想要的生活、满足你的需求，你也愿意发挥薄膜的功能。可我认为爱情是神圣的，不可侵犯，俩人相处必须愉悦才行，我说的是心里愉悦相处。

哎呀呀，我的妈呀。雪梅，你真没想到后果还是装傻，如果你一定要起诉李天海，他蹲进监狱，你的名声也坏了呀！他蹲监狱之后出来还是男人，可还会有好男人喜欢你吗？东海还会一如既往地爱你？你走出门别人会说，看，那女人是破鞋，啧啧，口水都会淹死你！东海接受得了旁人蔑视的眼光？会平静地对待别人的议论吗，只怕钻地洞都来不及！

这些因素林雪梅想过，但她不原谅李天海，李天海是她不可饶恕的小人。在那种感觉中，她水花都没晃动几下，温情也没体会到。尽管王金钱的话是好意，做女人就得现实些，否则会两手空空，甚至遭受白眼。可灵魂被侵占，人格被降低，做人有何意义。

林雪梅担心自己被王金钱的说辞改变，只好下逐客令：你走吧，不听你唠叨，你与李秋天的事，寝室里的同学都知晓，没谁背后议论你，我也没议论你。希望你不要把我的事当广告到处宣扬。我做人有原则，即使不读书、不工作也要让李天海难受！

你，真是榆木疙瘩！

王金钱回到李秋天身边，向李秋天讲述与林雪梅的相处。李秋天说林雪梅固执己见，我们必须赶在警察传唤李天海之前把事情抑制下来。

王金钱说，只怕林雪梅会坚持意见，她坚持就不好办。

李秋天说，正因为如此才要尽快想办法。

王金钱说，她认死理，我们把她弄到外面去，让她受尽折磨，承受精神上更大的痛苦。

使不得，使不得，那是犯罪，我不当那样的傻蛋。我做不来那种缺德事。谁个家里没有女人呀。她认死理的原因是，她男朋友在关注她的行动，如果她不起诉李天海，她男朋友定会有意见。我的想法是，稳住她的同时，让她男朋友沉默无语。而李天海，家有年迈的父母，哥哥在外地，姐姐远嫁外省，只能我对他负责。如果他蹲监狱，他的父母会怄气得吃不下饭、睡不好觉，会郁闷而终，我的工程也会受到影响。所以，你得为我分忧。

我已经尽力。王金钱做出暧昧的动作，向李秋天身边靠了靠。

李秋天说：现在是该你出场的时候，委屈一下你。

王金钱抬头望他：为你做事我绝对效力，但你不能把我给卖了。

李秋天说，现在的首要任务是，你去医院看望林雪梅的母亲、接触她父亲，她父亲爱财如命，对他使点手腕，保证事情定能办成。

王金钱迟疑地说，这，合适吗，万一林雪梅在，她会赶我出门！

唉，算了，还是我亲自去一趟。

李秋天劝不动王金钱，自己去市场买了鲜花和水果，推开了林雪梅母亲病房的门，对韩淑芬做了自我介绍，套近乎之后，说对发生的事表示歉意，希望考虑到彼此相处的近距离，考虑到林雪梅今后在社会上的名誉，希望冷淡处理这件事。

韩淑芬问，李老板，你是有脸面之人，如果你女儿遇到这样的事你会怎么做。

李秋天说，这个比喻很难成立，也不希望出现。今天我来是让你们发泄情绪的，你们有怨气，尽管向我发就是。我希望能心平气和地把事情化小，当然，态度取决于你们。

在一旁的林东升担心韩淑芬情绪受到刺激，将李秋天拉到门外，说：你侄子做事猖狂，无人性，找机会治治他。

这话有戏。

李秋天尴尬地笑笑，说：老林，你我是熟人，你拆迁房屋时我没亏欠你吧。雪梅这件事情已经发生，目光看远点，行吗？

你教训我？林东升指责李秋天。

不，不，不，怎么会哩，老哥子，我来是向你们道歉的。你看你老婆，已经病入膏肓，你应该立即给她施行手术才是。

就因为给她治病，李天海狗东西欺负了我闺女。

是，是，是，李天海欺负了你闺女，他惹恼了你们。你看这样行不，老林。李秋天把林东升拉到一边去，说：只要你闺女不起诉李天海，我保证你爱人的病能及时得到救治。另外，你闺女在城里可以很快拥有一套住房，并且环境不错。

你收买我？林东升内心一震。

李秋天很为韩淑芬着想：老林，你家一下子拿出大笔钱为你老婆动手术不容易，而我，可以出钱给你老婆治病，条件是你女儿不起诉李天海。如果你老婆不能得到救治，她很快就会撒手人寰，你愿意她离你而去吗？

这……这，这行吗，我闺女的性格你……你，你是知道的。林东升的心七上八下地跳动，李秋天的话很是让他有想法。与韩淑芬相濡以沫几十年，他还没挣够为韩淑芬动手术的钱，讽刺够深刻！他不愿意眼睁睁地看着她因病魔缠身而去世，可没钱寸步难行。眼下李秋天的话令他脑瓜一激灵，无疑是条路子，可一想到拿女儿的尊严做交易，他觉得挺难为情。

李秋天看透了林东升的心思，引导说，这样做应该可行，自己的女儿自己了解，俗话说知女莫如父。你们家的经济条件你最清楚，韩淑芬的病不能再拖，必须马上动手术才有救。

林东升已经为钱所动：你让我考虑考虑。

不需要考虑，你老婆的病不能再拖，拖不起。为了表示诚意，我这有一万块钱你先拿着，给你妻子做手术前期准备。接下来我会将钱打进你卡里。不过，这件事你不要告诉你妻子，不要影响她的情绪，也不能告诉你女儿。李秋天从包里拿出一扎钱揣进林东升的裤包里。

钱就这样轻飘飘地进了林东升的裤包里，没有辛苦的劳动也没有替别人跑三轮车时的寒风苦雨，更没有被人责骂，挺随便的一个举动就办成，林东升心里有些受宠若惊，你……你……这，哎。

事情有了好开端，暗里一喜的李秋天，马上拿出一张银行卡，说，这卡里有十万块钱，你拿去用……你先稳住你女儿，让她不要起诉李天海。最好让她出门散散心，这样别人就不会说三道四。明天就督促医生对你妻子身体作全面检查，争取早动手术，早动手术比晚动手术好。

天上掉馅饼了，林东升讲话语气激动得有些走音，他为韩淑芬的病能够得到及时治疗而高兴，为轻松解决钱的难题而兴奋，可一想到对不住女儿，心里犹豫不决。

李秋天生怕林东升改变主意，把钱、卡揣进林东升的裤包里，转身就走，一边走一边回头说：老哥子，事情就这样办，尽快给你老婆动手术。

十六

李天海依照叔父的提议，提着水果和营养品到医院看望韩淑芬，韩淑芬不高兴地把脸偏向一边，问：你来干吗，这里不欢迎你！

李天海说：韩姨，我是真的喜欢雪梅，今天来向你们道歉，我保证以后对雪梅好。说着跪在韩淑芬的床边：你不原谅我就不起来。

韩淑芬怨恨地说：怪不得你那天开车撞我们家老林的三轮车，原来你早就在窥探我们家雪梅，你早有预谋！

李天海满脸愧疚地说，韩姨，我为犯下的错误而忏悔，我对不起你韩姨，更对不起雪梅，你打我吧骂我都可以。

韩淑芬说：光说对不起就行吗，雪梅被你害得好苦，你起来，赶快离开，以后不许再来！

李天海的脸红一阵的白一阵，缓缓地退出房间，刚转过一个弯时，迎面走来了林雪梅与东海，林雪梅首先看见他，大叫抓住他。东海一个箭步跨到他面前，伸手就是一拳，再踢他一脚。

李天海被打了个眼冒金星，但没还手。

东海出气后问：你干吗不还手，来呀，你不是挺有本事吗，你这种人，欠揍！

李天海用手抹抹鼻血说，你打吧，我不会还手的，你打过之后就会后悔。

东海吼叫：你嘴硬，我叫你嘴硬，接下来又是几拳。

林雪梅上来分散他们，说，别打了，再打就出事了。

东海松开手说，你说我后悔，我为啥后悔？

李天海说，你肯定会后悔。今天我看在对不起雪梅的份上，不还手，要是往后再这样，我绝不客气！

林雪梅扇李天海巴掌，吼：逞能是吧，滚，滚开些！

李天海要走不走的样子，说，雪梅，我不与你计较，你怎么打我我都不会还手，因为我真心喜欢你，我喜欢你，你别生气好不好？

林雪梅正在气头上，说，喜欢你个头，你去死吧！

医院里马上围拢一大堆人，有人拉住东海，劝他有事商量处理，打人不对。

气愤的林雪梅，用手捂着泪眼，来到母亲面前，音量颇高地问她母亲：刚才李天海是不是来过？

林东升从卫生间出来，说，刚刚离开。

林雪梅问，他对你们讲了什么。

林东升的脸拉得像个冬瓜：还能讲什么，道歉呗，这不，还买了礼品来。

林雪梅一下子将那些礼品掀翻在地，气愤地吼：谁稀罕他的礼品，谁稀罕他道歉，往后他再来，你们赶他走。魔鬼，他是魔鬼！我一辈子都恨他！

林东升说，你不要吵嚷好不好，医院里的人多着呢，顾点面子行吗？你妈的病已经够烦心，不要再添乱行吗？

林雪梅扑在母亲的床边，呜呜地哭，妈……我该怎么办。

韩淑芬摸着林雪梅的头：雪梅，妈也难过，事情已经发生，相信警察会给你一个公道，你要相信公安机关的办事能力。

林雪梅哽咽起来：李天海明显是不把我看在眼里，他还装好人来看你。刚才我们打了他一顿，他如果再来，我还要治他。

林东升听得一惊：你们干吗打李天海？我的天呀，你们都干的啥好事，你们，你们怎么能打他呀。

林雪梅听得云里雾里地问：爸，你说啥？怎么不能打他，他是坏人，我们就打他，警察奈何不了他，我们就要让他难受。

林东升说：人家有钱有势，你们惹他干吗。往后不能再犯傻，惹毛了人家没你们好事，别再添乱好不好。

东海说，李天海这种人就得治他，就得让他难受！

林东升面向东海：你的拳头真有他的硬吗，他坐牢你能捞到什么好处？解解气而已。他坐牢之后你韩姨的手术谁来负责，猪脑子！如果你真心喜欢雪梅就忍下这件事，当没有发生过。

东海无可奈何地点了点头说：反正这气难咽。

难咽又能怎样？解气能当饭吃？林东升问。

东海说，反正不能这样便宜他，还要治他。

林东升问，你还想怎么做，打了人家还不够，还想犯错误！

东海回答：反正我不能让他逍遥法外。

法律方面的事你别管，也管不了，警察会调查。以后你再去骚扰人家，小心我不接受你。

“驱逐令”犹如一道剑：伯父，你……

别你呀我的，这里我说话作数。

林雪梅不明白父亲为何阻止她起诉李天海，为何“要挟”东海，她拽了拽东海的衣服，示意别争辩，免得父亲心烦。

出了医院，林雪梅和东海径直来到钱江市的一个重要的休闲场所，那里地处市中心，俨然心肺位置，是钱江市旅游、休闲不可缺少的地方，那里汇集了当政者的智慧和才能。站在古老的望湖阁，面向“悦景茶楼”，任凭微风吹拂脸面，她的泪珠在眼角滚动，继而默然神伤。

东海站在她身边，问，想什么呢？

林雪梅说：如果他不打扰我，我们相处应该很愉快，可出了这事，我不知该怎么面对你，我的心每天都在受到煎熬。

东海回答：你爸说得对，时间会治愈伤口。只要你愿意，我们马上就结婚，我会让你过得很快乐。

林雪梅悠悠地说：可我不能原谅自己，我是一个伤口未愈合的女人。

东海说：我会一直陪伴你，直到你同意嫁给我为止。

林雪梅突然转过身，盯着东海：你真的爱我吗东海？

东海不加思索地回答：爱，怎么不爱，我一直都爱你，直到永远。他把双手压在林雪梅的肩上。

可我不能嫁给你，我已经不是先前的林雪梅了，那个完美的林雪梅已经不存在，她的心受到了伤害，她不能给你幸福。

东海赶紧表白：我们在一起会很幸福，不论你遇到何事，我都不会离开你。

我不能让你跟着受痛苦，心里的煎熬比什么都难受，我不能连累你！

雪梅，你妈说得对，事情总有解决的办法，相信警察会还你公道。

警察再次提醒冬瓜，让冬瓜回忆当时情况，说越仔细越好。冬瓜很不耐烦地说，你们已经问过了还问，咋如此啰唆。警察说：你有义务配合，因为你借了钱给李天海，如果你没借钱给李天海我们就不会询问你。冬瓜只得重复当时在歌厅里的情况，并在笔录上签字。

出了警察局之后，冬瓜接到了李天海的电话，李天海探询冬瓜被警察盘问的细节。冬瓜回答说警察一直揪着迷魂散的事情，问咋办？

李天海说什么咋办，你只说买的保健品，其他的依照先前那么讲就是，是不是这样讲的？

冬瓜回答，海哥，我肯定照你吩咐的讲，因为我们是兄弟。

话虽如此，冬瓜心里挺不爽，他担心卷入李天海对林雪梅的案子，怨恨李天海不该对林雪梅使用迷魂散，尽管他先前怂恿过，可那是对待不熟悉的女人，林雪梅是他同学、同事，他应该顾忌。而眼下李天海的作为，是逼她就范，丢人现眼。

冬瓜了解到东海老家与自己同属一个镇，担心回到乡村有人问起在城里被警察盘问的事，那时该怎么回答？乡亲乡邻的，得注重乡情，不定哪天就遇见了，岂不尴尬！好不容易在城里谋到事做，更得珍惜机会。而联系到李秋天的建筑公司，缘于李天海的友情帮助。那天，他到李天海的公司联系业务，由此认识李天海。俩人熟悉之后，李天海将水电工程承包给冬瓜，之后教冬瓜学习汽车驾驶技术。做人不能昧良心，不能过河拆桥，得感恩，虽然李天海非礼林雪梅自己牵连其中，但自己没作案，不承担任何责任。如果因此惹恼李天海，以后很难揽到工程，得不偿失的事决不去折腾。

晚上睡在床里，冬瓜眼前一会幻化出林雪梅被非礼的过程，一会是她痛苦绝望的样子，一会出现东海乞求他的可怜的眼神，一会是警察找他询问案情，翻来覆去地难以入眠，尔后感觉肠胃里空荡荡，夜鬼似的出门找餐厅就餐，可找了几家，都已经打烊，无奈地只好在街上溜达。

东海的餐厅居然还没打烊，冬瓜抬步进去，东海一眼就认出了他，缠着让他讲事发经过。冬瓜不愿意讲，说事情已经过去，没必要抓住不放。

东海气得跺脚说：李天海这种人不值得你护着他，你跟在他身后，会有你难受的事发生！咱们是老乡，你愿意看到我被他侮辱、被他欺负？！

冬瓜推说真不知情，当时只是为天海送钱过去，喝了几杯酒就到前台买烟，不曾想，会发生不愉快之事。

你真为李天海送了钱过去？东海疑问。

我借给天海十万块钱，他说雪梅的妈动手术需要钱，他自己的钱存的定期，一时不方便取出，他想帮助她度过难关。

东海一直对借钱的事耿耿于怀，他不清楚林雪梅为何不告诉他缺钱的原因，如果他知晓情况，就不会发生这些事情。他问冬瓜：雪梅真的借了李天海的钱？

千真万确，骗你对我没好处。

这就对了嘛，我们老家一个镇，乡情应该不会忘。如果你因此受到影响，你可以经常到我餐厅，我请你喝酒。

冬瓜说：那倒不必，这年头饭钱还是有的。我在天海公司的工程快将结束，很快就会去另一个工地揽活，不愁没地方干活。

咱们是老乡，今天好好聚聚，不醉不休。东海拿出最好的酒，款待冬瓜。

王队带助手去林雪梅的学校，向导师们了解林雪梅平时的爱好与交往。林雪梅申请读研的那位贺导师，介绍说林雪梅思想好进、人缘好、做事积极，没听说有违背校规的事发生，他对发生的案情，颇感意外，要求一定要严惩犯罪人。王队说分内事，分内事，请相信我们。

从学校出来，王队对助手说，听清导师的意见没？学校是求学之地，无法管束学生在校外的行为。林雪梅这事情我们必须认真研究。

助手问，如此这般，我们当去哪里？

王队说，去吃饭，我肚子已经饿得咕咕叫。

经王队一提醒，大家才感觉忙了一天肚子已经咕咕叫，早该找食物犒劳一番胃肠了。

吃饭时又是一番讨论，最后达成共识：马上将案情呈报局里，请求局里斟酌、下达指令。

贺导师打电话询问林雪梅与李天海的事情，林雪梅挺伤感地简要地作了回答。贺导师劝她想开些，说没必要沉浸在痛苦里，出门散心是最好的治愈“伤口”的方式，要不直接到家里来，家里的珍珍——导师的女儿，陪你玩开心，你俩去外边玩玩也行。林雪梅婉言表示感谢，说谢谢贺老师的关心，往后有机会一定会来拜访您。你是导师，看待问题长远，我真不知这事怎样处理才好。贺老师说，那你直接到家里来，你师母给你煮好吃的。

林雪梅去到贺老师家里，贺老师首先问她咋不去签约单位报到，说那家单位福利、待遇各方面都好，要不打电话与对方通融一下，过段时间再去？

林雪梅嘤嘤哭泣，说没有脸面去，感谢导师的开导和指点，感谢老师的关心和曾经的帮助。学校人多嘴杂，往后回学校的时间就少了，希望导师教学的同时保重身体，教学清苦，身体是本钱，一定注意健康。

林雪梅在贺老师家玩了一下午，与珍珍聊了多方面的话题。珍珍也劝她凡事看开些，事情已经发生，只能面对，引以为鉴，吃一堑长一智。如今你母亲病入膏肓，好好地护理你母亲才是女儿的孝顺。最后问她母亲还在医院吗。得到答复后，说一定去看望。

李秋天打电话问林东升做通林雪梅的思想工作没有。

林东升回答说：闺女大了，很多事情由不得我做主，她男朋友对事件非常气愤，已经对我发脾气，这事暂且缓一缓。

李秋天赶紧说时间要抓紧，延误不得，我得到可靠消息，警察已经将案情上报局里，征求局领导意见。在他们没有具体意见期间，我们必须将事态缓和，如果这事不办妥，你老婆的手术就无法进行。

林东升问，你从哪里得来的消息？

李秋天回答，从哪里得来的消息你不用问，反正不会假。如果你想给你老婆动手术，让她的病得到治疗，马上就去办这件事。

林东升答复说做梦都想给她治病，可钱不够怎么治？想也白想。

李秋天诱导：要动手术，你就得抓紧时间办事情。

林东升回答：我已劝过闺女，她不听劝，我也没办法。况且，她男朋友，在背后煽风点火，事情更不好办。

李秋天继续诱导：老林呀，你做事爽快些好不好，婆婆妈妈的办不成事情。你老婆的病错过了时间想治都无机会，贻误时机是要人命的，你就甘愿看着你老婆离开你？

林东升诺诺地说，这……你容我想想。

李秋天生怕林东升打退堂鼓，赶紧说：不要犹豫，咱们都是吃米长大的，讲话要作数，你马上过来拿钱，回去为你老婆动手术。

先前担心李秋天忽悠自己的林东升，顿时喜出望外地高兴起来：你真给我钱，不是说着玩儿的？

李秋天说：我说话从来都作数，你到我办公室来拿钱，这事只能你知我知天知地知，不能告诉任何人，包括你闺女，等你老婆出院后再告诉她，中间不能有半点差错，这事要是办砸了你得还我钱，明白吗？

林东升点头说明白，只要你不讲我就不会对别人讲，如果你对别人讲了这钱我肯定不会还，我做人也有原则。

具体操作事宜，俩人达成了口头协议。

林东升哼着小调，悠哉、快乐地回家去，脸上洋溢着欢笑。给妻子动手术的钱总算得到解决，而且得来全不费工夫。他到停车场把三轮车用链子锁好，暂时几天不会动车了。认识林东升的车友问他咋不出车，他拍着胸脯说，老林我不在乎跑三轮车的几个钱，以后闲时才去跑三轮。问话的人惊疑他中了彩票。谁知林东升一拍手提袋：老林我真中了彩票，就这么一大堆。认识的人以为他脑袋受了刺激，说骗人去吧你，哄三岁小孩呀，你那口袋里全是卫生纸。你的吝啬谁不知晓，跑三轮车的钱舍得去买彩票，鬼才相信！林东升一把拉开手提袋，说，你把眼睛睁大些，老林我现在不是穷人。说话的人惊讶地张大了嘴，眼睛鼓鼓的。有人说：那是救他老婆命的钱。

林东升回家把钱藏在枕头下，担心被人发现，后来快速地去到银行，将钱存进卡里。再然后回到家，躺进床里，把手往脑后一抱，闭上眼睛做起了美梦。正在美梦里时遨游时，突然听见有人用钥匙开门，一个跳跃动作从床里蹦跳起来，问：谁！

门外的人是林雪梅，她回答：我，爸，你在家呀。

林东升畏缩地开了门：你怎么这时回来了？

林雪梅回答：已经十一点钟，我回来煮饭，妈等着吃呢。

哦，你看我这记性，都忘记了，我马上煮饭。林东升马上行动起来，洗菜、切菜。

林雪梅帮着择菜、切菜，洗碗。

煮饭时林东升对林雪梅说，你妈动手术后你就和东海操办婚事，一来冲冲喜、祝你妈身体早日康复，二来为你和东海喜结良缘，祝愿天长地久营造气氛。不过，你妈动手术这段时间，你不和东海联系，相信他能操办那些事情。

林雪梅内心激动：爸，你真好。

但愿你理解爸爸的苦衷，相信东海能完成你的心愿，往后好好地与他相处，这几天你全力以赴为你妈的病，忙前跑后。你与李天海的事暂且搁下，我的建议是，慢慢地让时间，淡化记忆。

林雪梅说：不起诉李天海我心有不甘，不让他蹲监狱我会难受几百年，我恨不得扒他的皮、抽他的筋，让他丢人现眼。

闺女，你不是已经扇过他耳光吗，男人被女子扇耳光会很没面子、会倒霉的，可你做事不能太固执，即使你把他告了也不能改变你被欺负的事实。你妈动手术需用很大一笔钱，手术后营养也需要钱，这些钱从哪里来？我跑三轮车的钱支付家里的正常开支都困难，甭说供你弟弟念书，只怕你弟弟要辍学了。而今，你的工作还没着落，好好考虑一下以后怎么挣钱。你与李天海的事，我的意思是，退一步，海阔天空。

爸，我会想办法筹钱给妈治病，我的工作很快就会落实。

你不是没去签约单位报到吗？等你有钱时你妈可能早已入土，那时候你的心会安宁？得了吧，听爸的话，只要你不追究李天海的责任，你妈的病很快就能得到治疗，咱们一家人也能够开心地生活。

不追究他的责任？爸，他是令我痛苦的罪魁祸首，他是罪人，是我的仇人，我必须起诉他。

林东升像是经历了几个世纪的老人，看破了“红尘”，说：李天海是罪人，他应该罪有应得。可发生的这一切，都是因你妈的病引起，如果你妈不住院你就不会去借钱，你不去借钱就不会发生被欺负的事。如今，事情既然发生，总得有个解决的办法，人家已经表示歉意，你见好就收，何乐而不为？

爸，你收了人家好处？林雪梅终于明白了父亲话的意思，面部一阵哆嗦，惊疑地问。

林东升温言细语地说：人家答应只要你不追究责任，他会负责你妈动手术的全部费用，还允诺给你一套住房。咱们是乡村农民，过够了面朝黄土背朝天的辛酸日子，虽然现在已经融入了城市的扩展里，但我们仍然脱离不了农民的思维和劳动低下的境况。在城里我们没有关系，也没有技术，还房不知是猴年马月的事，你弟弟学习需要大笔开支，我们得作长远考虑。闺女，听爸爸的话，出了这事你伤心，我和你妈也没面子，总觉得背后有人对我们指指点点。你起诉李天海我支持，那样可以让他受到法律的惩罚，可结果呢，好处没捞到，别人还会说，看，就是那女人，把李天海告进监狱的，少与她交往。那样你就孤立了，朋友没几个，地位仍然低下。如今，人家弥补对你造成的伤害、支付你妈动手术的全部费用，还允诺给你一套住房，住房面积虽然只有六十几平方米，可也是一套住房呀。我看这事可以考虑，就应承了人家，你要理解我的一片苦心呀孩子，我这都是为你好。

不！我不！爸，你傻呀，你为什么先不告诉我，为什么不替我想想，我是你的女儿呀，你不能只想到你的利益，只顾及你的面子。我以后出门人家不吐我唾沫才怪，那样，我会被口水淹死。林雪梅躲到里间屋子里，伤心地哭泣。

林东升站到门口继续说，你起诉李天海就对得住东海吗，到时知道这事的人可能更多，那时的东海，不定会迫于压力与你分手。我这样决断是没办法的办法，我们能和人家比吗，人家一只胳膊就比我们腿粗，人家有钱，人家关系硬，我们斗不过人家嘛。你就同情同情你妈，让你妈去世前得到救治，哪怕救不活她，我们总算尽了最大努力，你妈在阴曹地府也会感激你，你就行行好吧孩子。

林雪梅心里非常难受，爸，你不要逼我！

闺女，我没逼你，我只希望你行行好，爸给你下跪了，你救救你妈吧。林东升说完扑通一声跪在门口，老泪纵横地滚出了眼眶，说：我已经收了人家二十万块钱，人家答应还给你一套住房，条件是你不起诉李天海。只要你不起诉李天海，警察就不会也无法追究他责任；你不起诉他，知道这件事的人就少，一定的范围里你就保住了名声。如果东海不与你结婚，咱们换个地方去居住，不愁没人喜欢你；城里的房价一天比一天看涨，到后来你还得为住房发愁、奔波，还得为生活焦虑，见好就收该是多好的事情。

林雪梅打开门，拉他父亲起来，泪眼汪汪地问：你讲的人家是谁？

出钱的人，是李天海的叔父。

李天海的叔叔——李秋天？！

你认识李秋天？林东升疑惑地问。

他是我同学的相好，很有钱。

林东升说建筑老板，钱多是事实，所以，人家愿意求和，你就得饶人处且饶人，啊。

王金钱如影相随李秋天，自然得到很多好处，难道自己要步她的后尘，而且是在被李天海侮辱的情况下？伤心的林雪梅说：东海已经答应买住房，他能给我想要的一切，我不能辜负他对我的一片真心。

林东升问，他对你真心，真心能当饭吃？你妈生病这段时间里，他来看望过几次，支持了几个钱？说白了是对你不放心，担心你利用他。如果他真在乎你，早找李天海拼命去了，因为你是他的未婚妻。可他没有，说明他没有真心对待你。照此下去，你和他结婚，在某一天不开心时提起这事，他心里会舒服吗？肯定不舒服。不舒服时吵架、打架都可能，那时你能忍受？与其让他怨恨你、指责你，还不如现在得到一套住房，心里还能平衡些。往后要是他找你的茬，不欢心的事，大不了各散一方。

爸，你让我怎么做人呀？呜，呜，呜。

闺女，我这样做是万不得已而为之，就算我求你了。林东升一个劲地劝林雪梅。

林雪梅哭泣一阵，然后蹲在父亲的身边说：爸，你这是害女儿啊。

父女俩哭成一团。

十七

韩淑芬被推进手术室前，林雪梅没去医院，她在江边独自徘徊，她心伤、忧愁。韩淑芬问林东升怎么不见女儿来。林东升回答说雪梅忙工作的事去了。韩淑芬说难为她了，然后问联系到工作单位没。林东升回答不清楚，有了消息一定会告诉你。

韩淑芬再问：东海来过吗？

林东升答非所问地说，什么怎么样，他们一会儿开心一会儿闹情绪，年轻人嘛，总有些不平的路，由她们去吧。

韩淑芬看出了林东升脸上的不自然，问：讲话语气怪怪的，有事瞒着我？

我能有啥事瞒你，我这不是好好的吗。林东升转过身去，掩饰脸上的不自然，说，你现在首要任务是平心静气地对待病情，医生很快就会为你做手术，相信手术会成功。

韩淑芬问：雪梅与李，李天海的事情，警察什么态度？

林东升马上说，这事你不要操心，一切有警察在，相信他们会给雪梅一个说法，我会关心这件事情。这时你要做的是，等待医生为你动手术。

恰好医生走过来，吩咐韩淑芬准备动手术，马上给她注射了安定药，几分钟后将她抬上了手术移动车。

林东升一只手扶着手术移动车，一只手握着韩淑芬的手，脚步灌了铅似地跟在医生后面，眼睁睁地看着医生将韩淑芬推进了手术室。

医生关闭了手术室的门。

林东升痴痴地半天转不过头来。

东海赶到医院手术室时，林东升的目光还傻愣愣地望着手术室的门。东海叫他，他都没听见。

此时的林雪梅，眼睛红肿，昨天夜里她在被子里哭了很长时间，想起父亲对钱的欲望，她心里非常沮丧、难过。模糊中东海来到她身边，问她为什么不相信他，为什么背着他接收李天海方的条件，一会又是父亲的劝说和下跪，让她六神无主。母亲动手术，她本该去照顾，尽孝心守候，可她怕面对父亲，更怕面对东海问责的眼光。

最终，她还是去了医院，躲在手术室的转角处，远远地向母亲动手术的病房张望。东海在手术室外发现了她，问，你躲在那里干吗？

林雪梅忸怩地走过去说，我担心母亲出意外。

东海说：傻瓜，你妈不会有事，现代科学技术已经相当发达，你妈的手术会成功的。

林东升在沉重的伤痛中醒过来，意味深长地对林雪梅说，闺女，一切有我在，有医生在，你妈会挺过来的。只要你妈能挺过来，咱们一家人振作精神，好好地生活。

林雪梅不置可否地点点头。

东海接口说：抛弃不开心的事，好好地生活才是真。然后问她工作的事联系得如何？

林雪梅说：我妈病成这样我哪有心思去想工作的事。

东海说不去工作怎么行，你妈动手术你也不能忘了工作的事，读书就是为了有份工作，目前工作已经确定，咋说不去呢？

林雪梅问，你能帮我联系工作单位吗，显然不能，不能还说啥？

我帮你联系工作单位？东海以为听错了，问：你讲的是气话吧，谁惹你不开心了？

没人惹我不开心，是我自己不开心……我想去外面散散心。

东海纳闷地问：什么原因，能不能告诉我？

林雪梅的脸色铁青：家里一切有我爸在，他会照顾我妈，你同意我去还是不同意，爽快点！

事情来得突然，东海没有心理准备，问：干吗去外面，我哪里做错了？告诉我，我一定改。

你没有做错，是我配不上你，咱们的事过段时间再说，总之，我就想出去散散心。林雪梅说完走向一边去。

东海跟过去问：一定要去外面？

林雪梅挣脱他的手：我决定的事，希望你理解。

东海真不清楚错在哪里，回家时闷闷不乐，他父亲问：与雪梅闹矛盾了？

东海回答，不开心而已。

父母看穿了他的心思，问，肯定有事瞒着我们。

东海只好说：她妈正在手术台动手术，估计是缺钱的原因。

东海母亲的声音：是啊，谁犯了重病都得花钱治疗，何况雪梅妈的病非同小可，就她们家情况，肯定为钱发愁。

东海说：就算因为钱的问题，也不能动不动就对我使性子，我没地方对不起她，我对她妈已经够好了。

东海的父亲说：儿呀，咱们经营餐馆早出晚归，比一般人愁苦得多，你与前妻离婚时欠下的债务刚还清，手里的钱刚够周转资金，如果你认为方便，拿些去支援他们。不过，今后要多个心眼，不能一条胡同走到底，得给自己留条路子。

东海感激父母的大度和精明：我不想看着韩姨病入膏肓，何况已经动手术。

东海父亲说：量力而行就是，也不知她爸什么态度，有机会让我和她爸见一面吧。

爸，相信那天会到来的，你等着。说完开车出门去了。

李艳梅对林雪梅说，被录用的同学正在与导师们分享快乐，班里热闹得很，问她去不去。还说读书多年的愿望马上就会实现，飞黄腾达的日子从此开始，快做准备吧。

林雪梅吞吞吐吐地说：艳梅，我，我……

李艳梅说别你呀我的，心里堵了石头？别傻大姐卖乖，装！该你的没人与你抢，不该你的强求也求不来，赶快去找导师，确定报到之日。

林雪梅支支吾吾地说，我还没想好。

啥没想好？别扭扭捏捏，做事果断些。

林雪梅心里哎的一声，这事怎么办？然后回宿舍。

回到宿舍的林雪梅，发现王金钱早已在宿舍里，没料到王金钱主动招呼她：回来了，还没去签约单位报到？

林雪梅回答还没去，以后别提上班的事情。

王金钱靠过去，劝说：忘了那件事，开开心心地生活，别跟自己计较……你不去签约单位，可以继续留在李秋天的公司里，我保证，咱俩能开开心心地工作、和睦共处。

林雪梅声音细如蚊虫：你选择李秋天有你的主见，可我不想见到李天海。

王金钱劝说：你脑子开窍些好不好，别一根筋，如果你真去外地，你母亲谁照顾？如果突然有个三长两短，你来得及赶得回来吗？再说，外地的钱好赚不好赚还是未知数，何苦呢？

林雪梅嗔怪王金钱多管闲事：不要劝我，劝也没用，如果我不去外地，也不会去李秋天的建筑公司。

王金钱深入引导：你的眼里，到底是眼光重要还是经济重要，有钱能使鬼推磨这个道理你不懂？你心里有负担、有包袱我理解，可眼光看长远些，一切都会过去的。

门外走进来李艳梅，以为在议论她，“警告”说：你俩背着我讨论啥事，老实交代！说完嘻嘻哈哈地瘙痒王金钱，“下令”说：你先招供，近段时间干了啥坏事？

王金钱说：我能干啥坏事，我的那点事你们都知道，他能给我想要的东西，我就跟了他。他能满足我的愿望，我就要他天天在我身边出现。我劝你们，趁年轻时该出手时就出手，别以为自己是鲜花了不起。男人喜欢讲究现实，他们包里有的是钱，我们不能便宜了他们，我们要自己对得住自己。

李艳梅说，你以为谁都像你，思想前卫到将那层薄膜当资源，还有声有色地描绘，真不害臊。

王金钱讥讽说，你不是老实人，你与周斌在宿舍里玩地震时抖动的游戏，别以为我不知情，要不要我向同学们宣传宣传？

李艳梅说，我后悔做事没你大胆，要是像你一样地开放，早就与工作单位签约。可如今，自叹不如……刚才你和雪梅讨论啥，讲来听听？

王金钱嘟起个嘴巴，说：我们讲什么你听得懂吗，哈哈。

哈哈哈哈的笑声令林雪梅非常不爽，她说，别吵行不行，让我安静会儿。

王金钱说，得了吧，李艳梅不是外人。不瞒你俩，我如果要去签约单位上班，机会就不会轮到雪梅，你俩知道的，我的那位早就联系了那家单位，可我不去那家单位，我就跟着他。如此这般，名额就轮到了雪梅。

林雪梅面向王金钱，问，真是这样的？！

你不相信我也没办法。不过，我绝没有卖乖的意思。

林雪梅问，真是这么回事？

王金钱回答：你应该记得，李天海的叔叔暗示过你。

什么什么！李艳梅打抱不平说，别讲得那么仁慈，凭你的姿色应该去沿海，沿海的老板大方着哩，守着李秋天不算高明。雪梅的成绩本来在你之上，至于导师先不推荐她的原因想必有多种，在此不讨论，你心里清楚就行。

唉，唉，唉，你死猫哭耗子，咋又扯到我头上？王金钱生气地说：什么情况你！

李艳梅说，啥意思你有数，咱们同寝室几年，你的事我们略微知道些，不过不想讨论，可你刚才说李秋天暗示过雪梅，就是你的那位，他暗示雪梅干吗？

王金钱噗哧一声笑起来：要不要帮你也介绍一位？你，满肚子的坏水！

李艳梅讥讽王金钱：我不想听你们对话，可你们不能让我捂着耳朵进宿舍吧，宿舍的空间，有我的一份，你主动讲怪不得我耳朵听。

王金钱说，我懒得与你计较，反正你不是省油的灯。眼下的问题是，林雪梅出了点状况，我为她出主意，她不听我的劝。说完嘴巴努向林雪梅，尔后转向李艳梅：你护她就劝劝她，别榆木疙瘩不解体，傻得可惜。

林雪梅气恼地翻白眼，我哪是榆木疙瘩嘛，可你不能把你的思想强加于我。

王金钱语言的一箭双雕，林雪梅被激将法自己公开了秘密。她恨不得扇王金钱嘴巴，可她不是泼辣性格的人，她恨不得钻地缝，避开这瘟神。如果王金钱不提及，李艳梅肯定不会知晓其情。而如今，事情已经被透露，该死的王金钱！

王金钱自觉讲话过分，想挽回些在林雪梅脑海里的印象，对李艳梅说，我与雪梅的事情，你别探听，探听我也不会讲。如果想知道细节，问问周斌就清楚。

周斌，周斌与林雪梅有关联？李艳梅诧异地问。

王金钱得意地说，我可没这样讲。

被“震晕”了脑子的李艳梅鼓气地说，好啊，原来你涮我，看我怎么收拾你。说完瘙痒王金钱。

王金钱被瘙痒得难受，躲避说，艳梅，别逗，我讲的都是真的。

李艳梅问，什么真的假的，雪梅的性格我知道，她不会依赖别人达到目的。边说边观察林雪梅的反应。

“含沙射影、笑里藏刀”的李艳梅，憎恶王金钱是势利眼，平时没机会“教训”她，今天总算抓住机会，于是说，雪梅签约工作的事，你施用了离间计，现在讨好她，没用。

林雪梅脸红一阵的白一阵，说什么都无济于事，只好说，艳梅，你咋这么多的废话，多嘴婆！

十八

林雪梅没去签约单位报到，当面被人扇耳光的滋味比剥她的皮还难受，尊严没了，人格没了，剩下的只是一个躯壳，一个遭人唾弃的身体，她不想被人鄙视。她几天时间都窝在家里，暗地里流了无数的泪水，想起王金钱的那些敲砖打铁的讥讽话甚至李艳梅“旁敲侧击”的讽刺，她恨不得找个地洞钻进去。她不敢苟同王金钱的生活方式。平心静气地想，罪魁祸首是李天海，一切的不开心皆因为李天海，王金钱只是一番好意。如果李天海不粗暴不鲁莽，林雪梅的生活或许会很愉快很开心，可现在她无心工作，哪里都不去。她想找机会对李天海实施突然袭击，让他付出代价，想想后没多大胜算，甚至可能反被他污辱，“送羊喂狼”的事她不想重演。

李天海至今仍然在建筑公司上班，怎样才能让他受到法律的惩罚呢。思来想去的林雪梅脑袋有些疼痛，吩咐东海去吧，觉得不妥，请人去吧，更没把握；父亲的劝告、下跪，令她于心不忍。人说年老丧子会悲痛欲绝，如果父亲中年丧偶同样会郁闷寡欢。如果放弃追究李天海的责任，似乎能够保证一家人的衣食无忧。

林雪梅不忍心母亲没得到救治眼睁睁地离她而去，母亲是她最爱的亲人，如果母亲去世，她的快乐就塌了半边天；如果李天海叔叔给的钱能够救治母亲的病，倒能得到片刻的安宁，似乎可以考虑。

有了这种想法，林雪梅害怕与东海见面，可最终还是与他见了面。那天，东海约她见面，问：为何不接我的电话？

她说，母亲的病令我心烦，我想静一静。

东海说，生活中不开心的事多着呢，只要勇敢地面对，一切都会好转，有我在你身边，一切的困难都会得到解决。

勇敢地面对？说得轻巧做起难。

想办法接近李天海，让他付出代价。

林雪梅的心一沉，父亲真是老谋深算，东海真的在乎她被李天海欺负的事情，他还没有走出心理阴影。她想不出该怎样接东海的话头，慢慢地踏着绿茵草地，默默地前行。当站在江堤时，那些流光溢彩的灯光，随着江水的流动，在她眼前波光粼粼。她内心一片空白，任凭晚风吹拂脸面。好一阵，她问，如果我放弃追究他的责任，你会不会认为我软弱得无药可救。

你，为何不追究他责任？东海问。

我是说假如。

雪梅，我们之间没有假如，只有真诚对待。你对我要有信心，不管李天海多有钱多有势力，我都能对付他。

然后呢，然后怎样想过吗？

然后我们，我们就……

就什么呀，没策了吧。对方有钱有势，我怕……他找我麻烦，毕竟，我们在小范围里生活，我不想父母跟着受牵连。

有我在，他不敢对你咋样，也不可能对你父母怎样。东海牵着她的手，安慰说：过去的不愉快，让它随风远去，我们的未来会阳光普照，我们，我们结婚吧。

结婚？结婚曾经是林雪梅美好的愿望，是她身体的归属、心灵的港湾，可眼下的处境，令她忧心忡忡：我妈的病已经让我焦头烂额，我爸他……唉，结婚的事缓缓吧。

你有事瞒着我，东海发现了林雪梅语气的低沉。

我没有瞒你。林雪梅的声音似蚊虫一样细弱。

东海突然伸手捏住林雪梅的肩膀，逼视着她：你妈的手术费从何处来？

事情到底来了，躲也躲不开，不想回答都不行，而且急迫。林雪梅木然地望着远方，似乎下了很大的决心，说：这个重要吗，这是我们家的私事，请你尊重我。

东海刨根问到底：我没有尊重你吗？李天海对你都这样了我都没怪你。你还要让我怎么做才满意！你不告诉我，分明心里有鬼。

林雪梅心情极其烦躁：我心里有鬼，怎么了嘛？不满意就明说，用不着转弯抹角。

东海“不依不饶”地纠缠：告诉我，你妈动手术的钱从何而来？

林雪梅缓缓地转过身子，说，我爸为了我妈的病费了很多心思、周折，我理解他的苦衷和决定……警察去学校了解我的情况，说明他们怀疑我，所以我决定不去签约单位。

东海急促地问，他们（警察）去学校了解你的情况，他们啥意思？

他们（警察）的意图我不清楚，反正他们怀疑我，哎，怎么说呢。寝室同学对我也没有先前客气了。东海，咱俩分手吧，我不想你跟着受白眼。你认识人多，你要顾及影响。

东海反应非常强烈，他摇着她的肩说，你傻呀雪梅，你知道你说这话让我多么失望吗？

林雪梅咬咬牙说，我们分手吧，我不适合你。一边说一边离开。

东海赶过去说，雪梅，我们不分手，我要娶你为妻，你不能逃避，我们不分开。

东海开车去警察局质问王队：你们去学校了解林雪梅的情况，是担心她的事知道的人不够多吗？她在实习阶段发生的事情，跟学校有关系？

王队说，我们去学校了解情况很有必要，不排除会引起部分人的猜疑，由此引起的误会只能深表歉意，但我们是为了案情。为了案情，我们必须去了解情况。这个案子，令我们的思维颇多迷雾，林雪梅内心的矛盾，令我们难以对案情做出裁定。明白吗？

你们对案情难以做出裁定？啥意思！

李天海借十万块钱给林雪梅，说是帮助她母亲动手术度过难关，意为借钱却没写借据，李天海的朋友冬瓜证实有这件事。如果林雪梅与李天海事先没达成意愿，李天海不可能借给她十万块钱，她也不可能到歌厅赴会；发生不愉快之后，李天海发给林雪梅的短信，多是恋人的话语，如此分析和推断，她精神上有模棱两可的出发点。我们身为警察，必须尊重事实，做到对案情的审理，万无一失。

警察的职责是维护社会治安、保护人民生命财产免遭侵害，但在破案期间得顾及当事人的隐私，人言可畏会毁掉一个人的一生。林雪梅是受害人，你们去她学校了解她的生活状况，无可厚非，但跟事件没有直接关系嘛，可你们在没有征得她的同意时让更多的人知晓这件事，有失常理。

小伙子，我们办案必须重证据，没有证据一切都不能定性。王队说：

你朋友收了人家钱毋庸置疑，我们必须得全盘考虑案情，还事件真相。

东海气恼地吼起来：那是借人家的钱知道啵！办不了案子就明说，别装模作样扮好人。天理何在，法律何在！！

王队说：小伙子你别激动，我们正在找证据，我们会秉公执法的，只要证据充分、确凿，对犯罪人员，我们决不姑息、纵容。

东海无精打采地到医院看望韩淑芬。当时林东升正给韩淑芬喂药。东海向他们问好，然后问林雪梅来过吗？

林东升反问，你没与她在一起？

东海回答：昨晚之后就不见她人影，电话无法连接，真不知晓她去了何处？

林东升气恼地说：你对她缺少关心，近段时间对她可要多照顾些，她情绪很不稳定，工作没着落，母亲的病令她担忧，她心里肯定烦。如果你因此瞧不起她，以后就别过来。

林东升语气的生硬，东海听着心里挺不舒坦，但他只能探询地问：能不能告诉我雪梅在什么地方？

林东升指着自己的鼻子问，你问我她在何处？我还想问你呢，亏你和她交往了不少时间！

自知问话唐突的东海，脸红红地退出房间，掏出手机给林雪梅打电话，电话通了可马上就关机，过后再怎么拨打都无法接通。他气恼地自言自语：装什么疯！

东海的心情非常糟糕，他不明白林雪梅缘何突然提出分手，为何不回答她母亲动手术的钱从何而来；冬瓜说她收了李天海十万块钱，警察亦如此讲，难道她事先与李天海达成了不可告人的交易？

东海回到餐厅收钱时，竟然多找补吃饭人几十块钱，站在旁边的父亲劝告，做事心不在焉，小心走路跛腿。

东海看了他父亲一眼，不悦地说，尽讲些不吉利的话，我走路会跛脚吗？

他父亲说，走路跛脚不跛脚，关键在于认知事物本质。你脸色难堪，做事心神不宁，小心谨慎为好。

烦心事恰恰被父亲提起，东海心里不悦地说，我正烦着呢，换个话题好不好？

东海父亲说，人家大学生能跟你成天与勺子打交道的人在一起，你也不镜子面前仔细照照，考虑清楚。你找对象实际些行不行，成天优柔寡断的样子，做生意心不在焉，终有一天会后悔。

东海没接父亲的话，走出餐厅，独自开车来到城市外滩，那里一片碧绿的树林，晚风吹拂之下，树林里发出飒飒的响声，他心情沉闷地抓扯树枝，一阵摇晃，然后撒气地向江中投掷石子，发泄情绪。水面荡起阵阵涟漪，他的思绪在阵阵涟漪里一片空白，回想，再空白。

从外滩回来，东海来到了繁华的电影院广场，流光溢彩的霓虹灯闪烁不停，夜生活的光环令他冲动地想看一场电影，想在影片场面的刺激里消散郁闷的心境，于是，站在影片的宣传栏边，看海报。不经意间，看见了冬瓜，于是上前主动招呼冬瓜。

冬瓜问，你也看海报？

东海回答心里闷得慌，出来走走，要不要进去看场电影？

冬瓜回避东海说，我随便逛逛，你慢慢看，说完准备离开。

东海一把拉住冬瓜，恳求说：兄弟，你把那天的事再陈述一遍。

冬瓜推脱说能说的都已告诉你，不要揪着那件事不放，好好对待你朋友才是真。林雪梅的妈病情严重，她精神上承受了重大的压力，你要理解她，默默无声地支持她。

你教训我？

我敢吗，你我啥关系？

话不投机半句多。俩人各自离开。

东海没进影院，而是去了一片树木繁多的树林，其间林荫小径，微风拂面，空气清新，适合情侣漫步其间。林中的每一条小径他与林雪梅都漫步过，空气中留下了甜蜜的语言和难以舍去的气味。月亮见证过他们的热吻和拥抱。而今，东海一人孤独地在里面行走，伤感至极。

转过一个弯，东海来到一块大石头边坐下，那是他和林雪梅经常闲坐之地。他发现了一个熟悉的身影，林雪梅穿着单薄的衣服，坐在另一块石头的边缘，晚风吹散她的头发，显得孤单和寂寞，他躲在石头后观察她。

林雪梅乘着傍晚的清凉、享受夜晚的凉爽与温馨，在那里呆了好一阵才离去。

东海跟在林雪梅身后，轻轻地呼唤她的名字。

林雪梅没有听见似的，加快了步伐，向林深处急走。

东海发觉了林雪梅的异常举动，快步赶过去。但是晚了一步，她跳下了江里。他什么也没想就跟着跳下江去，救起她，对她做人工呼吸。

林雪梅醒来后，大喊大叫要跳江。

东海歉意地说，你为什么这么傻！为什么这样傻！我没保护好你，你打我吧，骂我也行。

林雪梅有气无力地说，你为什么要救我，你不该救我。

他开导说，我知道你心里苦，我以为你能承受心理的压力。可你，不该这样的。

我爸他，他，哎……林雪梅讲了半句话又停下。

你爸，他？东海捶了一下胸口，似乎明白她话的意思：你就为这事想不通？你傻呀你。

我不值得你同情，我不适合你，你以后别找我。

你向李天海借钱，为什么不早告诉我？

林雪梅的心一颤，很快镇静，说：我以为你会想到的，我妈的病严重到必须动手术，我们已经想尽了所有办法，可我们家的经济状况你是知道的。如今，我有责任，我不值得你爱。

原来，事件的主导者真是林雪梅，警察的分析不无道理。东海内心里痛苦万分，却很不甘心：你干吗要接受他的帮助。

我脑子有问题可以吧，总之，我不值得你爱，我们分手吧。

讲气话吧雪梅，我知道你受了委屈，可你妈动手术你应该告诉我，我会一如既往地支持你。可你找李天海借钱，明显是不信任我。

我不信任你是因为我的人格没了，尊严没了。如今，我无法改变爸爸的决定，我妈是我唯一的亲人，还有，我弟弟正在读书，我不希望我弟弟放弃学业。

东海紧咬牙齿后大声说，我爸已经同意拿钱出来为你妈动手术，你让你爸把钱退给人家。

那钱还能退吗，呜，呜，呜，我不如死了算了，活着已经没有意义。林雪梅更加悲伤地哭泣，边哭边向江边跑。

东海一个箭步拦住她说，我没有怪你，你咋还犯傻！

正在阴阳界上徘徊的林雪梅，突然一个趔趄，差些滚下江里。东海一把拉住她，把她拉回到岸边，扇她一耳光，说：你咋不听劝，不起诉他就算了，干吗跟自己过不去！他的心在滴血，当初父母如果不阻挡，他早把买房的钱拿去给韩淑芬交住院费了，如今说什么都晚了，一切都无法改变了。

他埋怨自己意志不坚定，要是早与林雪梅在一起，不至于发生目前的事情，原以为君子协议会得到林雪梅的真爱，谁知半路闯出李天海，阵脚已经打乱。可气归气，怨恨归怨恨，林雪梅失去一次身体没大碍，莲花水溅的一下嘛，只要没种下种子，无后顾之忧才是重中之重。俗话说，不钻牛角尖，一切都能得到改变。

东海陪林雪梅在家里看电视，几次冲动地想对她有所行动，可理智告诉他不能伤害她，她正在气头上，没准会咆哮如雷地做出不明智的喊叫，忍得一时难耐，方能赢得她的真心。当夜已很深时，林雪梅让他回家，说，你爸你妈会担心你，回去吧。

东海说，我再陪陪你。

林雪梅说，我已经死过一次，如果你不嫌弃我，就在我家住下吧。

东海摇头：不，雪梅，我不能在这时要你，我要在结婚“掀红盖头”时让你开开心心地迎接我。

林雪梅脸上有了笑容，捋了捋挡在眼角的头发，叮嘱他早些回去：你的生意离不开你。

东海没有直接回家，他一人在小吃摊喝酒，他开了好多瓶酒，摆了好多个杯子，在桌上一字儿排开，把每个杯子都倒满酒，一杯一杯地灌下去，每喝一杯酒都要左右手碰碰，好像征得对方同意才能喝似的，直到把自己灌得东倒西歪。小吃摊的人见他迷醉的样子，对老板说：又一个酒疯子。东海模糊中听到有人讥笑，问，你说谁是疯子？尔后傻傻地问：我真是疯子吗，我怎么就这么傻地爱上她？来来来，兄弟，陪哥哥喝酒。接下来的动作是，又灌下去两瓶啤酒。服务员见他真醉了，催说，兄弟，该回家了。东海傻呵呵地说，催我走呀，我有钱，钱，拿去。他把几张百元钞票扔在桌子上，转身趔趄地，融入了夜色的迷惘中。

林雪梅专心地照料出院的母亲，每天为母亲熬鱼汤和稀粥，喂吃药、端尿倒屎。韩淑芬看在眼里疼在心上，可她没办法活动，只能让林雪梅服侍。工作对雪梅已不重要，重要的是，她的心理需要缓冲的过程。父亲的做法尽管令她讨厌、反感、不满，甚至让她有过轻生的举动，可父亲毕竟是父亲，做事有他的想法。俗话说父辈过的桥比自己走的路多，看待问题有深度，由他去吧。

林东升每天起早摸黑地在街上跑三轮车，不再向车友炫耀有钱，他必须任劳任怨地载客，他是家庭的顶梁柱，得为一家人的生计操持。

林雪梅每天守在母亲的身边，问寒问暖。韩淑芬露出了久违的笑脸，夸她孝顺，不然妈的精神没这么好，随后问工作的事联系得怎样。

林雪梅善意地哄骗母亲：工作的事已经有眉目，不久就可以上班。

韩淑芬教导说：工作来之不易，要珍惜。随后与林雪梅聊油盐酱醋，说与东海结婚后要懂得操持家务。

林雪梅回答还早呢。

再后来，母女俩聊到手术的费用怎么筹集的。林雪梅回答钱是父亲借的，至于向谁借的不清楚。

韩淑芬愧疚地说，我成了你父女俩的累赘。

林雪梅的心隐隐作痛，忍不住哭泣。

韩淑芬说，雪梅别哭，我知道你受了委屈。

林雪梅抹眼泪说，妈，我想去外面散散心。

外面，外面是什么地方？不去签约的单位了？

我想去沿海城市找工作。

与你签约的单位福利好，你不去，太可惜。

如果去签约单位上班，别人会指头骂我，我无法面对那样的场面。

哎……妈理解你……警察怎么个说法？

林雪梅回答：还没具体意见。

雪梅，有时候你要听你爸的劝告，虽然你爸有时面孔冷板，但他的阅历比你丰富，考虑事情比你周到。

母亲的语气，勾起了林雪梅善良的一面，她问，妈，你和爸是怎样认识的？

韩淑芬慢条斯理地说，我和你爸，小时候家里都穷，你外婆外公没能力供我们兄妹读书，念了初中我就回家种庄稼，经人介绍，就与你爸认识了。我和你爸结婚之后过的是一日三餐操劳的日子，不像你这个年代，生活条件比我们那时优越得多……你与东海的婚事，准备得如何了。

林雪梅的心一沉：妈，还没准备呢，暂时缓一缓，你的身体没康复，等你康复后再办。

你的年龄已经够法定婚龄，能够与东海组成家庭，是你的福分。东海能平静地对待你，已经不容易，改天你把你那些同学请来聚一聚，就当订婚。

妈，你担心知道我事的人不够多吗？我都不便向人讲。

傻女子，事情已经过去不必伤心，勇敢地面对现实才是真，生活无情，爱情无罪，真爱才是永恒。只要东海不提伤心事，其他的，你都不用担心。

十九

林东升去到警察局，对警察讲他女儿想淡化处理与李天海的纠纷，说先前耽误了王队宝贵的时间，实在抱歉。

王队说，你只要正确认识事件，一切都好办，对吧？

林东升接连回答是，是，低头不见抬头见，没必要闹得满城风雨，你们行行方便，这事就不了了之，哈。

王队说，你女儿没写书面委托书，我们不能中断案情侦查，如果她确实不起诉李天海，你叫她来一趟，我们当面问问她意见。

林东升巴结地说，我是她爸，还不能代替她？女孩子脸皮薄，害羞，你们要顾及她的感受。

王队劝说：这事你们要考虑清楚，如果起诉李天海，我们会为你女儿伸张正义，但是，如果你女儿放弃权利，我们将不再受理案件，可要想好。

林东升保持刚才的表情说：还说保护我们，李天海进你们警察局一天时间不到就放出来，凭这，我知道你们的关系，所以，谢谢你们的好意。

王队听出林东升言语里的刺儿，说，你好好问问你女儿，她当时到底咋想的。

我女儿怎样想的你们去斟酌，李天海犯下的错误你们去分析、判断，我不想让这件事影响我情绪。

王队说：案情需要证据，没有足够证据我们不能轻易扣人，更不会起诉谁，你要想清楚。

所以，我女儿不想再追究这事，我们没那个精力和时间，也没有关系网。

王队说，你的话我们记录下来，我们会考虑你方的请求，你回去再想想，想清楚后与我们联系。

林东升嗯声作答，离开了警察局。

王队待林东升走出门后对助手说：听明白意思没，人不可貌相，哎。

助手回答，莫非李天海方采取了折中的手段，让林雪梅方“委曲求全”地息事宁人？

王队慢吞吞地说，对方的意思已经很明确，不想纠缠此事，案情应该快将结束。

助手不解地问：案情快将结束？

王队说，不结束还能咋样，钱闹的呗，有钱能使鬼推磨。

出了警察局大门的林东升拿出手机给李秋天打电话，说已经向警察讲明不起诉李天海，问接下来怎么操作。

李秋天说，你下一步要做的事，让你闺女去外地散心。

事情已经有了好兆头，内心喜悦的林东升马上操纵下一步。回到家后，他问林雪梅：你与东海的婚事准备得如何？

林雪梅回答，母亲的病还在康复期，我没心思去规划婚姻的事情。

林东升“开导”说：如果他因为你母亲生病支付了些费用而瞧不起你，你不要勉强与他交往。婚姻是人生大事情，得作全盘考虑。假如某一天，东海突然提及你与李天海的事情，你很难面对尴尬的场面。我的意思是，你与东海的婚事缓一缓，想清楚之后再操办。

爸，你说啥呀你？林雪梅嗔怪父亲错误理解她的意思，同时认为父亲的态度就像冬日的天气，一会儿阴一会儿晴，令人难以揣摩。她咬牙之后说，东海是我今生的全部，我已经很对不起他，不能再伤他的心。

林东升的心颤抖了一下又一下，再一下，但马上回到了与李秋天商议结果的“欣慰”里，他不愿意到手的钱溜走。韩淑芬的病得不到延续治疗随时会危及生命，到时经济会处于窘迫状态，于是改变语气说：改天我找他谈谈，希望他理解。

爸，你找他谈，谈什么。林雪梅担心父亲会为难东海，弄巧成拙的事她不想再发生，她阻拦父亲说：爸，我与东海的婚事，你别阻拦好吗？

林东升撇嘴说：你认为我会为难他吗？

话虽如此，林东升还是背着林雪梅约见了东海。林东升容不得东海不答应，说，我家雪梅想去沿海散心，你不会阻拦吧？

东海猜不透林东升的心思，问，她去外地散心，什么时候走？心里嘀咕林雪梅先前如此讲过，原来父女俩早已商议好。

林东升回答：估计很快，到时她会告诉你。

林雪梅真要去外地，是有意拉开与自己的距离，还是真遇到不开心的事情？东海担忧地拨打电话给林雪梅，想问究竟，可拨了几次号码都关机，心里焦急地开车去林雪梅的家，到家后见门窗是关着的，喊她名字，没有回音，再喊韩姨，照样没有回音，于是气呼呼地转身离去。谁知刚走出巷道，他看见林雪梅从的士车里伸出脑袋，几步跨过去问：你去外地为什么不告诉我，什么意思！

林雪梅诧异地问，谁说我要去外地？

东海回答，你爸说的。

我爸亲口告诉你的？

嗯。

林雪梅预感到父亲可能会有更进一步的动作，无助地扑进东海的怀里，嗔怪东海不关心她：我心里好难受哦好难受。

东海拥抱着她说，我的心才难受哩。你电话都不接，太绝情了嘛。

她妩媚地一笑，说，我们这不是好好的吗。后来说：我真想去外地散心，回来就准备婚事。

东海爽快地答应：只要你玩得开心，我的心情就很开心。

回到家的东海对父母讲了与林雪梅准备结婚的事。他父母问，已经商议妥当？

东海回答林雪梅去外地玩几天，回来就准备婚姻事务。到时，你们就等着高兴吧。

东海父母说，我们早想媳妇进家门了，但愿她是真心的。

东海父母理解林雪梅的家境，买了丰厚的礼品去林雪梅家认亲，把存有十万块钱的银行卡，交到林东升手里，讲了密码，让他准备必要的人情应酬、置办嫁妆等安排。

林东升要接不接地说，亲家，你这是瞧不起我们，这点钱我们家还是拿得出。

东海的父亲不容林东升推迟，把钱放在吃饭的桌子上，道别之后，转身离去。

李秋天的手机响起来，见是王金钱的号码，李秋天开车直接去到王金钱的住地。她问事情办理得如何。他说一切都在意料中，唯一担心的是林东升，不知林东升会不会生变故。王金钱怂恿他打电话问问，说夜长梦多起变化，早把事情解决早安宁。

李秋天说，他蹦跶不了多高，关键是他那个未婚女婿东海，只要林雪梅不追究，一切都好办理。

王金钱分析说，目前首要任务是把林东升搞定，林雪梅毕竟是他女儿，哪有女儿不听父亲的劝告，何况你已经支付了一大笔钱，他不可能将钱退给你，他也不可能有钱退给你。总之，久拖不决没好处，速战速决才能处理事情。林雪梅男朋友不是省油的灯，如果他"煽风点火"，事情将难以操控。

李秋天回答是该提醒林东升了，说完马上拨打林东升的电话。

林东升接电话后说雪梅心情很不爽，不知她会有怎样的举动。

李秋天说，你要多劝劝她，不要一根筋，识时务多收入，钱不会烫手，错过机会想钱都不可能。毕竟，大家在小范围里生活，总得顾及些情面。

林东升琢磨不透李秋天话的话意，回答说：该说的我都说了，该讲的也讲了，能打的比喻都对她作了比喻，可她反过来问我，问我体会受辱的滋味吗。她是受害人，我们对她的要求不能太高，别逼她，只要她不反对就行。

李秋天挤兑笑脸说，那是，那是，你对她要多加开导，只要她不起诉，事情就好办，如果，如果她能接受李天海就好办得多。

你说什么？让她接受李天海？林东升生气地问：先前我们没有讨论这个事情吧！

李秋天在电话里赔着笑脸说，要是你闺女能将错就错地嫁给李天海，事情就好办多了，就不会有人讲他们的闲话，而且，我保证她会有很好的物质基础。

林东升疑惑李秋天的意图，问：什么意思你，你承诺的住房何时能兑现？

李秋天停顿一会，回答：住房要等销售到一定的分水岭时才能办理相关手续，忙不在一时。实际是拖，拖到林东升答应他的要求为止。

林东升气哼哼地说：你不给住房是吧，这可是你说的，明天我就让我闺女起诉李天海，警察那里我还留着余地哩，我不信你能翻了天，大不了我不要这张老脸，看你怎么收场！

见多识广、久经生意场面考验的李秋天，老道地说，我说老林，你是小孩子玩家家呢还是不懂事，我说过不给你住房吗，我只说把手续完善之后再兑现承诺，你急着要住房干吗。我们先前虽然没讨论让林雪梅接受李天海，这时建议不迟吧，万一他俩愿意呢。

不可能！

没有不可能，世上没有不可能的事，事在人为嘛。

林东升心里不爽地说：如果你涮我，不兑现承诺，三个月内，我闺女照样有权利起诉李天海。

李秋天生气地说：喂，喂，老林，你是真不懂还是装傻。

林东升不明所以地问：咋了？

李秋天恬不知耻地说，我为李天海付出的代价是看得起你，因为咱俩之前有过愉快的合作，想必你不会不顾及我的想法。我的想法是，希望你闺女和李天海有一个相对较好的对话窗口，俗话说冤家宜解不宜结。可你不能蚂蚁上树顺坡往上爬，讲那么难听的话干吗，我老李怕过谁！

你，你不能言而无信，你答应给我闺女住房，就不能反悔。林东升气白了眼：我这是违背闺女的意愿，到现在她工作单位不能去、无脸见熟人。还有，她男朋友，坚决不放过李天海，我劝他们不必把事情往复杂方向推。你倒好，怪罪我没劝他们，那我不管这事了，你看着办就是。

李秋天缓和口气说，我答应给你闺女住房，就一定会给，但你不能性急，性急解决不了问题。

对，对，性急解决不了问题，你把住房手续交到我手里，我保证闺女不起诉李天海，时间必须在两个月内，超出时间别怪我没提醒你，明天我就去请律师，我必须得为自己留条路子。

李秋天把电话放在办公桌上，打开免提，气愤地说：这事咱们不谈了，你退我钱，你让你闺女起诉李天海就是，钱，你明天必须得还我。如果你不还我钱，我这里有电话录音，包你吃不了兜着走。

李秋天支付的那些钱都花在韩淑芬的手术费用里了，往后延续治疗还得钱铺路，没有钱寸步难行，跑三轮车的收入只能勉强支付平时的生活费，哪有钱还，小不忍则乱大谋，在李秋天面前软口气算鸟事，大英雄还钻别人胯下哩，下个矮桩无所谓。钱自个往身边靠，不想抓住才是傻瓜！于是，林东升挤出笑脸说，只要你不反悔，咱们先前说的依然算数，我等你将房屋手续给我，只要你两个月内给我房屋合同和钥匙，咱们一切就撇清。

李秋天只好说，那，咱们一言为定，但必须说明，住房产权证得等所有住房卖完才能备案，近段时间只能给你购房合同文本之类。

林东升表示认可：一言为定。

李秋天打电话问王金钱在哪里。当时她正在外面吃饭。实际情况是，她正与比她大一届的同学——赵三才幽会，喝酒聊天。

赵三才人长得帅气，高大魁梧，皮肤白净，话语幽默，深得女生的好感，王金钱就是被他的帅气和幽默所吸引，时常背着李秋天交往赵三才。

王金钱主动约请赵三才喝茶、聊天，后来邀请去歌城K歌、喝酒，她是醉翁之意不在酒。多次之后，俩人自然懂得男女之间的娱乐方式和生活花样翻新。她喜欢与赵三才体会“恋爱”的快乐，喜欢追寻爱情的甜蜜，她想找回初恋的感觉。她虽然跟随李秋天，但目的是钱，赚取了足够的钱后就会离开李秋天。李秋天有老婆、儿子，她不能与他谈婚论嫁，只想做他短期的情人或者俗话讲的小三。还有一个目的，李秋天许诺给她一套住房，约定相处时间是三年。在这三年时间里，她必须随叫随到，一套住房的分量，她得争取。

正在吃饭的王金钱，接到李秋天的电话，酒意顿时醒了大半。

当王金钱赶到与李秋天约定的地点，只好嗲嗲地卖乖。他说已经接触林雪梅的父亲，事情已经操作得八九不离十，为了做到万无一失，让王金钱再次去接触林雪梅。毕竟，同学之间沟通方便些。最后建议，如果林雪梅能够接受李天海就够完美。

王金钱说事情怕难以如愿，林雪梅与东海感情甚好，何况已经谈婚论嫁，让她放弃东海接受李天海，不大可能。

李秋天说，正因为她性格倔强我才欣赏她，让她做李天海的女人我放心，李天海就该让个性强的女子管着，要是他们相处，我的几十万块钱就不是打水漂，而是投资，对李天海长期的投资。

王金钱回答，你城府深沉、思想太复杂。

李秋天说，你去试试，不试怎么知道她心态。你告诉她，只要不起诉李天海，我送她一套住房的承诺很快就能兑现。

王金钱颇感意外：你好大方，你对李天海太仁慈，我为他有你这么一位叔叔而高兴，可他一个年轻人，值得你花费几十万还搭上一套住房？

李秋天回答：李天海跟随我数年，为我赢得了很多利益，我不能看着他走错路。如果他成为阶下囚，我的建筑公司形象会受到严重影响。真出现麻烦事，不是几十万就能够挽回的损失。况且，我公司里大堆的事务等着他去打理。我的想法是，如果林雪梅能够与李天海处朋友，我祝愿他们走进红地毯，成人之美，我完全操办。

王金钱说想法很好，非议也免除，但林雪梅被欺负的耻辱她一辈子难忘，何况由此失去签约单位上班，怨恨李天海都来不及，怎么可能与他成为恋爱对象！

一心想撮合李天海和林雪梅的李秋天，没考虑到这些细节，一厢情愿地想让王金钱成就他的想法。王金钱醋意大发：我跟随你几年，没见你如此大方过，你答应给我的住房，何时能够兑现。

李秋天不耐烦地催：到底去还是不去，话咋这么多！

你把我当工具使，我不去！我不是你的棋子。王金钱撒娇。

撒娇是吧，你先接电话时食物卡住了喉咙？背着我与小情人见面了吧？要是……背着我交往小白脸，被我撞见，后果你是知道的！

哎，哎，哎，吃醋了吧。王金钱嘟起嘴巴说，一会没见到我就疑神疑鬼，不想我离开，就把我带在身边，让我做你的秘书，或者马上给我一套住房，我专心伺候你，伺候你一日三餐，帮你洗衣做饭，帮助你打理生意，再为你生个胖嘟嘟的儿子都行。

李秋天马上叫停：醋意不应该发展到这个话题上来，你不能给我出难题，更不能在儿子问题上打我主意……你去还是不去？

王金钱缓和口气，说：你吩咐的事我没有推辞过。

李秋天说，这还差不多。在她脸上捏了一把。

二十

王金钱劝告林雪梅：东海是离婚之人，对你会真诚吗、会真心疼爱你吗，他不在意你给他戴了绿帽子才怪。

林雪梅回答：他在意这件事，但不至于会怨恨我，因为我是受害人。

王金钱“开导”说：要是有人问他，他恐怕忍受不了。

忍受不了拉到，我不勉强。

王金钱以为机会到来，继续开导说，与其让他怨恨、埋怨你，还不如嫁给李天海，嫁给李天海别人就不会说三道四。

嫁给李天海，为什么？林雪梅觉得可笑，李秋天对她也讲了这话，难道自己真的该照他俩所“劝”去做，她起了兴趣问：讲下去听听。

王金钱说，你反正被李天海睡过一次，何不让他顺着路子往前走。俗话说得好，一个女人生活检点不检点，关键在于男人的理解和看待。李天海亏欠了你，你嫁给他，他会一辈子让着你，你这条弯弯扭扭的水渠就可以直行。知晓其情的人就会无话可说，会认为你将事情处理得完美。李天海目前虽然看不出大的发展前途，但他跟着叔父搞建筑，前途应该很宏伟、有奔头。建筑行业不管在何朝何代，都是关乎民生的头等大事，即使一时受到环境制约，但只要脑子聪明，定能赚钱。他叔父已经答应，只要你不起诉李天海，只要你和李天海处朋友，他马上就将一套住房的钥匙交到你手里，何乐而不为？

林雪梅问，这是李秋天的原话还是你的意思？

王金钱说，是谁的意思不重要，重要的是你同意不同意。与其在泪水里挣扎，成天以泪洗面，不如把失去的无奈变成现实物质的需求。

你到底要将我引向何方？

作为同学我劝你，换个人我懒得劝。我不是要将你引向何方，我没那个能力，也没那水平。我是传话人，希望你能有个好的生活环境。好的生活环境比啥都强，懂吗？关键是思想，要转变思维方式才行。

我不会与李天海相处，他猪狗不如，我恨他一辈子！

他行为低下，应该受到谴责。但怨恨归怨恨，水平低下是回事，怨恨过后还得生活，要生活就得一日三餐兼顾对吧。人不可能生活在幻想里。只要你不声张、悄悄地干活，一切都会朝着好的生活方向行进。

行进你个头，我不会放弃东海，不可能！

真的没有考虑的余地？

……

暂且不说东海文化没你高，就他经营的餐厅，能和李天海的发展潜力比较？！经营餐厅虽然赚钱，但挺辛苦！而李天海在他叔叔的关心、支持下，很快就能挤进建筑行列，飞黄腾达，指日可待。而你那个东海，靠给客人炒菜，想发迹，想出名，想必，不会一帆风顺……只要你点头，东海那边我替你想办法。

林雪梅气急败坏地说：亏你是同学，这样的馊主意你也想得出。你把一层肉皮充分利用起来，还脸皮厚地给我吹嘘，真骚。

王金钱没有生气，继续她的说辞：我势利，势利有错吗。我有钱别人就愿意交往，我感觉就高人一筹。你顾及脸面，但你缺钱用，别人同样会瞧不起你。与其让人瞧不起，何不充分考虑现实处境。现在是有钱就任性，有钱就能买到想要的东西，只要不提怎样得来的钱，没人会小看你。所以，收拾起你那不值钱的自尊，别和自己过不去。

你的处世哲学太现实，怪不得大一就和同学勾搭，后来攀上了李秋天，真是充分利用了资源，佩服！林雪梅说：不佩服都不行。

人要活得现实才行，比如你妈，如果你妈没钱动手术，可能没有今天的精神状态。哎，不讲这些不愉快的话题，讲多了你心烦。王金钱拉开皮包，从里面拿出一张卡，说：里面有两万块钱，密码是你的学号，去银行把它取出来，给你妈买些营养品，尽一份当女儿的孝心。

林雪梅流下了泪水：你到底要将我引向何方？她没有伸手接银行卡。

雪梅，发生这样的事大家心里都难受，收下吧。王金钱把银行卡揣进林雪梅的包里：别怨恨他，他一时冲动铸下的错，他叔父已经骂了他好几遍。

他活该！

对，对，他活该，他不是人，他自己找气受。我是真心希望你不要过度忧伤，伤了身体不划算。至于东海，你不要觉得对不起他……问句不该问的话，你们经常在一起吗？

东海是正人君子，从不勉强我，我们有君子约定。

还君子约定，真是浪漫的稀奇。君子约定能约束萌动的思想和躁动的身体？干柴烈火的思春爆发期，随时体会肌肤接触的快乐，你就没有主动去他那里？

问这些干吗？

既然如此，就不要太自责。东海肯定在乎你的身体，头上被人硬扣帽子，他心里肯定不舒服。

王金钱与林雪梅分手后回到李秋天身边，向他讲了与林雪梅接触的细节。李秋天夸奖王金钱能干，说同学之间沟通就是方便，要给她奖励。

王金钱撒娇说，奖励我哇，其实，你真得好好谢我。

李秋天说行，你把脸偏过来。

她真的把脸偏了过去。

李秋天在她脸上荡漾地亲吻，亲吻后从包里掏出一匝钱给她。手慢慢地滑进了她的衣服里。

她接钱之后说，讨厌，尽占人便宜。

王队根据办案经验和对现场的取证，以及歌厅里员工的陈诉，推断林雪梅精神有不确定分裂症，为了案情的合理、合法处理，他们报请局里对林雪梅做一次精神推断测试。

测试的结果是，林雪梅的脑细胞非常发达，不存在疑问之处。他们只得斟酌，权衡案情利弊。最后决定去一趟林雪梅家。

林雪梅开门迎进了王队和王队的助手，她的父亲林东升从里面一间房出来，向王队问好，说真不好意思劳驾你们到家里来，有事打个电话来，还劳驾你们来一趟。

王队说：找你女儿问些情况，几分钟时间就行。

林东升说：问我是一样，我是她父亲。

王队面向林雪梅，说，我们亲自问你，不介意吧？

林东升看了看林雪梅，很不情愿地走到一边去。

王队对林雪梅说，我们想知道你对案情的态度，如果你不起诉，我们便要尘封案子。之前你父亲说你不追究李天海的责任，是这意思吗？

……林雪梅没吭声。

弘扬正气是每个公民的合法权利，这件事关系到你的名声和利益。李天海对你人身构成了伤害，对你精神造成了痛苦和心理负担，理应受到法律的惩罚，我们支持你的正义行为。

林雪梅很不开心：我讲过不起诉他吗？

王队颇感意外，问，你没书面告诉我们，所以我们今天亲自问问你，征求你的意见。

想过一阵的林雪梅说，我爸向你们讲了啥我不知道，他没有征求我的意见，他可能是为我着想，顾及我的名誉。

你什么态度？王队迫切地问。其实他心里早已有所想法，板上钉钉的事，只是不想节外生枝而已。

林雪梅咬牙后说，我爸怎么讲的就怎么回事，他代表我的意见。

王队望了助手一眼，略微点头，再对林雪梅说：如果你刚才的话只是一时冲动，我们保证你应有的权利依然有效，希望你三思而行；如果你没有信心，我们可以代你请律师。从目前我们掌握的情况看，你胜诉的可能大于败诉，你应该相信我们会秉公执法。

林雪梅生气地说：你们秉公执法是吧，你们拘留李天海一天时间就放出来，为啥？就因为他有钱，就因为他叔叔人缘关系好？！

矛头突然转变了方向，语言冲撞了王队，王队脸有不悦，略现尴尬地说，如果你有难言之处，我们不勉强你。如果你要起诉对方，请随时与我们联系，我们这就回去了，边说边退出门去。

还随时联系呢！李天海逍遥法外，自由自在地活动，不见得你们收审他。什么情况你！

警察离开之后，林雪梅转身进屋，扑进床里哭泣。伤心难受的她，想到父亲阻止她起诉李天海，真有先见之明。父亲毕竟是父亲，一辈子必须面对的亲人。

没有父亲的日子，哪个家庭都不完整，没有父亲的日子，更可能受到别人的鄙视和欺负。

二十一

李天海公司开发的楼房已经竣工，有工人在拆运送材料的升降架，他叮嘱工人注意安全，说安全责任重于泰山，不能疏忽、大意，钱好赚，生命最重要。一工人开他玩笑说，你生活丰富多彩，精神好，人长得牛高马大，出门随便找位女子玩乐都行，怎么就不注意影响呢。李天海问啥意思，你指谁？那人赶紧说，跟你开个玩笑，别见怪。

李天海说，你小子嘴巴闭紧点，别张嘴乱唠嗑，要是你乱讲，小心从脚手架上摔下来，回家团圆找不到婆娘的被窝！那才叫玩笑。

那人说，男人挣钱回家抱老婆天经地义，可你不能盯着年轻女子就心慌意乱，慌乱啥嘛。

李天海吼，你！大胆！越讲越不像话。

那工人壮起胆子说，小姐细白的身子虽然逗人喜欢，但细水长流处可能早有人探触，你何苦惹祸上身？

李天海反感工人不顾及他情面，走到一边去，恰好李秋天给他打电话，说售楼部有事情，叫他过去。

李天海赶过去后，李秋天问他见到冬瓜没有。

李天海回答昨天还见着的，问有事吗？

李秋天让李天海联系冬瓜，说案子到了最后关头，最好让冬瓜换个手机号，让警察无法联系就成。

李天海说冬瓜绝对值得信任，没必要换手机号，换了手机号联系业务不方便。况且，事情跟冬瓜一点关系都没有，警察没必要找他麻烦。

李秋天说，你让他换个新号，让警察联系不上他就行，你与林雪梅的事必须尽快作决断。

李天海试探地问，叔叔有何打算？

李秋天教训李天海要老实做人，往后别招惹是非，他会处理一切事情。随后问李天海是否真喜欢林雪梅。

李天海不加思索地回答，喜欢，当然喜欢，如果不喜欢就不会克制不住躁动的心理。

李秋天怂恿说，既然喜欢她，就想办法接近她，让她不讨厌你就行。如此这般，对李天海作了“指点”。

李天海真的去了林雪梅家，去时买了许多礼品。

棍棒不打笑脸人，林东升将李天海迎进了屋。

李天海后悔对雪梅做出的无耻行为，恳求林东升看在他曾经与雪梅同学、共事的份上，原谅他，原谅他的鲁莽行为，希望今后能够友好相处。

林雪梅从里间屋出来，怒气地吼，你来干啥，你对我的伤害还不够吗，你诚心搅乱我的生活是不是？你叔侄俩三番五次地讲这个话题烦不烦！说完赶李天海走，还把他买来的礼品一脚踢得散乱。

李天海一把抱住林雪梅，说：别这样，我是真心喜欢你，原谅我吧，你让我做牛当马都行。

林雪梅想挣脱他的环抱，无奈力气没他大，气得眼泪流下来，骂，你这个流氓，放开我！你干吗要这样折磨我，我前世欠了你什么？“啪”的一声，扇了他一巴掌。

李天海捂着火辣辣的脸，脸皮厚地说，嫁给我吧，我会一辈子对你好。

林雪梅又一巴掌扇在李天海脸上：你做梦！趁他不注意，咬了他一口，挣脱了他的环抱。

李天海捂着被咬的手，说：雪梅，原谅我，我只想做一个你喜欢的人，可你不能咬我呀。

林雪梅跑进屋，操起一把菜刀出来，晃着说，你再胡说八道我和你拼了，你太欺负人！你不让我过清净日子你也别想活得安逸，来吧，大不了你死我亡。

李天海害怕林雪梅较真，退到门口说，雪梅，我真心喜欢你，希望你考虑考虑我的建议。

林雪梅骂：考虑个头，滚！再不滚我让你和你叔叔一同进监狱！

李天海惊恐地说：我走，我走，干吗扯到我叔父身上。

你叔父讲的那些话令我烦，你又来找事，你认为我真的好欺负吗，你认为我真的不能把你叔侄俩咋样是吧？告诉你，惹毛了我，没你们好果子吃！

本以为会有好苗头的李天海，没想到会是如此尴尬局面，只好灰溜溜地走了，走时不忘回头对雪梅说：不论你怎样对待我，我都喜欢你。

林雪梅说：喜欢，喜欢你个头，滚！

李天海刚走出林雪梅家的小巷，迎面碰见东海，东海前来看望林雪梅。东海深仇大恨要生吞活剥李天海似的，大声吼，李天海你别走！

李天海捂着被咬的手，怪腔怪调地说，我走不走关你屁事！

东海伸手就是一拳。不料李天海早有防备，躲过拳头说，你不是我对手，老子今天不和你较量，说完快步离开。

东海说，你别嚣张，有你难受的时候。随后快步来到林雪梅的家，见门口散乱的礼品、雪梅哭红了眼睛，问，他刚才来过？

林雪梅颤抖着声音，抹了抹眼睛说，我恨不能杀了他！

他来干啥？

她哀怨的眼神，说：还能有啥，求我原谅他呗。

他疑惑：他求你原谅他，他胆子太大了。

我恨不得剥他的皮、抽他的筋。刚才我扇了他巴掌，还咬了他一口。

怪不得李天海捂着手不敢和自己比试，东海佩服林雪梅的胆大，可他憎恨李天海买礼品看望韩淑芬，她父母就没阻止？内心说不出的难受，讲出的话令人颇感意外，话是这样讲的：他是喜欢你才过来的。

林雪梅本以为东海会安慰她，谁知他的话竟然含着责备和醋意，她气得身子发抖说：你说啥呀你，他是喜欢我，你不允许他喜欢我呀！

东海后悔词不达意，可憋在心里的委屈和怨气难以消散，紧闭嘴唇后讲出的话更令林雪梅不愉快：他是不是请求你重新认识他？

林雪梅肺都气炸了，生气地说：你不喜欢我了就明说，用不着拐弯抹角。

东海总算“醒悟”过来，一把抱住她，说：原谅我，因为我爱你。可他不该来，他不该来的。

他来我能阻拦吗，你看到的，这些礼品被我踹了一地，东海……现在你终于提出这个问题，你一直就在意是不是？

……东海没吭声。

既然如此，我们相处会很痛苦，咱们冷静一段时间吧，林雪梅气愤地跑出了门。

东海怨气地将那些礼品踢得到处飞。

东海回家倒床就睡。他母亲问，和雪梅吵架了？他回答没有，只是感觉身体有些累、想睡觉，想好好地睡一觉。东海母亲劝说，不要与她一般见识，她的事已经够难受，你和她计较，如当往她伤口撒盐；她妈妈病魔缠身，你要多体谅她。男人要拿得起放得下，不能三心二意对待人家。

妈，你烦不烦。

烦！妈就要烦，这件事情林雪梅是做得不对，但你不能黑脸对人家，她毕竟是受害人，她的孝心可嘉。你老大不小的人，前妻离你而去，嫌的就是你度量小。如果你对雪梅不大度些，你让妈去哪里抱孙子，我可不想在有生之年抱不着孙子。

这话讲到东海的骨子里去了，他是三代单传，是孝顺子，从没惹母亲生气。前妻离他而去，嫌的就是他气度小，他妻子爱玩麻将，爱与人开玩笑，甚至也做了些出格的举动。他受不了闲话，于是要求离婚，住房判给了女人。

东海的父母年龄一天天见长，精神面貌一天不如一天，希望早些抱孙子。平时帮东海管理餐厅事务，为的是让东海有机会结识女子，早日成家。眼见林雪梅与东海走得勤，觉得儿子有眼光，想不到的是她与李天海会发生不愉快。

东海说：李天海去过她家，还买了礼物去，想不通她为啥要见他。

东海母亲问：李天海没被警察抓起来?

抓进派出所一天时间就放出来，不清楚具体原因。雪梅不让我收拾李天海，我答应她，为的是让她安心地生活，可她，居然让李天海进了家门。

儿子呀，李天海可能是去道歉，你错怪了雪梅。

林雪梅扇了他一巴掌，还咬了他一口，我就没想通李天海凭啥就敢大胆地去她家。

这就对了，看来你真的错怪了林雪梅，你是小肚鸡肠，快去向她道歉，赢得她的谅解。男人做事多动动脑子，别婆婆妈妈小心眼。

话说林雪梅听到东海问责的话，心里难受至极，烦闷地关了手机，谁的电话都不接，她恨东海不理解她，如果她接受李天海，那是分分钟的事。那天晚上，她躺在床里，思来想去，对东海的情感总是理不出头绪。她想忘记与东海曾经的交往，可总是模糊地挥之不去，最后想去外地，清净一段时间也行。俗话讲的眼不见心不烦——不见面或许没有伤感。

林雪梅开始在网络里搜寻招聘用工单位，有的单位要求技术熟练工，林雪梅没有特长，只能选择与学业相符的单位，可那些单位不是要求有几年工龄便是要求更高的文化。林雪梅去过两家单位面试，之后便放弃了面试。放弃面试的原因是，重庆有家单位招聘用工的条件很符合她，她马上联系在重庆工作的李艳梅，让李艳梅去“踩点”。

李艳梅在师范学院结业之后，直接去了重庆，听说在一家房地产公司已经做到市场营销主管位置，待遇相当好，答应帮忙。

身材窈窕、脸蛋乖巧，能说会道的李艳梅在工作中表现出色，甚讨老板喜欢，老板让她负责市场营销，口才得到锻炼，且交友广泛。

李艳梅所在的房地产公司，在重庆市是响当当的上市公司，数年里打造了好几个国际品质的豪华住宅区，口碑好，发展潜力巨大。李艳梅每天按时上下班，很快与其他同事相处得“水深火热”，星期六、星期天也不休假。

林雪梅到了李艳梅上班之地。李艳梅没介绍林雪梅到她的营销团队，她将林雪梅介绍到老板朋友开办的“圣宫浴足中心”去上班，说“圣宫浴足中心”在重庆口碑好，去那里消费的人多是大老板，赚钱相对容易。

林雪梅纳闷为何不让她进入李艳梅的销售团队却要去娱乐场所。

李艳梅回答说，圣宫浴足中心企业文化浓厚，虽然是娱乐服务行业，但赚钱容易。

林雪梅说，你让我去做浴足工作，我以前学的计算机专业知识算是荒废了。娱乐性质的圣宫浴足中心，我该持怎样的心态去面对？

李艳梅说，书本知识与生活实践差距万里。读书是求一个跳板，有人为之疯狂，有人为之颓败。你我没找到跳板，只得适应社会。浴足行业鱼龙混杂不假，但只要思想健康、品行端正，没人能左右你的思想和行为。

林雪梅说，你诚心让我在沙眼里过日子，我又何苦找你帮忙。

李艳梅劝说，介绍你到圣宫浴足中心，是让你多多接触这个社会、了解这个社会。人的面孔千万种，只要有钱赚何必分层次、分工种。人要吃饭、穿衣，何必在意行业不同。况且，浴足行业是朝阳产业，前景应该广阔。只要自己不起邪门心思，任何人都不能奈何你。

我心里有点堵。林雪梅突然用手捂着胸口说：我觉得，浴足行业不适合我。

李艳梅打断林雪梅的话，劝说适合不适合，要实践才知道，有些人本来有很好的潜力但没发掘等于屈才，在“圣宫浴足中心”上班，只要脑子灵活，钱会滚滚地流进包里。

艳梅，你知道我的性格，我不是随便的人。

正因为你不随便，我才介绍你到圣宫浴足中心锻炼，你得学着与人交往。重庆与钱江市同属一江带水，但重庆是直辖市，生活节奏快，观念转变也得快。

经过一番劝说，林雪梅最终决定去“圣宫浴足中心”上班。

那晚，她俩没完没了地闲聊至深夜，林雪梅不小心将手机掉在地面，摔坏了。第二天拿去维修部修理，维修师傅说要返厂，得一个星期才能修复，并且修理期间没有备件可用，征求林雪梅修与不修。林雪梅只好同意一星期后去取。

林雪梅去重庆时只给父母留了一张条子，大意是去外地一段时间，具体地方没讲，希望不要担心和挂念。她把条子压在床头柜上，买了一张去重庆的车票。

林雪梅在“圣宫浴足中心”，听师姐们阐述行业规则、学习按摩理论知识、揣摩技师的手法、技巧。起始几天，她观摩师姐们的操作流程，听师姐们讲解操作要领。接下来对客人试行按摩，渐渐地可以独当一面。

晚上，她躺在异乡的床上，想起生活中的不如意，想起父亲对钱的渴望，想起与李天海的心理纠结，想起与东海的情感牵挂，她的心悲伤，甚至有过绝望。

李艳梅关心林雪梅是否失眠，问要不要出去吃夜宵。

林雪梅回答人地生疏，晚上少出门的好。随后问李艳梅几个月时间就混到管理层，施展了一技之长吧。

李艳梅睡时只穿了裤衩，跳到林雪梅的床上，扭住林雪梅的大腿说，你的一技之长呢，要不要施展起来。

我的思想没你前卫。

亏你和东海相处了那么长时间，不打算学以致用？

学以贯通？岂不羞耻。林雪梅的心一阵紧张，岔开话题说，你能进入上市房地产公司管理层，足见你的适应能力，非同一般，可我，望尘莫及。

李艳梅悠悠地说，凭你与东海的感情，他会同意你来重庆？

林雪梅说是悄悄过来的，告诉你无妨。后来问：你知道我为何来重庆吗？

李艳梅说：讲讲个中缘由。

林雪梅后悔不该提及，但已经由不得她了，李艳梅搔她腋窝，不讲不行。

于是，林雪梅委婉地道出了她的那点事，说因为烦，就“投靠”你来了。

李艳梅说：不去签约单位，出门撞运气，足以证明你的勇气，但前提是，必须认清形势。比如我，荣幸地混到现今工作岗位。可我依然留念学校的生活：单一，无杂念，想逛街就逛街，想睡觉就睡觉。如今，必须得学会生存技巧。你与东海感情深厚，你就舍得离开他？

这是没有办法的事情。

到底怎么回事？

林雪梅只好对李艳梅讲了与李天海之间的事情。

李艳梅惊讶得半天没反应过来。后来说，怪不得你会来重庆。也好，免得见人生念头。然后分析说，李天海对你或许真有感情，只不过方式错了。

他恳求我原谅他，你说我能原谅他吗？

李艳梅说，这是一个艰难的选项，希望你在重庆弥补受伤的心灵。之前王金钱劝你（建议你）接受李天海，看来她是一片好心，也基于李秋天与李天海是叔侄关系，她的处世哲学，你需要学习。

学习她？学习她我就不会来重庆。她的那些事，我挺反感……哎，不讲不愉快的事，谈谈你的情况。

李艳梅玩世不恭的样子：我每天按时上下班，月底签单领工资，时间就这样混过来的。

林雪梅试探地问，与老板关系非同一般吧？

你与老板关系才非同一般。

你与周斌的事情，还联系吗？

那是N个世纪前的事了，他有他的生活方式我有我的人生追求，道不同不相为谋，早已散伙。现在我只想挣钱，趁年轻多努力。

我知道你鬼点子多，可鬼点子多不能证明行事方向正确，因为咱们是女人，女人必须得处处提防，注意形象。

这是现实给逼的，不挣钱都不行，不使出浑身解数都不行。

林雪梅说：越说越悬，不与你说了，睡觉，睡觉！

二十二

林东升先以为林雪梅去同学处玩，晚上就会回家，哪知一整天都不见人影，随后进入她房间，发现了留下的纸条。

韩淑芬责备林东升闺女去哪里了都不知晓，你这父亲当的不称职。雪梅去外地，她能知晓社会的沉浮？

林东升扬起那张纸条说，她去哪里又没告诉我们，我咋知道她去了何处。早知这样，真该好好劝劝她。

韩淑芬担忧地说：我的眼皮跳得厉害，你告诉我，她到底去了哪里？

她去了何处我真不知道。林东升再次扬起那张纸条说，这不明摆着的嘛，她不想让我们知道。暗里喜悦，巴不得她去外地。

韩淑芬看过条子后说，她太任性，她与东海的事情怎么处理呀？

林东升说，东海那边你放心，我会想法应付。眼看韩淑芬咳嗽不止，他赶快把药给她递去，让她服下，说，你安心养病就成，其他事别操心。

雪梅做事有分寸，她有她的人生追求。俗话说，女大不由娘。

韩淑芬说：外面世界多复杂，要是被人拐卖了咋办？

她知道保护自己。林东升劝说：女大是要出嫁的，管她怎么个方式，由她去吧。忙过一阵，他躲出去给李秋天打电话，让李秋天去了结案子。

李秋天欢天喜地：这就对了嘛，事情早该结束了。

林东升把林雪梅留的纸条拿给警察局王队看，条子的内容大意是她悲伤自己的遭遇，如今去一个不熟悉的地方，忘却曾经的记忆。与李天海的案子，家里有父亲操办就行。

王队问林东升：这些是她的意思？

林东升双手一摊：这还有假？！我能这么写吗？

王队问：有人对你们施加了压力？

林东升回答：压力肯定有，至于威胁，不至于。我恨不得扒李天海的皮、抽他的筋。这世道，人活一张脸，树活一张皮，我们得为自己想想。我闺女以后还要嫁人呢。所以，我们不想折腾了，也折腾不起。

王队皱着眉头说，李天海确实不是爷们儿，行为应该受到谴责。如此这般，他劝林东升想开些，不必纠结在事件里。

林东升两手一摊说：我们没其他办法，只能请求结案。

王队说：即使结案，李天海必须来签字才行。

说曹操，曹操到。李秋天来到警察局，向王队点头哈腰，说发生这样的事情真的很遗憾，希望王队高抬贵手。

王队说李老板办事爽快，要结案子，你侄儿必须来签字。

李秋天说，我侄子随叫随到，老林先办手续吧，我马上叫李天海过来。

签字意味着达成共识，签字意味以后不能追究对方法律责任，女儿或许不会怪罪自己，但这事得对她讲，不能让她失去权利。重要的是，李秋天承诺的住房没兑现，更不能签字。林东升望了望王队，再看了看李秋天，说，你们办吧，我跑三轮车去了。

王队叫住他：怎么说走就走，你女儿的事，办还是不办，你得有个明确态度！

林东升转身回答：办。当然办！

王队说，办就签字，签字之后才离开！

林东升说，李老板代签就是，我没意见。

李秋天赶忙附和：王队行个方便吧。老林的意思是，不耽误你们时间，你递支笔过来。

王队竖起大拇指，说：厉害，李老板厉害。

李秋天说，谢谢你关照。随后叫林东升在记录上签字。

林东升拿起笔，突然说，这字我不能签，我要问问闺女才行。边说边丢下笔，走出大门。

李秋天跟出来问，你不是说你女子委托你办理吗，怎么变卦呢！

林东升问：你同意给住房的手续呢，你没给我住房，我凭啥签字？

李秋天：我不是说过吗，房屋要售罄之后才能办理手续，手续批下来就给你。

林东升态度坚决，那你批下来后再叫我签字。

李秋天只好说，事情早结束的好。

林东升说我等着，时间不能太久。

李秋天心里一阵嘀咕：老东西是不见兔子不撒鹰，难对付。

林东升回家之后，发现东海坐在椅子上，问，你怎么在这里，吓我一跳。

东海板着一张脸：请你告诉我，雪梅去了哪里？

林东升说，我，我正想问你呢，你……你们没在一起？

东海说；我几天时间都没见到她，她电话也无法连接，我问了所有的朋友都说不知道她去了何处！

林东升装糊涂：昨天我还与她通了电话，说完打开手机，装出拨号的样子，然后说，真的打不通，怎么回事，你们吵架了？

东海说：我们没吵架。前几天她心情不爽，我以为过两天就没事，谁知她，竟然不见了人影。

林东升反感李秋天拉拢他女儿和李天海处朋友，说做人得有底线，不能一味地昧良心。

李秋天讥笑：你还有底线？你不是背着你女儿做了违背她的事情吗，要不是因为李天海，我会在你面前栽矮桩，自不量力。

林东升受到讥讽挺不高兴，癞皮狗似地说：你不兑现承诺可以，撕破了脸皮，我啥事都做得出来。

李秋天说：此一时彼一时，你不能让我白白扔出去几十万块钱。该怎么做，你看着办。

我闺女去了外地，你就想反悔？

我说过此一时彼一时，你不考虑我的建议，只能这样。

你到底想怎么做，把话讲明白点！

李秋天说：王金钱你知道吧，她是你闺女的同学，她代我给了你闺女两万块钱，这事你不知道吧。到今天为此，我给你的钱已经几十万，几十万不是小数目，你还想咋样，人心要知足。

你说王金钱，给了我闺女两万块钱？

当然，我让王金钱送过去的，不信？你问问你女儿。

林东升脸皮陡然燥热起来，说：她没对我讲这事，不过，我会问的。随后说：如果你算计我，你应该知道后果。

你敢！

你看我敢不敢！

凭我的关系，了结这桩案子小菜一碟，但我考虑到你老婆的病情，才与你商议，想大事化小小事化了就行，可你胃口太大，我满足不了。我做人也有底线。我认为我的建议你完全可以考虑，俗话说成人之美，贵在交往，你何不给他们创造沟通的机会？

林东升后悔逼雪梅选择了逃离这条路，觉得对不起她。可对钱的欲望，他固执地狠心，李秋天答应给一套住房的条件太有诱惑力，虽然只有60多平方米，可这个机会不能放过。但是李秋天提议让女儿与李天海处朋友，万万不能接受，明摆着欺负人。林东升思量后说，先前你没有提这个要求，这会儿提出来，太过分。你讲话还算数不算数！

算数，怎么不算数？可得有条件。李秋天怪腔怪调地说。

那好，我不要住房，你先支付的钱我也不会退，反正我没写条子，我马上去警察局，阐明我闺女的观点，你等着看下文。

你要手腕，小心你跑三轮车翻进阴沟里，命都难保。

我这贱骨头无所谓，我倒担心你这个有头有脸的人物，要是报纸登出你为李天海所做的一切，只怕你接受不了。

你敢！

如果一月内你不给我住房手续和钥匙，你看我敢不敢，我说到做到！

李秋天见林东升态度坚决，软了口气说，林哥，你的性格和你女儿差不多，真是犟驴，刚才跟你开玩笑的，我没说不给你女儿住房，问题是住房还没有卖完，手续一时批不下来，你不能让我把所有的利益都给你，而我落得个不痛不痒吧。王队让你签字你就签字呗。

我女儿没有委托我结案。

没委托你结案？那你叫我到王队处干啥，吃饱了撑的！李秋天迫切地说：所以，我们必须拟行一个手续。

什么手续？

你写字据，证明你女儿以后如果追究李天海的责任，你必须无条件地还我的房子和先支付的所有费用，此为借据。

你想得美！林东升肯定地说，我不会写手续，你给我住房合同和钥匙我马上就签字，几分钟时间就搞定，挺简单的事情。

写张字据又不要你的命，法律讲证据是吧，有了字据我就给你住房合同和钥匙。

林东升真不清楚李秋天会玩啥手腕，推脱说回家问问老婆再说。

李秋天缓和口气说：明天答复我，超过明天一切免谈。

林东升喂韩淑芬药时，问她身体感觉如何，韩淑芬回答好多了，只是胸口仍然憋闷。他说动了这么大的手术，肯定有些不适的感觉，你应该感到死后余生的庆幸。如今闺女去了外地，家里就咱老两口，你心情要开朗些……你知道的，我跑三轮车的钱只能解决基本生活，你后期的治疗费用还得发愁呢。

韩淑芬说，你我相濡以沫几十年，我了解你的性格和为人，闺女不去学校签约单位，肯定有原因，告诉我，怎么回事？

林东升耸耸肩后说，你动手术前几天，闺女联系了接收单位，如今那家单位已换人。闺女的脾气你是知道的，她不愿意别人提及伤心的事情。

韩淑芬发觉林东升讲话吞吞吐吐、脸色不自然，问，你有事瞒着我。

林东升说，我是有事瞒着你，可这些事都是为你好，为雪梅好，为了咱们这个家好。你知道的，咱们家拿不出这么多钱为你动手术，我无法半夜生出钱来。

韩淑芬关心地问，那你到底是怎样解决钱的问题？

淑芬，我对不起你。林东升说时泪水滚出了眼眶，一下子跪在韩淑芬的床边：淑芬，如果我为了咱们能够过上好一些的日子做错了事，你能原谅我吗？

韩淑芬心一沉，说：你说啥呀东升，快起来。咱们相处几十年我还不了解你？你有主见，即使做错了事我也不怪你，告诉我，怎么解决钱的事情？

为了给你动手术，我接受了李天海叔叔的请求。条件是，放过李天海。

这个我已经意料到。韩淑芬讲话语气显得低沉。

我答应李天海的叔叔，让闺女和李天海处朋友，我想把伤心事变成喜事，想将错就错地促成一段婚姻，免得别人讲闲话。林东升试探韩淑芬的反应，李秋天对他的建议他觉得可以考虑，只是不清楚韩淑芬持何态度，如果韩淑芬同意，那是最理想的结局。

谁知韩淑芬腾地一下坐正身子，吼：你！你收了人家的钱就算了嘛，干吗同意闺女和那个东西处朋友，他那样的人值得你把女儿许配给他，亏你想得出！

林东升坚持说，我，我是为她好，一来消除负面影响，二来为她以后的人生考虑，两全其美的事为何不可以。

韩淑芬急切地说，如果你为闺女好，就不应该让她去李天海公司的售楼部上班，如果不去售楼部就不会向人家借钱，不借钱就不会发生被侮辱的事。闺女书读得好好的，你就叫她去打工，她能意料这复杂的社会？

女儿在我的安排下生活会很舒心的。如果以前你听我的，不让她与东海处朋友，她今天就不会独自一人去外地，不定早就有了安定的生活。

谬论！没正经的东西！女儿都被迫去外地了你还讲风凉话，亏你是她父亲。你是想把我气死还是怎么的。韩淑芬气愤地说。

你劝劝女儿，让她看在人家已经给了咱们几十万块钱的份上，还同意给一套住房，让她放弃东海，选择与李天海处朋友吧。

东升，你变了，你变得为了钱连女儿的人格都不顾了，尊严都不顾了。姓李的答应给你住房，你就把女儿嫁给他，你还是人吗！干脆你把我们母女俩撵出家门，你一人想怎么生活就怎么生活，为非作歹的事情我们眼不见心不烦。

淑芬，你言重了，为非作歹的事情我决不干。林东升厚脸皮地说，我这样做都是为了这个家，没有钱的日子很难受，我怕再回到农村过那种面朝黄土背朝天的日子，谁叫李天海要做冤大头。

韩淑芬缓和口气说，平时你模样老实，这会儿到精明起来，你到底想怎样安排我们的生活。

林东升：你让闺女写个委托书回来。

韩淑芬：你认为女儿会写？

林东升：她应该能够理解我们的苦衷。

韩淑芬：以后我们在别人面前将很难抬头做人。难怪女儿无法接受事实要去外地，原来，一切都是你在作祟，你这是在作孽呀。

话讲得太难听，时间会冲淡记忆，只要不在闺女面前提这事她应该不会伤心。我们应该为她以后的生活着想。她在城里有一套自己的住房，应该是很开心的事。即使东海不与她结婚，她将来也会找到喜欢她的人。实在不行，把住房卖掉去另一个地方居住，没人知道她的过去，一切重新开始就是。

韩淑芬问：雪梅会同意你的做法？

林东升说，她不同意我的操作，所以才去了外地。你动手术前几天，我向她讲过收了人家好处，当时她悲伤、绝望地哭泣，我劝她想开些，最好保持沉默。这不，悄悄去了外地，这就是她的态度。

你想趁她去外地期间把这事给办下来？

这不正与你商量吗，你同意，我就与姓李的签协议。哦，忘了告诉你一件事，雪梅收过人家两万块钱。

韩淑芬颇感意外，问：有这事？！

林东升回答，是她同学劝她收的。她同学是李秋天的相好，俗话说的情人，与雪梅同寝室，知道我们家经济状况，她撮合雪梅与李天海。

韩淑芬说：你东一句西一句把我脑子给整晕了，说明白点，葫芦里啥馊主意？

林东升说：你点头之后我就让闺女写委托书回来，我一定要替她要到那套住房。

雪梅去了哪里都不知道，怎么联系？

这个你不用操心，我自有办法。

二十三

李艳梅只身来到重庆，先在一家工厂做计件工，微薄的工资不够她吃饭，甭说穿衣、买化妆品，三班倒的工作制度，她承受不了繁重的体力活，心情烦躁时，去一家酒吧喝酒。喝酒途中，酒吧里的一位男人开始注意她，在她喝得有些醉意时，走到她身边坐下，尔后攀谈。

就这样，李艳梅与这位男人留下了联系电话。

这个男人是她现在公司的法人，房地产企业鼎鼎大名的老总，旗下企业好几家，其中一家房地产销售团队正在招聘员工。老总邀请李艳梅到他的公司任职。李艳梅欣然前往。之后她使用心计，很快做到现在的工作岗位。

李艳梅带林雪梅到“圣宫浴足中心”，本意是让林雪梅锻炼社会适应能力，实意是考验她。每天十多小时的工作量，林雪梅感觉吃不消，但收入可观，甚感欣慰。下班后邀请李艳梅逛街、散步、聊天。

走在宽敞的大街，面对摩天的楼群、流光溢彩的夜景、妙曼的城市布局和闪烁的霓虹灯，她的心情非常舒心。面前不时走过浓妆艳抹、勾肩搭背的男女，她不由得想到了东海。到重庆她没有告诉东海，不知东海会有怎样想法，她很想给他去个电话，却难以启齿。

那天，李艳梅发现林雪梅情绪低沉，拉她去酒吧喝酒。

林雪梅不去，说不熟悉之地，担心遇到心怀不轨之人。

李艳梅问：你担心遇到心怀不轨之人，说明你还没走出心理阴影。我劝你，别想那件事，一切都会好起来。

李天海狗东西欺负了我，我是迫不得已才到重庆来。

我终于明白了一件事。

你明白了什么？

王金钱之前劝你，希望你与李天海化干戈为玉帛，劝你将错就错地把自己嫁出去，是为上策。毕竟，李天海喜欢你，你应该答应他。

我凭啥答应他？东海是我的初恋，东海才是我的人生归宿，只是没曾想，会发生这样的事情。

李天海没有压我的身子，要是他压我的身子，即使我与东海有深厚的感情，我也会离开东海。因为李天海借给你十万块钱，借据都不让你写，足以证明多么喜欢你。况且，他在他叔叔的公司里，会有乐观的发展潜力。你知道潜力是什么概念？潜力如当股票行情，随时成倍翻涨，值得关注与青睐。

就为这事我烦躁得吃不下饭、睡不好觉，我爸劝我见好就收，可我觉得这辈子再也没有前途。我的爱情被李天海扼杀，没有体会到爱情的快乐，有的只是一种伤感。

你爸做事客观、理性，既顾及了纠结的情绪又考虑了实际情况，眼光比你长远，你要听从安排……要不要我联系李天海，让他来接你？

别，别，别，你别添乱，我心里容不下他，我们之间不可能。

你不喜欢他是因为心理纠结，总觉得对不起东海。其实，他应该是你人生最佳选择。而你与东海的关系，想必今后不会一帆风顺。

所以，我来到了你这里。你出出主意，我该怎么办？

李艳梅分析：以东海的性格，他可能找李天海拼命，因为一切的不开心都因为李天海，更有可能是，他会到重庆找你。

他无法找到我，我不想见他。

不见他是假话，你刚才说容不下李天海，证明东海在你心里占据了重要位置。你与东海已经谈婚论嫁，他不找你，行吗？

我能嫁给他吗，我都没有信心。我怕伤害他，我怕他在熟人面前抬不起头。

假如他来重庆接你，你不见他行吗。不过也好，重庆当以发展经济为主导，形形色色的人多了去了，腰缠万贯、资产过亿的人随处可遇。如果，如果你想在重庆发展，就在重庆找位男人成家立业，免得回去过那种揪心的生活。

我不会在重庆呆太久，我的打算是，学习一门技术，有了技术，不至于生存无信心。

你的想法我理解，相信东海会支持你的决定。但是话说回来，如果你不见他，即使学到技术，未必能赢得他欢心。

他不在乎我，我还不在乎他呢。

讲气话是吧，我劝你还是回去准备结婚事宜，到时记得给我发请帖，我一定回来参加你的婚礼。

艳梅，我刚来几天你就撵我走，不够友谊哦。

我俩是同学加好姐妹，我知道你在考验东海，十天半月不见他可以，但不需要太长时间，如果他知道你到了我这里，不骂我才怪。

他不知晓我在你这边，我只对父母说想清净一段时间，没对他们说到什么地方。

这不愿意那不想，不如去尼姑庵当尼姑，耳根清净，万事皆清。可尼姑也有烦心事，假和尚都有冲动的眼神，你避得过吗。每月一次的例假，你需要的恐怕不仅仅是休息，更多的是希望得到关心和疼爱。

不要劝我，我不想触景生情。

李艳梅继续阐述她的人生观点：是人都希望结婚，都希望对方爱自己。而女人，更希望得到男人的冲撞和体验爱情的快乐。人，总得面对现实，不可能生活在幻想里，而生活就离不开油盐酱醋。有钱能走天下，有钱能买到想要的东西。人，不想钱都不行。

林雪梅说，我的童年没有快乐，母亲长期犯病，我爸的收入微薄，挣的大部分钱都花在我妈的治疗费用里。我原以为，大学毕业，生活环境能够得到改善，谁知李天海毁掉了我的生存环境，我的心在滴血呀艳梅。

我知道你心里清苦，也知道你深爱东海，我支持你学门技术，因为咱们是好姐妹。你被李天海欺负，算是增加了一门课程，大不了在课程里栽了跟斗而已。想开些，心情就会开朗得多。我问一句，你对李天海，印象到底如何？

他骨子里不安分的成分重，人霸道，不征得我同意就张弓上箭，我一点儿快乐都没有感觉到，你说我能原谅他吗。我的心属于东海，除了东海，其他人我看不入眼。

李艳梅笑起来说，知你者莫过我也。李天海对你有感觉你是清楚的，至少你心里不反感他。造成目前的窘态，主要是他对你的方式错了，而且错得不可原谅。但反过来说，你不应该向他借钱，更不应该随他去歌厅取钱。歌厅的场合，你知道暧昧的成分有多重。

艳梅，你到底想说什么？

我想说的可多了，但你不一定愿意听。

我与东海有君子约定，我坚持毕业就结婚，谁知出了这事，我真不知该怎样面对他。

听我的劝，忘记他，在重庆找位喜欢的人，嫁出去。身子是属于自己的，不属于某一个人。管他何种方式，有钱能走天下。你与东海已经有了不愉快，如果他怨恨你被李天海占有过，心理肯定郁闷。听我的劝，在重庆找个男人嫁出去，要么“租”出去也行，等有了资本，把东海花在你身上的钱还给他，感觉不愧对他就行。

林雪梅明白李艳梅的意思：给男人当二奶？我不会傻到那种程度。

懂感情的男人不一定要你当二奶，或者一夜情也可以，或许收获不俗。

如果照你所说，我不如嫁给李天海得了，他叔叔给我开的条件很有吸引力，问题是，我不想过那种生活。

此一时彼一时，如今的你，必须对生活作权衡，青春颜值虽然高，但短暂，炫耀不了多长时间。李天海给你精神上造成了伤害，他会加倍地对你补偿。你父亲做法可取，你要理解你父亲。

听你如此讲，你在重庆已跟了男人。

你这话不高明，是女人都要嫁人，选择不同而已。实话对你说吧，上班时间我是老板的助手，晚上偶尔充当老板的情侣，有饭吃有收获，挺开心的事情，何乐不为！

嫁人与当人家的情侣是两回事！怪不得你在短时间里就混到了如今岗位，挺不简单！

李艳梅笑着说，我生活虽然浪漫，可我懂得生活，适当地调节生活，对生理有帮助。况且，会学到很多东西。要生活，就得让自己开心，开心地对待别人，开心地对待自己。而开心，就得花钱，花钱就是为了买东西、图享受，买东西就需要一张纸——钱就是一张纸。只要谁想钱谁就会成为钱的奴隶。我没有特长，但我有魔鬼般的身子和脸蛋，父母给了我好的身子和脸蛋，我肯定要利用。雪梅，你是深山里的玫瑰，静悄悄地开，如果没人欣赏你，同样一文不值，何必呢。

想不到你堕落成这样，社会对你有仇吗，社会对你肯定没仇，仇的是你自己，你太想钱！你太看重钱！可想钱不能拿自己的身体与不相爱的人在一起！

雪梅，别教训我，你在学习期间就与东海交朋友，难道不想他的经济利益和能给你物质的享受？你的那点心思，别以为我不知情。

林雪梅撇嘴后说，不管你相信不相信，我反正不同意你的观点，也不会照你说的去做。我与李天海有仇恨，虽然不追究他责任，但我不会照你讲的去生活，骗你是小狗。

李艳梅劝说，能够得到好处时尽量捞取。李天海对你的补偿已经相当可观，得饶人处且饶人。

你为他说情，就因为他与你同姓，一点都不顾及我的感受。我就没明白，李天海进警察局一天就出来，这个社会的法律到底偏向了何方。

法律我闹不懂，也不想深究。李天海进警察局一天就出来，说明人家后台关系好。反过来讲，你自身存在疑点，不能全怪人家。

林雪梅低头不语。

你收了人家钱还嚷叫，法律上难以定性，警察考虑的方面可多了。所以，他们在法律允许的范围内只能观察李天海。我的建议是，你尽可能忘记过去，过好今天和明天。你让父亲捎话给李天海，事情不了了之就行。

艳梅你烦不烦，这个话题不再讨论。

行行行，不谈论这个话题，讨论讨论你到重庆的打算吧。

我想证明生存能力，但我不会用身体换钱，只想凭技能和本事吃饭。

本事，你有多大本事？技能，你有啥技能？李艳梅说，重庆挣钱的机会多，关键是你持怎样的认识和行动。但无论哪种方式赚钱，年轻是资本，年老的没人请，不懂事的没人要。

我妈的身体已经瘦骨嶙峋，我的心每天都受到煎熬，大逆不道，我很愧疚。

你妈的身体虚弱，需要营养和静养，关键是要开心……你打电话回去，告诉所处位置，相信你妈会理解你。

我爸一辈子没见过大世面，耍手腕的事更不懂技巧，李天海叔父见多识广，不知他叔侄俩会对我爸玩怎样的手段，哎，可怜天下父母心。

后悔了吧，难受就赶快打电话回家问问情况，别让父母担心你。

说打电话就打电话。

电话是林雪梅的母亲接的，她母亲颤抖着手，激动得语不成调，急忙问林雪梅在哪里，身体可好、习惯不习惯，嘱托她凡事要多个心眼。

林雪梅待母亲唠叨够了，就问东海的情况。她母亲说东海到处找她，快气疯了，问她要不要回去。

林雪梅说不回去，泪水已经流干，婚姻的事，往后再说。

适时地，林东升拿起话筒说，闺女，你与李天海的事情，应该作一个了断了。

林雪梅闷着没吭声。

她父亲讲了与李秋天商议的细节，最后让林雪梅写委托书回去。

林雪梅让她爸爸操办就是，反正她不回去，眼不见心不烦。

林东升喜上眉梢，叮嘱林雪梅保重身体，说一人在外处处谨慎，注意安全。

二十四

东海在家里喝闷酒，他父亲问他咋不去铺里打理生意，他回答没有心思，说雪梅至今不见人影，做生意有何意义。他父亲问他和雪梅之间到底出了何事，咋说翻脸就翻脸，总得有理由。

东海回答不上来，他去了她家几次，几次都没见到她。想起曾经与她的欢笑和花前月下的卿卿我我，他的眼眶就有些湿润，就想哭。她跳江的举动，令他惊悸和心慌。他决定找到林雪梅，不管她是否做出了愚蠢的举动，活要见人，死要见尸。他真心爱她，不会因为李天海的出现而放弃与她的爱情，更不会因为一时没见面就绝情交往，爱情神圣，需要理解和包容，需要真心对待和关心，他会一如既往地喜欢她、爱她。

没有遇到林雪梅之前，东海觉得婚姻很无聊，有时甚至觉得婚姻是绊脚石，施展不开手脚，想独处时可能受到对方的打搅，有时与要好的人相处还得考虑另一半高兴不高兴。自认识林雪梅，他对生活有了新的认识和看法，重新鼓起了勇气和信心。遗憾的是，李天海从中插一脚，他的自尊受到了极大限度的伤害，他几次徘徊在要不要与她继续交往的十字路口。后来决定陪伴林雪梅度过不快乐的时期，至于往后是怎样的局面，还没有想过。可如今，不见她人影，他的心都快要蹦出胸口。他想从她父亲嘴里探听消息，可是，她父亲的那张苦瓜脸看不出有何信息。无奈之余，他只好来到警察局，向王队讲了不见林雪梅人影的情况，希望王队指点迷津。

王队说林雪梅给她父亲寄了委托书，她父亲应该知道她在哪里，你何必问我们。

东海意识到林东升欺骗了他，隐瞒了实情，想找林东升发脾气，可那样的结果或许会将事情弄得更不愉快。突然，他有一个奇怪的想法，林雪梅莫非去了李天海处，因为李天海去过林雪梅家，请求林雪梅原谅他，莫非她真原谅了李天海，与李天海处朋友了？

东海决定见见李天海，看看林雪梅到底在不在李天海处，他不想为难李天海了，也不在乎李天海会不会讥讽他。如果林雪梅真在李天海处，他会识趣地离开，决不打扰她。

东海开车去了李天海的工地，发现工地楼房已经竣工，有人在搞绿化、栽植景观树与花卉，还有人在修水沟。在栽植景观树的一边，站着李天海。东海喊了李天海的名字。

李天海见是东海，本能地、防范地问：你找我？

东海语言冷冰冰的，问：林雪梅来过你这里吗？

听语气，李天海判定东海与林雪梅的关系降到了冰点，暗里喜悦，壮着胆子问：你认为她会在我这里？

东海又问，见过她没有？

李天海说，她没与你在一起？她是你未婚妻呢，你不知道她去了哪里？

一连串的反问，令东海很不自在。他改变了讲话的语气：我问你见过她没有！见了就见了，没见就没见！

她怎么可能在我这里！你应该清楚她去了何处才对！哦，你俩闹矛盾，你开始嫌弃她了？

她不辞而别，这些都是你的功劳，都是你干的好事。东海突然一脚踢向李天海：我嫌弃她，你就达到了目的？你他妈是罪魁祸首！

李天海想不到东海会突然袭击他，后退几步，稳住桩子说，你不讲理，亏林雪梅对你情深意浓，活该！

东海顺手抓起旁边一跟木条砸向李天海。

李天海闪身躲开，大叫：你打架是吧，先前我对你客气是因为对不起林雪梅，可你今天跑来工地闹事，我决不饶你，不信你试试。说时也操起一根木条。

做活的工人赶过来劝架，将双方手里的木条拿下，有人劝东海赶快离开，跑来工地闹事不对。也有人劝李天海忍让些，说，你是监工，注意影响。

东海骂李天海不得好死，如果林雪梅有个三长两短，你不会有清净日子，不信走着瞧！

李天海气咻咻地吼：你别狂，如果再找麻烦，老子决不饶你！

东海被劝架人抱住，手脚乱舞，咆哮如雷：你他妈什么东西！有本事今天就决一高低，仗着人多算哪般，几次扬手指指点点。

李天海不甘示弱地叫劝架人松开东海，说：有种你就来，老子不把你弄死在这水沟才怪。你自己的女人去了哪里都不知道，跑来问我，太那个虾米（骂人的脏话）了。

你老子才是虾米！老子有本事没本事关你球事。东海气得咬牙切齿，两腿一蹬，挣脱劝架人，再次抡动木条要对李天海发难。劝架人只好再次把他往大门外架，吼：你真不懂事，你欠揍呀你！

李天海讥笑东海：自己的女人去了哪里都不知道，亏你是男人！

东海失去了理智：老子今天就和你比试比试，看谁不是男人。他丢掉木棍，拔出准备的水果刀，再次越过工人，向李天海靠近。

李天海一步跳开丈外，操起一条铁棍，嘴里叫着：你敢过来今天就拖着残腿回去，不信就试试！

东海自知短刀抵不过长棍，不敢轻举妄动，嘴里骂个不停：你狗娘养的，不得好死。如果你不欺负林雪梅我们早已结婚，如今她人影我都见不着，你逃不脱干系！

你俩的事，我管不着，也不想管。俗话说，一人犯相思病，那是自找没趣。她不愿意见你，说明根本就不想与你结婚，何必自寻烦恼！

找李天海出气的东海，没想到反受到李天海的奚落，心里憋屈难受，他开车经过农贸市场，看见林东升在街边等生意，于是将车靠近，大声质问林东升为什么不告诉他林雪梅的去处。

林东升碍于面子，轻声说小点声行不。

东海说刚去找了李天海，问李天海知道不知道林雪梅在什么地方。

林东升回答，你找他干吗，他怎会知道雪梅在哪里。

听口气，林东升一定知道林雪梅在什么地方。东海说，你不告诉我雪梅在什么地方，是收了人家好处吧。

谁知林东升回答很爽快：李天海的叔父表示了歉意，得饶人处且饶人嘛……至于雪梅去了哪里，相信不久她会给你消息。

意料中的事，却从林东升嘴里讲出，听着很别扭，可没有办法。

林东升继续说：你觉得吃亏了是不是，我家雪梅年轻、漂亮、有文化，她啥样的男人不能交往一位，你觉得她配不上你是吧。那好，你去找一个比她好的女子试试看。雪梅受了委屈，你应该安慰她、包容她才对，这些，你做到了吗？

东海后悔地说，我想知道她在哪里。

林东升卖关子：你找人家麻烦干吗。

请你告诉我，雪梅现在何处！东海加重了语气。

林东升眉头皱过后说，前几天她寄了委托书回来，委托书上面有地址。

东海马上来了精神，问：委托书在哪里？

当然在家里，她委托我全权处理与李天海的事情，希望你理解。

理解个屁，你们瞒着我都已经收了人家好处！这话东海没说出口。那些事情他已经不在乎，他关心的是林雪梅在什么地方。

林东升说：见到委托书就知道了。

找到委托书后，东海给林雪梅拨打电话。

电话声声地响起来。林雪梅开始没接。可是，电话一声又一声地响着，是那么的急切和坚持。她为了不影响同事们休息，不得不按下接听键。

东海激动的泪水快要滚出眼眶，急切地问她在哪里，说马上去接她。

林雪梅叫他别去，说就想一人静静，过段时间自然会回去。

东海说，雪梅，你知道我找你找得多辛苦吗……结婚的事我已经准备妥当，朋友们等着抽喜烟、喝喜酒哩。

……

你告诉我地址，我马上来接你。

……

他妈的，我遭的什么罪呀，你为什么不理我？

林雪梅的泪水涌出了眼眶：东海，结婚的事缓一缓，我想清静一段时间。

你说过的，咱们之间如果没有变电话号码，就说明没有中断联系，可你现在的态度，明显不在乎我。

我的手机坏了，刚从修理部拿回来。如果你真心爱我就等我回来，你愿意等吗？

愿意，只要你回来，一切前嫌我都不计较。因为你是我的未婚妻。

林雪梅哭泣地抹眼泪：给我一段时间，我考虑清楚就回去。

东海神情黯然地放下电话，明摆着不同意，没戏了。他的步伐似灌了铅似的沉重，不知道怎样走出林雪梅家的那条小巷。

林东升在东海跨出门后用手机给林雪梅拨了电话过去，规劝雪梅对东海讲话委婉些，说他的心情非常不爽，不定会惹出麻烦事来，问她要不要回来。

林雪梅说，既然出来，没打算一年半载回去，如果他不信任我，咱俩只能是有缘没分，随他去吧。

闺女，外面的日子难混出头，不要勉强自己，你妈的身体已经很糟糕，不定哪天就一命呜呼了。我知道我对不起你，可我做的事全都是为了你好，为了你妈，还有你弟弟。东海人不错，回来与他结婚吧。

爸，我现在不谈婚嫁，只想做事。如果他能等我一年，我会一辈子守候他，决不离开半步；如果他不信任我，结婚就是盲目的举动。

忧伤的东海，来到曾经与林雪梅相依偎的那片树林，望着曾经抚摩过的那些植被，嘴里喃喃自语：她不同意回来是为哪般，我哪里做错了，能告诉我吗？然而，清风恬静的夜晚，回答给他的是，天上的星星向他眨眼睛，还有流星对他调皮的扮鬼眼，更有的是，微风吹拂他的面庞，那些不会讲话但能够给他思考的夜色，将他团团围绕。他的思绪一阵飘荡，视线在幽深的夜晚中开始模糊，在那模糊的视线里，全是林雪梅的音容笑貌以及靓丽的身段。后来，他靠着一棵树，竟然睡着了。

东海那天晚上很晚才回家，第二天早晨刚开车出小区大门，他看见林东升站在门口，向小区里张望。林东升没进小区，是因为不清楚东海住哪栋楼，只想在大门口等东海。

东海发现林东升后，请林东升到家里坐坐。林东升说不必，路过这里就过来看看你。他拿出一张纸条，说，你想见雪梅是吧，纸条上面有她地址。

林东升的突然举动，东海有些受宠若惊，他不明白林东升缘何如此举动，但是，出于礼节，他说，伯父，你可别骗我。

林东升脸皮抽动说，好小子，不想知道是吧，那行，我把纸条撕掉。

嗨，怎么能撕呢。东海一把拿过纸条，上面确实有林雪梅的联系地址，他心里一阵狂喜：你早说嘛。

其实，林东升在林雪梅寄回委托书之后就想把地址告诉东海，但他没有拿到李秋天许诺给住房的合同和钥匙，担心东海心理纠结会对林雪梅发脾气。昨天，也就是昨天，林东升让李秋天带着李天海去警察局将案子了结，他拿到了李秋天承诺的那套住房的合同和钥匙，今天一早就忙着将雪梅的地址告诉东海，他不再担心李秋天变卦。

当时李秋天对林东升说，事情圆满地得到解决，你劝劝你女儿往后不必对李天海怀恨在心，大家都在小范围里居住，没必要怀着怨恨的心理，低头不见抬头见。如此这般，讲了些客套话，最后说大家还是朋友，对吧？

林东升点头默认。

李秋天说，本来这件事情从一开始就可以这样操作，中间会省去许多时间，少很多麻烦。如今，你老婆的病情已经得到控制，饮食已有规律，多好的事呀。

林东升说：我一个庶民百姓，只能摸着石头过河，先前有不当的地方还望海涵。其他的不说了，咱们就此别过。

李秋天回答，就此别过（地方语言）。

二十五

林雪梅在圣宫浴足中心，很快掌握了按摩技巧，学到按摩知识，很快就能独当一面。只要她上工，每每都有客人叫她的工号，没叫到她号的客户就在休息室等。那些客人夸奖她的手法细腻、温柔、特别，而且与人沟通能力非常强，常常是客人笑开怀，她也满脸桃红。客人奉承说长此以往，定能挣大钱。

林雪梅决心学到最先进的按摩技术。李天海在她人生的页码里是一支冷箭，刺伤了她的心同时提醒了她，她必须让自己的羽毛丰满，才不会被东海小瞧，更不想以后被东海言语刺伤。

东海照林雪梅委托书上面的地址，开车到重庆。快下重庆高速路时，他拨打林雪梅的电话，谁知接电话的人是林雪梅的同事，当时林雪梅上卫生间去了，她将电话放在同事那里，同事接听了林雪梅的电话。从卫生间出来，同事告诉林雪梅一个叫东海的男子打过她电话。林雪梅查看通话记录后对同事耳语一阵，同事问，你又何必？

下高速后，东海直接去到林雪梅委托书上面注明的地方，他想林雪梅应该会见他，他大老远地去接她，她应该高兴，至少会深情地来个拥抱。谁知到了目的地，他根本没有见到林雪梅，那里的人说林雪梅出门办事去了，不知何时会回。他只好等，可等了整整一下午都不见林雪梅人影，中间打过几次电话，始终无法连接，不明就里的他耷拉着脑袋，在那段街头漫无目的地闲逛。

那些走在街上的女孩，穿着前卫、花枝招展，东海在人群里左看看右望望，很难分辨谁是要找的人。丧气的他只好在傍晚时到宾馆开了房间，然后换下衣服洗澡，之后躺在床上看电视。可电视画面里的那些场景令他难以入眠，他的心思完全在寻找林雪梅的思绪里。林雪梅为何不接电话是他纳闷的关键。如果明天，顶多后天，见不到林雪梅，他必须打道回府，他不想长久找下去，无谓的寻找，只能是没意思。重要的是，他的餐厅离不开他。林雪梅不见他，原因只有两种，一种是明显地拒绝，另一种是心理负担重，总之，害怕见他。

睡不着觉，东海又到街上溜达，突然发现走在前面的一位姑娘，模样与林雪梅的背影非常相似，穿着打扮都一样，他连续叫了几声林雪梅。那女孩转过头来，瞪他一眼。他发现对方不是林雪梅，连声说对不起，对不起，认错人了。

对方说，神经病！

东海满脑子都是林雪梅的身影，到重庆前以为林雪梅很快会出现在身边，现在只能是单方面的想法，他强行自己冷静，不要过于想她，哪怕她真的漂亮、年轻、有魅力。之前的诺言，一阵风似的成为过眼云烟，不再属于他。

东海在重庆呆了三天，始终没接到林雪梅一个电话，她真的绝情。他决定不再找她，如此绝情的女人即使见面也不会有愉快的话题。他望着天花板正想入非非时，放在房间床头柜上的电话响起来，接听之下，是一位女子的声音。

女子问东海需要不需要做保健、按摩。东海明白是啥样的服务，委婉地拒绝了对方。可过了一会，门口居然有了响动，他坐正身子问：谁？

一个女人问：先生，你真的不需要服务吗？

磁性而甜美的声音，几乎与林雪梅的声音一样，鬼使神差的东海，竟然轻轻地将门开了一条缝。他看见一位年轻、性感妖娆，身材窈窕的女人站在门外，穿着短裙、透明的纱衣，对他一脸灿烂的笑容。

东海认真地打量对方：小姐，你走错了房间吧？

那位女人说，先生，我没有走错房间，如果你刚才没接电话我不知道你在这里。我知道你是一个人，我可以进来吗？

东海被女人的胆大逗乐了：小姐真有趣。

那位女人说，先生，有趣的生活需要异性陪伴才行，你说是吗。你心情郁闷了几天，就不想轻松一下吗？

东海颇感兴趣，你怎么知道我心情郁闷？

你在找你的女人吧，我想她不会见你的，你已经找了几天，她都没出现……为了释放郁闷的心境，不如我俩做个游戏，或许能令你开心许多。

东海好奇地问，你凭啥认为我在找人？

女人说，猜呗。你的表情写在脸上，我已经被你的执著感动了，如果我的朋友像你一样对待我，我会一辈子守在他身边，绝不离开。

听小妹话的意思，你也不快乐？

我很快乐。

那你，你观察了我几天，目的何在？

不可以观察你吗？

我没钱也不够潇洒。

我不图你钱，也不图你潇洒，就喜欢你不安分的模样。你几天时间里来去匆匆地出入宾馆，应该不是本地人吧？

你认为呢？

哈哈，你的车牌已经告诉我你是外地人。

哦，你看我这猪脑壳。小姐厉害。东海向对方竖起大拇指。

被叫小姐的女人说，别叫我小姐，我不是夜场女人。我只是一位按摩女子，近几天见你匆忙出入宾馆，有点好奇你而已。你叫我汤圆好了，同事都叫我汤圆。

好听的名字，汤圆，吃了汤圆又是一年，汤圆，圆又圆。

名叫汤圆的女子靠近东海，说：哥，我专门学过按摩技术，我的手法特别，不信你试试，试过之后就会相信我没有说假话。来吧，你先感受感受，如果不舒服不要你付费。汤圆真的给东海做起按摩，她让他躺在床上，动作迅速地开始按摩他的头部、身体部位，穴位。中途，汤圆的手游到了东海的下身敏感区，边抚摸边说，如果你没有生理反应，证明我没有魅力。东海忍住燥热说，按其它地方吧。汤圆说，感觉舒服就多享受一会，随后对他敏感部位一阵刺激。东海抑制不住兴奋，说，妹妹别逗，换别处吧。

汤圆问：你就没有一些想法吗，我的模样长得不赖，哥哥咋不赏脸看一眼，别闭着眼睛讲话。说时身体靠近东海。阵阵香水味和女人肉体香，直逼他的嗅觉。

东海自认识林雪梅，近两年时间里没有单独接触过异性，为的是真心地对待林雪梅，希望赢得她的真心，可眼下的境况与愿望大相径庭，大老远地到重庆接她，她不愿意见面就算了，连电话也不接，说明他在她心里已经没有位置，他还需要一如既往地想念她吗，好像没那个必要了。眼前的女人，年龄二十多岁，模样俊俏，脸蛋乖巧，嘴巴甜如蜂蜜，况且身体近距离相处，想拒绝都难以鼓起勇气。

东海禁不住内心的躁动，将名叫汤圆的女人拥进了怀里。

那夜，他度过了浪漫的一个夜晚。

模模糊糊地睡到清晨，东海放在床头的手机响起来，他见是不熟悉的号码，嘀咕谁会清早打扰清梦，极不情愿地按下接听键，之后惊喜地问：你在哪里？

电话另一端的林雪梅说，我在哪里不重要，重要的是你起床没有。

起床了，刚刚起床。东海赶紧穿衣、漱口、洗脸。日思夜念的未婚妻来电话来了，不想见面才是傻瓜。

林雪梅问，想我吗？

想，当然想，做梦都想，我都快要想死你了。

口是心非吧，昨晚睡得香不香。她的声音竟然有些低沉。

声音细弱得有些别扭，东海心里一惊：你，啥意思？

啥意思别问我，睡个好觉我理解。

哦，哦，哦。他竟然有些语无伦次：见一面吗？

是该见一面，有些事情必须得讲明白，不然窝在心里不舒服。

语言的含糊，意思的模棱两可，不好理解也挺难理解，东海有些云里雾里的感觉。

事后东海才知道，那晚跟他睡觉的汤圆，是林雪梅上班地方的一位三陪小姐，林雪梅让汤圆考验东海到底对她的爱有多深，东海如果拒绝汤圆，证明东海确实是值得寄托终身的人，可他与汤圆钻进了一床被窝，这就令人很难相处。

林雪梅内心里非常痛苦，她不愿意如此方式考验东海，担心往后被他瞧不起，可唯有出此一招，难受一时保住后长久安宁，值。可内心矛盾、挣扎。李天海欺负她的一幕，她一辈子自卑，认为只要东海出轨，她心里或许好受些。可眼睁睁地将汤圆送到东海的房间外，她泪流不止，心在滴血。事前她冥思苦想后找到汤圆，说明原委，请求汤圆帮忙。汤圆说人生中不愉快的事情可多了，劝她选择另外的方式。林雪梅说唯有此办法，心里才能平衡些。

东海一个劲地问林雪梅在哪里，你在哪里，我来接你。

林雪梅悠悠地说，我已经不是你喜欢的那个人了，你也不是令我寄托终身的那个人，咱们做朋友，好吗？

雪梅，你说傻话呀你，我来接你回家去举行婚礼，你不会临阵脱逃吧？

东海，对不起，我现在不想结婚。

平地裂口子，距离带着伤痕。东海恳求：我哪里做错了，你讲出来，我改，一定改。

林雪梅说：错了的事情永远无法回头，我改变不了过去，你也改变不了昨晚。咱们之间没有谁对谁错，我们再也回不到过去的时光里。

难道林雪梅知道了昨晚的事情？东海懊悔得恨不能钻地缝。后来听她说还是想见一面，以为机会来了，赶紧说：你说地址，我来接你。

林雪梅对东海约定了见面的时间和地点。

那天，重庆的天气晴朗，起先是雾沉沉的天，一会儿变得阳光灿烂，视野开阔，那些高楼大厦、线条分明的车道，让人心绪纷飞。东海的目光，在阵阵后退的车流里应接不暇。他早早地来到“望春大厦”门口等候，“望春大厦”是他与林雪梅约定见面的地方，那里有一家很有名气的商业大厦，靠近十字路口，大厦广场停满了各种牌照的车辆；旁边是花台，散发出阵阵清香。东海在花草亭台中装模作样地走来走去，心情早已飞到日思夜念的林雪的身影里。可好一阵过去，不见她人影，东张西望的期盼，停留在眉宇间。

几小时之后，林雪梅终于出现在望春大厦，然而，令东海憋屈的是，她的身边站着一位个子高大、身材魁梧的男人，那男人自我介绍是林雪梅的朋友。东海当时肺都气炸了。林雪梅抱歉地说：这人是我同事，他陪我一同来见你……我已经适应了这里的环境。如果你愿意等我，一年之后我就回来，回来就与你结婚；如果你对我没有信心，另外找个女人结婚吧。

你，你，你。东海一时语塞。他万万没料到会是如此局面，伸手去拉林雪梅，不料林雪梅把手缩了回去，说，同事在一边看着呢。

东海只好说：你不该来重庆，重庆不适合你，跟我回去吧，回去我们就结婚，我保证让你过上快乐无忧的生活。

嘿嘿，旁边的男人咳嗽示意东海住口。但是，东海没有理会那男人，大声对林雪梅说，我知道你一直都爱我，昨晚我做了难耐的事情，向你赔罪，我保证往后绝不再犯，如果再犯，怎么惩罚我都行。

东海，昨晚的事情跟我没有关系，即使你做了什么我也不在意。我想说明的是，咱们回不到过去了。我们之间有个心理疙瘩，这个疙瘩会让我们一辈子不得安宁。我既然来到重庆，就要学点本事才回去，希望你理解。

雪梅，我大老远跑来接你，你却找个男人陪着，你心里到底有没有我！

你应该明白一个道理，有些事情欲速则不达，有些事是天注定，不能强求。我的事情你一点都不在乎？我认为你是在自欺欺人，因为我自己都觉得难受。李天海给我的是伤痛和怨恨，我迈不过这道坎。我到重庆是为了避嫌不假，但我确实想谋一份职业，一份自食其力的职业。

雪梅，咱们之间有了距离是吗，我知道你对我有成见，既然如此，咱们之间没有值得留恋的东西了，希望你能够在往后的日子里，记得曾经的好就行。

东海……其实我，我心里……林雪梅欲言又止。

林雪梅在东海离开之后，躲进宿舍里哭红了眼睛，她没想过离开东海，可讲出去的话改变了意思、疏远了距离，最后悔的是不该让汤圆去陪东海过夜，那样的方式，只要是男人，都很难拒绝。她更后悔的是，不该让同事陪同去见东海，尴尬的场面，东海的自尊受到了极大伤害。

东海回家之后，回想与汤圆的过夜，后悔得肠子都青了。神思恍惚，做事没精打采，每天喝闷酒，借酒消愁。

林雪梅的心情同样难受，可难受归难受，每天的工作照样坚持，而且尽可能做到最好，身体感觉吃不消，但得忍受。可接下来不开心的事情跟着来了，她先前请的那位同事扮演朋友角色的人，在东海离去之后，对她发起了猛烈的爱情追求，有不追到她同意不罢手的毅力。她为了躲避那男人，只好跳槽去了另一家浴足洗浴城。

在新的洗浴城里，林雪梅接触了一位来自深圳的男子，四十出头、个子高大、皮肤白净、精明能干，听说在深圳、香港均有公司，业务几年前就拓展到重庆，他点名要林雪梅服务。林雪梅很有礼貌地对那人认真地做浴足按摩。接近两小时的服务，她一边按摩一边与那人聊天、讲笑话。时间在笑声中很快过去。后来，那人每次到洗浴城来，点名让林雪梅服务。如此这般，林雪梅知道那人名叫徐成功，在深圳、香港、台湾也有业务往来，随时会到重庆，主持事务。每次到重庆都会住上十天半月。她笑说老板的名字取得太有才，事业遍布多座城市，一辈子荣华富贵、不缺钱花。

徐成功夸奖林雪梅人长得漂亮、身材好，按摩手法也特别，脸蛋乖巧、还讨人喜欢，邀请她去深圳、香港发展，说深圳、香港是施展才华之地，尤其是女人，发展前景最乐观，问她愿意不愿意去。

林雪梅说做梦都想到香港去，香港是名流社会、世界的窗口，肯定是人间天堂。但又一想，香港虽近在咫尺，但是她想去却是无能力去的。

谁知徐成功说，只要妹妹点头，我可以让你去深圳，而且随时可以去香港，并且保证你能发展自己的事业。

是吗？林雪梅笑着说别哄我开心，深圳、香港是有钱人居住的地方，我无才无能，想去都不可能。

徐成功说，只要你想去，我可以帮助你。

林雪梅意识到下面的话题可能会暧昧，说：谢谢，谢谢你的好意，与你开玩笑的。

几次浴足、按摩后，那天，也就是那天，徐成功大方地给了林雪梅三千港币小费。林雪梅拿着那些港币，左看右瞧，无法识别真伪，说收回去吧，我无法分辨真假。徐成功怂恿她去银行兑换就知道真假，说有缘结识林小姐，略表心意，希望以后深圳能见到林小姐的身影。

林雪梅推开那些钱说，只要先生中意我的手法，我一定尽职尽责，这些钱你拿回去。她把钱还给徐成功，说：深圳、香港我是不会去的，况且没能耐去。

徐成功再一次把钱递给林雪梅，林雪梅仍然拒绝。徐成功说也罢，咱们不拘小节，留个联系方式吧。

令林雪梅没想到的是，十天之后，徐成功给她打电话，说在香港为她联系了一家企业，职位是总经理助理，年薪三十万元，问她去不去。

林雪梅连声说谢谢，没有能力，实在不能胜任，做梦都不敢想象的事情，一年年薪居然三十万元。

徐成功说，你在浴足中心尽心尽责、人缘虽然好，但没有人尽其才。来香港发展吧，希望接受我真诚的邀请。

林雪梅以为是玩笑，没当回事。谁知第三天，徐成功开着劳斯莱斯轿车，专程来到浴足城接林雪梅，说已经替她买好了飞往香港的机票，请她去香港上任。浴足城的那些女子，羡慕得眼睛都绿了。

林雪梅的内心怦怦直跳，香港是多少人梦寐以求的地方，自己居然没花心思就可以实现。王金钱和李秋天多年的缠绵都没达到的境界，自己居然能够轻易地超越他们。

林雪梅推辞之后，在徐成功的陪同下，回到住宿地，收拾衣物。随后办理签证，随徐成功去了深圳，尔后直达香港。

徐成功带着林雪梅到了香港，她不时赞叹香港的建筑特别、街道的宽阔，山河的秀美，感叹一国两制方针的定位，带给香港人无限的发展机遇和城市的繁华。徐成功说，往后你就是这里的一份子。她说，你能这么讲，我好开心好开心，可惜我的户口没在这里。徐成功直接将林雪梅带到他经营的酒店，陪伴她参观办公区，随后走进早已为她准备的办公室。她哇的一声大叫，夸好漂亮的地方，这地方真漂亮。

徐成功肯定地说，往后你就是这里的一员，并指了指她的工作岗位。

熟悉工作流程后，徐成功陪林雪梅到各景区游玩、到首饰城购买首饰，接下来将一张存有三十万港币的银行卡递到她手里，说：这张卡是送给你的见面礼，以后随时伴我出席各种会议，愿意吗？

林雪梅回答愿意，只要你开心，我肯定陪你参加活动。

徐成功说：你必须在最短的时间内熟悉工作流程，表现好，只要表现好，年终时会有年薪双倍的奖励。

哇塞，三十万元的见面礼、每年三十万元的年薪，还有双倍的年终奖励，天上的馅饼砸中了林雪梅，她感觉有些晕眩，有种中彩票的感觉。飘飘欲仙时，她使劲地捏了自己大腿一把，肉在疼，她发现不是做梦。那一刻，她意识到被人赏识的满足感，有种被人重用的喜悦。从家里出来到重庆找工作，为的是能挣钱回家，替父母分担负担。如今极短的时间内，一切都能够改变。可转念一想，有种被男人包养的嫌疑，香港人说二奶不过如此，她羞愧难当地说：我不是你认为的女人，请你收回银行卡，送我回重庆，我要回重庆！

徐成功说林雪梅，林小姐，你这是何必呢，重庆的环境你清楚，山高路陡，桥梁众多，常年烟雾环绕，想发展事业，不会一帆风顺的。你在这里会生活得很开心，何苦要回去呢。香港是一个前沿城市、世界的窗口，很多人梦寐以求都无法实现的地方，你只要抓住机会，就会实现心中的梦想。

心中的梦想？

林雪梅心中的梦想是怎么个概念，她没有具体想过、规划过。她一个内地妹，能到深圳就算开了眼界，何况踏上了香港的土地，腾空迈步的感觉，已经今非昔比。香港是世界的窗口，令人飞黄腾达之地，物质的、心灵的，都会淋漓尽致地得到体现，何苦要拒绝呢？

可是，林雪梅还是摇头。

徐成功说，听我的安排，你的一切都会前程似锦。

接下来，徐成功带林雪梅走进为她准备的一套住房。林雪梅眼睛都绿了，那才是真正的金壁辉煌：客厅是意大利吊顶花灯；沙发是美国原装进口凯尔品牌；饭厅餐桌是广东大理石品质；橱柜是马来西亚材质；卧室是新加坡大床，家里电器应有尽有，汇集了世界品牌。在为林雪梅准备的那间卧室里，徐成功拉开衣柜，里面全是崭新的女式服装，长裙、短裙，中短裙；长裤、短裤，中短裤，规格、品种众多。林雪梅看得目不暇接。他问喜欢吗，这一切都是你的。她故作惊讶地说，这些都是我的？这么多的衣服我可穿不完。他夸她是衣架子，什么衣服上身效果都好。那一刻，她的虚荣心得到了满足。但是，她没有表现出来，反而冷静地说，徐老板，你这样做，犯了严重的错误。徐成功像孩子似的问：是吗，说说看，我错在哪里？林雪梅说，首先，首先我不是这套住房的主人，睡一晚可以，今后不可能长期住这里。你给我找间很普通的房间就可以，不用这么铺张浪费。徐成功对她说，我接受你的建议……你的眼睛告诉我，你曾经有过忧伤的经历，我理解你的选择、尊重你的意见，今天呢，你就好好地在这里享受享受生活的快乐，实现你人生的梦想。

……

就这样，林雪梅成为徐成功酒店的一员大将，白天除了负责日常工作，晚上随徐成功出入各种娱乐场所，每次出行，都有不俗的收获。

这样的生活持续了几个月。

那天，林雪梅接到李艳梅的电话，李艳梅问她在哪里，说很久没见到她，挺想念她。林雪梅回答到香港已经几个月，走时匆忙，没来得及告知。李艳梅说怪不得好久不见你人影，原来到香港赚大钱去了，电话也不打一个，势利眼。于是，林雪梅将在香港的状况告诉李艳梅。李艳梅开导她抓住机会多赚钱，放下所谓的自尊，天上掉馅饼的机会不是人人都会遇到。

林雪梅回答不会在香港呆太长时间，家乡的父母令她牵挂，东海令她心神不宁，还有正在读书的弟弟，需要照顾。

李艳梅分析林雪梅与东海的感情，说：你与东海会有一段不平的路要走，思念不能解决温饱，机会在人生中很重要。现实社会是，有钱就尽量多赚，管它怎么个途径。在香港，东海不算人物，李天海也不算角色，大不了是生活里的一种点缀、江河里的一颗浪花而已。徐成功是你的情哥哥更是你事业的恩人，抓住他，别放手。俗话说人为财死鸟为食亡，展现你聪明才智的机会就在眼前。

林雪梅说徐成功年龄已过四十，相处时感觉挺别扭。

李艳梅说年龄不影响沟通，重要的是默契，只要相处愉悦，他就是你生命中的男人。

林雪梅叹气地说：说不过你。

二十六

林雪梅陪伴徐成功在深圳、香港参加他的商业活动，大开眼界，随后去了一趟台湾。徐成功除了经营酒店还经营服装，在台湾开办了一家大型服装厂，服装出口东南亚、马来西亚也有销售网络，货真价实的财大气粗。林雪梅陪徐成功逛大街，感叹世界的宽广和城市的美好。唯一令她心情不爽的是，和徐成功合作服装的那位台湾老板，晚宴时拉着她的手不放，许诺给她三百万台币，条件是陪他一宿。她气愤地狠瞪对方。事后想告诉徐成功，可担心徐成功与那商人反目成仇，故没敢提及。她跟随徐成功，就只能一心一意为徐成功争取利益，尽管那商人举止微妙。她不敢怒目圆睁的原因是，去台湾前，徐成功吩咐她要笑脸对待每一位客户，说即使有客人开玩笑，尽量迁就对方，友情需要顾及，但生意订单决定了企业的生存，她知道他话里有话。

自踏上台湾那片土地，徐成功尽可能地满足林雪梅的购物欲望，同时提醒她极尽可能地施展女性的魅力，争取为他赢得最大的订单，许诺只要表现好，会有丰厚的额外收入。

林东升和韩淑芬商议怎样处置为林雪梅争得的那套住房，韩淑芬说干脆把房子卖了到另外小区购买，可担心林雪梅不同意。林东升说管她同意不同意，为了她的将来，不受别人讥讽，也得将那套住房卖掉，目前要做的事是，考察各大楼盘，定好住房，以备后顾之忧。

韩淑芬说，雪梅的心里肯定有疙瘩，我们得为她分忧。但装修住房需要一笔不小的开支，就咱们家的经济状况，有些捉襟见肘呢。

林东升回答办法是人想出来的，未必还被尿憋死不成！可你的病情不稳定，花钱的时候多着呢。但住房问题必须得解决，搬来搬去挺烦人。

韩淑芬让林东升不要操心她的病，说人都会有那一天，大不了眼睛一闭永远睡觉去，万事皆休。林雪梅的住房必须定下来，咱们不能再亏欠她。

林东升回答，肯定，肯定得让闺女有自己的住房才行，她结婚之后毕竟要与我们分开居住。

有了想法，林东升马上就付诸行动，他跑三轮车的间隙，去了几家楼盘考察，地理位置好的楼盘，绿化好，容积率也理想，房价相对较高；背光的住房价位相对便宜些，容积率也低。总体说，大楼盘的价格比小楼盘的价位高许多，大楼盘的规划更符合人性化，有足够宽阔的地下停车场和游乐场所，配套设施齐全；小楼盘的绿化空间小，停车是一项不得不考虑的窘境，况且楼与楼之间间距逼仄。那些规划有高档酒店和大型商场的楼盘，价格如摩天大厦一天一个价在攀升。林东升在那些楼盘里左望望右看看，回家与韩淑芬讨论，说政府虽然在抑制房价过快上涨，但刚性需求仍然坚挺，部分原因来自于，政策鼓励每个家庭生育俩小孩，二孩政策会刺激市民的住房购买欲。如果只观望不下手，房价不定会一天几跳跃，根本买不起。可如果在李秋天住房的小区生活，林雪梅往后或许会被小区的人指桑骂槐，怎么难听的话都有可能，他问韩淑芬，要不要征求林雪梅的意见。

韩淑芬说雪梅的脑瓜灵活，应该让她拿主意，房子毕竟是为她准备的。

林东升马上拨打林雪梅的电话。

接通电话之后，林雪梅让父亲处理住房事项，不必征求她的意见，就当她不晓得有那套住房就行，要不留给弟弟也行。林东升说哪能留给你弟弟呢，这是你的房子。林雪梅再三叮嘱林东升不去跑三轮车，好好照顾母亲，说风餐露宿没个准时，健康最重要。过一年，顶多两年她就回家。

林东升说不跑车吃啥，喝西北风呀。你为什么不确定回家时间，你妈每天都在念叨你呢，况且，你与东海的事情，应该有个明确态度。

林雪梅迟疑一会，问：他看望过你们吗？

林东升回答，他几乎每个月都会来一次，来时还给你妈带来些药品，看他的意思，好像在等你，你应该珍惜他。

林雪梅的眼眶有些湿润，自己对东海的做法似乎太刻薄，她欣慰东海依然对她父母的关心。林东升催问怎么办。她说：我与他的事情你甭管，随后说给他的银行卡里打进了二十万块钱，让父母勤俭持家的同时不能亏待身体，尤其要好好照顾母亲，母亲的病离不开药品。

你给我们卡里打过来二十万块钱？林东升惊讶地问：你哪来的这么多钱？

这个你甭问，反正不会偷。

年终时，林雪梅随徐成功到各地拜访客户，每到一处都会捎带不一样的礼品，同时收回欠款。先前提到的那位台湾客户，徐成功使出浑身解数对方都不付货款，想发脾气却考虑到货款仍然在人家手里，愁眉不展的样子。林雪梅主动请缨，陪那客户游山玩水了两天，终将巨额货款收回。徐成功感激涕零地拥抱她，夸她是得力干将，在允诺年终奖的份额上增加了两倍。

由此，林雪梅跟随徐成功一年的酬劳，加上见面礼以及平时的赚取，达到了七百万元人民币。她发誓在香港最多呆两年，不论收入多丰厚都必须回家，家乡是她心灵的港湾，是她灵魂的依托。

林东升将为林雪梅争取的那套住房卖掉，取出林雪梅寄回的钱，在豪园楼盘里，全资购买了一套一百二十平方米的住房，三室两厅，两卫。

时间转眼就过去一年。新年的钟声即将敲响，林雪梅与徐成功约定相处的时间到期，徐成功挽留她继续在香港的酒店里工作，答应给她加薪。林雪梅执意要回重庆，说重庆有她的好友，也希望在重庆发展事业，主要是可以经常回家看望父母。临走时，徐成功特意托朋友在重庆买了一辆最新款的白色宝马轿车 X5 送给她，鼓励她回家乡发展事业，说有车代步，做事方便。林雪梅感谢徐成功的慷慨大方，答应不会辜负他的期望。

二十七

林雪梅回到重庆与李艳梅见面后，邀约朋友到歌城唱歌，巧遇李艳梅公司的老总向宽宏也在歌厅里玩，他问李艳梅：与你玩的女子，之前咋没见过？

李艳梅问，对她有意思？

向宽宏邀请说，如果她能够到公司，咱们公司的人气会更加高涨。

李艳梅笑着说，本意不在此吧，她不是花瓶，也不想做广告。

向宽宏说，但愿她不是花瓶，也不想她是花瓶，只想她认真做事就成。

李艳梅问，看上她了吧，她是我同学哩。如果你想她到公司来，我可以牵线搭桥。

向宽宏毫不掩饰地回答，就等你这句话，只要她愿意，随时可以到公司上班，保证她人尽其才。

李艳梅嘟起嘴巴，眼睛骨碌碌转，说：对她还不够了解就发出邀请，大胆！然后向向宽宏扮了个鬼眼。

经李艳梅介绍，林雪梅进入了向宽宏的公司。由此，林雪梅的人生再一次有了巨大的转折。这是她做梦都没有想到的。

李艳梅公司的老总向宽宏，另一个身份是重庆大纲实业控股有限公司法人，资产数十亿人民币，在重庆拥有知名的建筑企业，承建、打造了几处名气响亮的商贸物流城，口碑良好。向宽宏闲时会到茶坊喝茶、酒店喝酒，也喜欢到歌厅 K 歌。李艳梅不知道老总这些爱好，更不知道这个身份。这些都是后来才知道的。

林雪梅自从进入公司，虚心请教同事，将每天的工作做到最好，并且帮助李艳梅完成了一项独立设计，工作效率提高百分之三十，受到嘉奖。

鉴于林雪梅的聪明才智，向宽宏将林雪梅从原来的岗位调整到大纲建筑集团市场营销部，协助制定营销策划。

林雪梅很快熟悉市场营销团队的流程，没多久就成绩斐然，令人刮目相看，向宽宏再一次将她提升为营销总监助理，平时除了管理营销团队，还辅助总监负责整个建筑集团市场的宏伟策划。

林雪梅喜悦的背后，忧心随之而来，她回重庆的目的不是进入某个单位，只想在李艳梅处玩一玩，然后回家乡陪伴父母、鼓励弟弟读书，过清闲的生活。没想到居然同意了向宽宏的邀请，进入了他的集团公司。

林雪梅的能力在向宽宏的集团公司得到认可之余，担心跟随徐成功近两年时间里赚得的那些收入（资金），没有升值的空间，数次在办公室里发呆。向宽宏见她沉闷的样子，关心地问要不要看医生。她意识到思想开小差了，很快恢复了工作状态。

那天，同事离开公司后，林雪梅一人坐在办公室的靠背椅里，发呆，痴心地想与东海的恋爱，想与徐成功的暧昧关系、随徐成功东南西北奔跑的心酸，她的心翻江倒海，五味杂陈，后来竟然趴在办公桌上睡着了。向宽宏推门进来见她在办公桌上入睡，感慨她对工作的狂热，脱下一件衣服盖在她身上。她被惊醒，挺不好意思地望着他。向宽宏问累着了吧，回家去吧。她低声回答，感觉有点疲倦。向宽宏见她情绪低落，问：你有心事？她回答没有。他说肯定有，讲出来听听，或许我能为你分忧。

经不住向宽宏的再三问询，她满脸绯红地道出实情，只是隐瞒了与徐成功的关系。她说钱存银行增值潜力比不过市场行情，担心会贬值。向宽宏建议她把钱投进融资公司，说利润丰厚，但融资公司安全得不到保障，还举例说了几处融资公司卷款逃离的例子。后来建议她将钱融资进他的公司，许诺给一定的利润。林雪梅回答非亲非故，受不了如此恩惠。

向宽宏夸奖她有经济头脑，是人才。问她愿意不愿意跟他合作发展事业。

林雪梅笑说，你是知名人士我高攀还来不及呢，可与你发展事业，我想都不敢想。

于是，向宽宏对林雪梅讲了当前的房地产行情，说开发大楼盘利润可观，但投入多，起点高，一般都与政府政策相关，但目前处境微妙，很难预测后期发展形势。唯有做专业市场，发展潜力相对稳定，但有局限，一定的范围里只能有一家两家生存，不能玩多。同时必须拓展销售渠道，孵化成长型、高技术型可持续性发展项目，才能稳居盈利。

林雪梅回答没有那样气魄的想法，一个女人，能够满足吃穿用，足矣，即使有远大理想也很难实现远大抱负，因为，女人始终是女人，很多方面受限制，很多方面超越不了男人。况且，容易被人非议。

向宽宏说，被人非议才能证明有魅力有魄力，没人议论，说明这人没水平，哈哈。林小姐，请允许我这样叫你，你的经历我了解一些，我也不会让你难为情。这样吧，如果你将资金投入到我的公司里，我保证你的资金能够得到最大限度增值，同时保证你人尽其才，不知你意下如何？

你容我考虑考虑。

只要你答应，我保证在最短的时间内，你的钱会翻番。

林雪梅直摇脑袋：不明白你的意思。

明确地对你说吧，你的钱我不谈来源，只谈合作。我的集团公司在你家乡的城市，靠近水运码头处，购买了五百亩土地，将在那里打造钱江地区最大规模的钢材、石材、机电物流城，有意让你去那边主持工作。因为你的家在那边，很方便与市场客户接触、沟通。让你融资进我的集团公司，考虑的是促使你更有责任心，当然，不排除缴纳一定保证金的意思，但这个保证金，会在整个工程的结算里扣除，支付给你利息时附带分红。

意料之外的惊喜，来得太突然，林雪梅激动之余，委婉地说胜任不了重任，只想做一个平凡的女人，不想在商场里摸爬滚打。

向宽宏鼓励她说，人生要有追求才能体现其价值，没有追求的人一辈子碌碌无为，何况你人年轻，又有一定的资金，我保证你旗开得胜。

林雪梅感慨地问，你凭什么相信我，凭什么我要将资金投入到你的公司里。

向宽宏说，你的能力、经历，已经足以证明你的人生不平凡，不平凡的人，就该做不是平常人做的事情。我建议你将资金融入到我的公司里，是希望你担当责任、发挥最大能力的同时，收获不俗的事业、体现人生价值，你就不赌一把？

赌一把？这话讲到林雪梅的心窝里去了。如果她不想钱，不想有自己的事业，就不会到重庆，更不会随徐成功到深圳、香港。如今，在转过一个大圈之后，回到重庆邂逅向宽宏，冥冥之中天注定，感情会再起波澜？她想的是，把资金投进向宽宏的建筑集团公司，应该是明智的选择，首先大纲实业公司是上市企业，发展迅猛。向宽宏打造的商贸物流市场，客服群主要是商家、懂得经营之道的实业人士，况且，地处她家乡。退一万步讲，专业市场受到各种因数影响，终归会交付使用，只要有商家进入，人气就会旺盛；只要有客户前往，商家就会早出晚归地做生意。钱，自然就会积累。而之前赚的钱，放在银行里不是没有增值空间，但增值潜力受到限制。她心里纠结的是，向宽宏为何将如此好的机会让她参与，有没有给她下套的可能。现今的房地产开发商，很多都是靠银行贷款才能发展，一旦银行紧缩银根，开发商就会举步维艰。难道向宽宏表面风光的背后，资金紧迫得主动求她“融资”不成。

向宽宏劝她不必有顾虑，说公司荣誉有目共睹，不在乎丁点资金，劝她如果不将资金投入他公司也可以，但希望她回到家乡，加入物流商贸城、献计献策。

林雪梅连声说谢谢，谢谢向总的栽培，如果能在公司以优惠的价格认购铺面，会尽最大努力为公司争取利益。

向宽宏同意了林雪梅的想法，与她商议了细节，叮嘱她只要全身心地投入到商贸物流城的建设里，为公司赢取足够的收益，愿望完全能够得到满足。

林雪梅的眼眶几近湿润，为了得到被人赏识的这一天，她忍受了在香港屈辱的经历，忍受了很多女人没有经历的心理压力。今天，她的脚步终于可以大踏步地前行，曾经的不开心和委屈，再不会萦绕于脑际。

她收拾打扮之后，将随行旅行包，放进白色宝马车的尾箱，开车回到父母身边。她父母围着她转了一圈又一圈，从头到脚打量她，再看那辆白色轿车，问，这车是你买的？

林雪梅点了点头。

闺女，你发财了！林东升第一个反应是，林雪梅已经脱胎换骨。他吩咐韩淑芬和林雪梅进屋说话，他马上去市场买酒卖肉，说好久没和闺女一起吃饭，今天咱们一家人开开心心、好好聚聚。

待林东升把林雪梅喜欢吃的食品端上桌子，韩淑芬也在桌边坐下时，林东升说，闺女现在好洋盘，会开车子了，人也成熟、漂亮多了，今天咱们一家人在一起，喝两杯？说时看着林雪梅。林雪梅说，开车不能喝酒，改天陪爸爸喝一杯。

林东升说是，是，是，开车切记别喝酒。咱们吃饭后去看看新房吧。林雪梅说过会儿要出门办事，改天吧。林东升说，你接近两年才回家，回来先看看为你准备的新房吧，你决定怎么装修我们就怎么装修。林雪梅回答，你认为怎么装效果好就怎么装修，不必征求我的意见，反正我不会去住。要住，我就住我自己买的住房。林东升惊奇地问，你还要买住房哇，你哪里来的钱，你这车已经接近百万，你还有钱买住房？

林雪梅慢条斯理地说，咱们现在不谈钱的事情，过会儿我有重要事情要办，吃饭后就出门。

林东升纳闷林雪梅年多时间就彻底改变了自己，关心地问她目前干什么工作，在啥地方做事。

林雪梅回答在某集团建筑公司做事，待遇不错，但必须准时上班，往后经常会这样。时间已经不多，往后与你们慢慢聊。

听说待遇丰厚，林东升直夸林雪梅有主见，终于找到好工作。吃饭，吃饭，不耽误你上班，装修房子的事情，我和你妈辛苦些就成。

林雪梅开车去到向宽宏集团公司购买的五百亩土地处，远远看见“鑫宏国际”几个醒目大字，随着视野变换色彩。“鑫宏国际”的周围，已经打好围墙，围墙上是醒目的施工标语和规划区域图纸，配有喷泉、灯光，超前的理念设计给人强烈的感官刺激。整个规划分一期、二期工程，一期工程主要开发五金机电城、石材城等商铺，二期工程开发酒店和钢材城。在“鑫宏国际”大字的下边，约有两千平方米的地盘，已经规划为售楼部。售楼部的前边，是一个三方视线的转角平地，几千平方米的面积，已经水泥平地，人在其中，顿感心胸开阔。

林雪梅开车沿着“鑫宏国际”的地盘转了一圈，她看见“鑫宏国际”的左边，是全国丝绸印染集团公司“华商集团”，特大型上市企业，数十栋排列的厂房，漂亮、大气，道路宽阔，旁边是丝绸源点的雕塑广场，彩旗飘扬；右边是羊角山隧道，隧道内线条分明、灯光闪亮；紧接着是“万豪”高端住宅小区，百万平方米的倾城之作，鹤立鸡群地独占一方。依山傍水的是，一池湖水吸引了来自四面八方的人们，聚集此地垂钓。在湖水的一边，一座壮观的跨江大桥雏形已现，匝道数条，妙曼的景观设计，蔚为壮观；大桥的前边，是上接陕西、贯通钱江市区、汇入重庆直辖市，沿途景色秀美、风光旖旎、文化内涵丰富的嘉陵江；后面是连接汉都区的汉都大道老城区——多年的商业繁华大街。整个汉都工业园区，已经有数个楼盘竣工、交付使用，公路两边的路灯、景观树木已栽植完备。

林雪梅为是否“融入”“鑫宏国际”犹豫了几天，首先考虑的是汉都区域正待开发，有几处山地还没有完整平地，高端建筑也没有几栋，离欣欣向荣尚有距离。况且，全面建设“鑫宏国际”，至少需要三年时间，建成之后靠什么吸引商家入驻，有没有延续发展潜力，有何方面的打造，都是必须思考的事情。

其实，林雪梅大可不必操心这些细节，“鑫宏国际”的老总们在投资前已经做好市场调查与研究，想好了一切操作事宜，否则不会头脑发热地将数十亿资金砸进正待开发的汉都区。如今的房地产业，仅仅靠修建住宅推动资金链滚动发展，已经受到非常严重的制约因数，除非定位擅长型发展领域，方能稳坐盈利宝座。

林雪梅访问了政府相关部门人员，了解到汉都区整体规划和操作细则，询问了鑫宏国际市场楼盘的策划员，随后与“鑫宏国际”拟定详细计划，完备了相关手续，将自己挣得的大部分资金，投入到“鑫宏国际”商贸物流城。

其实，在林雪梅进入鑫宏国际前，鑫宏国际已经与承建方签订了“造城”计划，在她进入鑫宏国际没几天，承建方就将足够多的挖掘机、砂石泥土运送车、铲车投入到鑫宏国际的那几百亩土地里。夜以继日的三班倒工作制，到处是工人，热火朝天地挖梁柱基洞、扎钢筋，浇筑圈梁，整个鑫宏国际一片忙碌景象。电视、报刊广告跟着铺天盖地地宣传，鑫宏国际在钱江市民眼里，留下深刻印象。

建造商贸城的那段时间里，林雪梅每天和同事要在市区接触十多家商家，不厌其烦地向商家讲解鑫宏国际的规划和市场操作，甚至到邻近城市推荐鑫宏国际的辐射功能，劝有意识合作的商家，早到鑫宏国际落户，许诺先落户鑫宏国际的商家，享受必要的优惠。

几个月后，鑫宏国际售楼部的框架完成，售楼部初见雏形，前来参观的人络绎不绝，那些人感叹商贸城造城速度之快。的确，方圆数平方公里的范围，没有像样的标志性建筑拔地而起，而鑫宏国际一进入，就有数十栋厂房式的别墅级商铺，开工建设，而且，酒店式公寓也动土兴建，实力非同一般。

售楼部建成后，林雪梅不再去市区接触商家，她每天在售楼部里负责接待前来询问商铺的人们，向客户介绍商铺的规划和使用功能，展望后期的收益、收取购买商铺的定金，同时邀请意向性客户出席商贸城召开的市场论坛活动。

做市场论坛节目时，商贸城召集了钱江市电视台、日报、晚报等媒体记者，邀请了国内建材行业、物流行业知名的先锋人士、鑫宏集团总部的领导以及汉都区管委会的相关人员和商铺定购户，出席现场，将论坛气氛推向高潮。

发布市场论坛之后，鑫宏国际商贸城，再次大手笔地邀请了当红歌星出席鑫宏国际商贸城的开盘仪式，激情高昂地为鑫宏国际作宣传。当天晚上的场景，靠近万豪楼盘一带数公里的公路两边，停满了各种牌子的车辆，到处是维持秩序的警察。观看歌星演唱会的人，在几千平方米的售楼部广场里，手摇银光棒，伴着演唱会，将夜空点缀得灿烂辉煌。那场景，在钱江市创下历史之最。

遗憾的是，在商贸城的五金机电区域商铺建造到第三层时，商贸城的材料采购员，卷走了大笔材料款。那些材料款里，有部分是林雪梅刚刚转入商贸城认购铺面的资金，她担心向宽宏会因此陷入资金断链的焦虑中。如果向宽宏的商贸城成为烂摊子，她千辛万苦挣来的钱，一夜之间被“搁置”，她的精神会为之崩溃。

欣慰的是，向宽宏很快调集了足够的资金到商贸城，破例将林雪梅的岗位晋升为行政主管，嘱咐她监督商贸城的每一项资金用途，随时报告人事变动情况。

林雪梅受宠若惊地担当重任之余，不舒心的事情发生，领导层好几人不服气，说她凭何能耐担当此任，资历老的人比她多了去了。有人说她是靠裙带关系进入鑫宏集团的，是靠向宽宏撑腰才调到如今岗位，反正不是正常渠道进入公司，怎么难听的话都有。林雪梅听到那些闲话没有生气，依然与先前的同事相处如故、埋头做分内工作。她人年轻资历浅，工作经验也不丰富，拦不住别人口无遮拦，唯有认真做事，不出纰漏才是真。

那些讲闲话的人，见林雪梅自管理行政事务后，公司没有出现人员懒散、工作不积极，甚至报假账的行为，不再讲风凉话。人家年轻，手段高明，成绩有目共睹，不服都不行。

鑫宏国际商贸城承诺商家最快两年可以入驻，对每户商铺预留了升降货物的提升井，顶层配备厨房和卫生间，外带消防栓，中间一层作为库房，铺面层高六米，可做阁楼。每栋楼的间距都一样，排列整齐，视线好，规划合理。

鑫宏国际座落的汉都区，纵横大道数条，伴随“桑树叶”形状纵深发展，属于潜力巨大的财富区域，是钱江市重点建设的经济发展高地，被誉为钱江市财富聚集核心区：周围楼盘众多，企业云集，魅力无限。

林雪梅在工程竣工验收后，与鑫宏国际办理了接房手续，然后邀请朋友，在认购的酒店楼层里，开办酒楼，随时到场地督工、指导装修。

酒楼正常营业之后。林雪梅登上那栋楼房的顶层，第一个动作是，张开双臂，挺直腰身，长长地呼吸新鲜空气，然后缓缓地吐气，接着遥望远处的山峦，再是天空飘移的云彩，尔后手扶护栏，望着眼前那些高低别致的楼群，笔直、宽阔的大街；商业气息浓厚的丁字招牌、川流不息的车流。她的思绪阵阵翻涌，想不到几年时间，竟能在如此地段拥有理想的商铺。能够拥有近千平方米的房产，她感谢向宽宏的建议和友情帮助，感激向宽宏让她最大化地发挥了资金的升值潜力，同时体现出大胆的魄力。而最令她怀感的是，徐成功引导她进入社会，继而有了今天的成就。尽管进入社会是以一种超乎常理的方式，但是她一直对徐成功心存好感，如果没有邂逅徐成功，现今的一切，可能都只能是幻想。

林雪梅开办的酒楼，每天顾客盈门，利润可观，朋友邀约她创办足浴洗浴城，她爽快地答应了。他们选择的位置，是鑫宏国际最靓丽的旺角，理念是，入驻鑫宏国际商贸城大都是生意人，生意人洽谈生意之余，懂得劳逸结合。况且，周边好几个楼盘已经交付使用，住户源源不断地进入，足浴事业顺应人们的养身哲学，事业应该旗开得胜。

足浴洗浴城开业前，林雪梅和朋友们到相关单位以及沿街商铺，发放优惠券，并且邀请秧歌队、街舞组团，敲锣打鼓提高知名度。她对进入足浴中心消费的客人，根据类别的不同，选择不同的服务方式，赢得了客户的青睐和赞赏，不知她身份的人夸她年纪轻轻居然手法特别，问她师从何处。林雪梅抿嘴一笑，说商业秘密，不便告知。

在此有朋友要问，林雪梅为何在开办酒楼之后还要创办足浴洗浴城，并且亲自为客人洗脚，她有足够的精力吗，有这个必要吗。客观地讲，她没有这个必要，她的资金完全可以让她轻松过人生，酒楼每天都有收益，况且还有存款。可谁不想在年轻时候多挣钱呢，她才二十多岁哩。她亲自足浴的原因是，教员工效仿，她在重庆学的就是足浴技术，多一人按摩，多一份收入。一人的力量没有众人的力量大，一人的人脉没有众人的关系广。人常说，财多不嫌多，只要自己心里快乐，辛苦的操劳，过后总会有盼头。

林雪梅的生活虽然无忧，但她至今仍然一人生活，她的身边还没有固定男朋友出现，不是她不交往男朋友，实在是爱情路，走得非常曲折、艰难。只要提起婚事，她就会想起过往的经历，她的眼眶随时会湿润，那段经历让她学会了与人周旋；那段经历让她体会到生存的艰辛和人情的冷暖；那段经历，是她一辈子无法忘却的记忆。

二十八

林雪梅的生活被一次广告宣传，打乱了节奏，导致她平静的生活起波澜。那天，一位肩挎相机、头戴眼镜的男子来到足浴中心，点名要她服务。她推脱身体不舒服不“出工”，谁知那男子执意要她服务，并且在她面前亮出记者证，说采访她。

林雪梅心想记者到来定有缘由，生意刚做起来就遇到媒体方面的人，得小心应对。在鑫宏国际酒店经营生意，虽然地处新区，但通过广告宣传，便于在市民的头脑里，留下深刻印象。有记者帮助宣传求之不得，免费的广告，谁都愿意。可浴足行业需要口碑相传才能很好地传承、发展下去，不是片面的广告，就能起到立竿见影的作用，欲速则不达的道理，她懂。

记者对林雪梅讲出具体想法之后，她同意采访，说自己经营足浴行业是一时心血来潮，也是生存必然。所以，在与人开办酒楼之后再创办了足浴城，想必记者先生会多多正面宣传。

记者说，恪守职业道德是做人之本分，宣传你主要是宣扬你吃苦耐劳的精神，保证不会对你的足浴行业贬义性挤压，只会帮助你，向美好的明天，大踏步地前进做宣传。后来问她寒窗苦读十多年的书，为的是学有所成，如今专业不对口，后悔不。

林雪梅回答专业不对口是莫大的无奈，每个人的选择不一样，投资足浴洗浴城，没有不妥之处。况且，新区开发有扶持优惠政策，我们有信心把企业做大做强，希望扩大影响。

记者问：你是浴足理疗技术总监，也是老板，很多方面需要亲自出面应对，有顾虑吗？

林雪梅回答顾虑肯定有，但既然选择了行业就得全力以赴做到最好，没想过会被人非议。

记者再问：足浴行业有涉嫌不正当经营活动甚至违法行为，你认为足浴行业能长期经营、发展壮大吗？

林雪梅回答，足浴行业适应了人们的生活需求，足浴能够调节人体机能循环，特别是足部血液循环，促进血液流通、改善生活质量；理疗是协助保健养身的方式，应该有广阔的市场。部分足浴场所确实存在影响行业形象的诟病，但纠正之后，应该有理性的发展前途。

记者再问：你开办足浴城，你男朋友支持你的事业吗？

林雪梅回答：我在重庆学的就是足浴技术，当然希望学以致用（贯通）。停顿一会，反问记者：你认为我有没有男朋友？

记者答非所问：足浴行业需要完善的地方多着哩。你男朋友在身边吗？

林雪梅涉足足浴行业，很大程度缘于男朋友赵东海，如果没有与赵东海的情感经历，她不会去重庆，更不会去深圳乃至香港。内心里她希望赵东海原谅她，原谅她的过去，原谅她的万不得已。目前她还没有联系赵东海，不了解东海的现状。面对记者的提问，她问，有必要回答这个问题吗？

记者说当然有必要，这对你的生意很有起色和帮助。

林雪梅很想告诉记者她的男朋友是谁、在干什么工作，可内心里纠结。她不想记者了解太多的情况。

记者见她似有所思，打趣说：让你为难了，不说也罢。

谁知林雪梅抿嘴一笑，说：我有男朋友，他支持我的工作，我们很快就会结婚。

是吗？记者反问。尔后双手合十说恭喜，恭喜，祝你事业顺利发展、爱情丰收。然后道别。

几天之后，记者将与林雪梅的接触，以整版的文字，刊发于晚报报刊，并且配有她给客人浴足的镜头。一时间，她的名字在客户脑海里，留下了深刻印象。好几次客人问她，你是老板还亲自动手，怪不得生意火爆。

名气能够带来财富，在别人尚且会这样，但对林雪梅，却是疼痛的开始。那个给她青春年华带来痛苦的人——李天海，借助媒体的报道，来到她的足浴洗浴城。

那天，与李天海一同到足浴城消费的人，有好几位，林雪梅起先没注意到李天海，吩咐员工前去应酬，轮到安排人员时认出了李天海，她的心里直打鼓，这个瘟神来干吗！

林雪梅的青春年华，是被李天海扼杀的；林雪梅的爱情，是被李天海掐断的；林雪梅阳光灿烂的明天，是被李天海抹黑的。由于李天海的出现，她不得不放弃签约单位，不得不辜负贺导师的期望。之后去了重庆，然后辗转深圳、香港。

林雪梅在外的那段时间里，她怨恨父亲糊涂地让她无奈地接受了李天海方的条件，为那件事情，她失去了做人的尊严与本分；也由于那件事情，她生活在逼仄的生活圈子里，难以释怀。而今，生活环境刚有些起色，没想到那个让她怨恨一生的李天海，居然出现在眼前，她不知该怎样去面对。

李天海站在林雪梅面前，恭维她经营足浴城规模大，档次品位高，人也比原来漂亮得多。

林雪梅装着不认识李天海，说承蒙先生夸奖，如果先生需要浴足，请接受服务员的服务，并且马上吩咐一位小妹带李天海去足浴室。

李天海不随服务员去房间，说，林老板不够意思！我来是照顾你的生意，我想你给我浴足。

林雪梅说，我们这里员工多的是，随小妹去浴足房浴足吧。

李天海说，林老板，我只让你服务，你要多少服务费，我都给。

林雪梅意识到可能会有麻烦事发生，但仍然挤着笑脸说，先生，你咋如此挑剔呢？

李天海说，我不挑剔，我就找你服务，不可以吗？

林雪梅的眼前出现与李天海在歌厅的一幕。她怒目圆睁，磨拳捋袖，扬起拳头砸向李天海。谁知李天海早有防备，顺手抓住她的手说，不要激动，在这么多员工和客人面前，注意影响，注意形象！

这话提醒了林雪梅，足浴城是她费了颇多周折、倾注了太多精力和心血才创办起来的，不能让生意受到影响。她使劲从李天海的手里抽出手，怨恨地说：如果你照顾生意，别废话连篇，想找谁服务随便挑。

李天海凑近她跟前：今天我就找你服务，其他人我看不入眼。

林雪梅实在没办法，只好为李天海浴足、按摩。

李天海离开后，林雪梅躲进休息间呜呜地哭起来。有员工敲门，问她需不需要帮助，她揉揉眼睛，让员工别打搅，她一人休息一会儿。

李天海的到来，会发生什么样的事情，林雪梅内心里没有底。此时的她，突然感到特别需要东海的安慰和支持，她后悔当初不该悄悄离开东海，更后悔不该接受媒体记者采访，如果不与记者谈话，快乐的生活，想必会一帆风顺地发展下去。